中国现代文学作品选

主　编　尚德机构学术中心
副主编　欧　蓬　刘通博　杜　铮　高智威
编　者　闫庆雷　马明明　孙　涛　渠荣翔

清华大学出版社
北京

内 容 简 介

文学作为一种语言艺术,是话语蕴藉中的审美意识形态。它以丰富多彩的形式,表现作家内心情感,再现一定时期和一定地域的社会生活,可以说:"文学代表一个民族的艺术与智慧。"

"五四"文学革命以来,随着西方文艺思潮和创作方法传入我国,中国文学创作和发展开始进入一个全新时期,这一时期,涌现出无数文学作家和作品。尚德机构学术中心从1917年"五四"文学革命至1949年这30多年文学发展历史中,精选优秀作品或具有代表性的中国文学作品,加以系统分析和解读编成本书,以此帮助众多自考学子和文学爱好者培养和提高对中国现代文学作品的阅读和鉴赏能力。

图书在版编目(CIP)数据

中国现代文学作品选/尚德机构学术中心主编. —北京:清华大学出版社,2020.4
ISBN 978-7-302-54850-8

Ⅰ. ①中… Ⅱ. ①尚… Ⅲ. ①中国文学 – 现代文学 – 作品综合集 Ⅳ. ①I216.1

中国版本图书馆 CIP 数据核字(2020)第 017690 号

责任编辑:王如月
封面设计:尚德机构学术中心
责任校对:王荣静
责任印制:沈 露

出版发行:清华大学出版社
　　　　网　　　址:http://www.tup.com.cn,http://www.wqbook.com
　　　　地　　　址:北京清华大学学研大厦 A 座　　　　邮　　编:100084
　　　　社 总 机:010-62770175　　　　邮　　购:010-62786544
　　　　投稿与读者服务:010-62776969,c-service@ tup.tsinghua.edu.cn
　　　　质量反馈:010-62772015,zhiliang@ tup.tsinghua.edu.cn
印 装 者:三河市吉祥印务有限公司
经　　销:全国新华书店
开　　本:185mm×260mm　　　　印　　张:15　　　　字　　数:308 千字
版　　次:2020 年 4 月第 1 版　　　　印　　次:2020 年 4 月第 1 次印刷
定　　价:49.80 元

产品编号:086398-01

本书编委会

主　编　尚德机构学术中心

副主编　欧　蓬　刘通博　杜　铮　高智威

编　者　闫庆雷　马明明　孙　涛　渠荣翔

前　言

知己知彼——了解《中国现代文学作品选》

　　《中国现代文学作品选》一书收录了各种风格流派的代表作,生动展示了20世纪中国文学的杰出成就与绚烂风采。本书致力于培养学生阅读、分析和鉴赏中国现代文学作品的能力,提高学生的文学修养,同时,使学生初步认识中国现代文学的特征、成就,了解中国现代文学的概貌。

　　全书按照小说、诗歌、散文、戏剧四大文学体裁分类,根据最新考试大纲,细化出精读和泛读两大类作品,立足于自考考生的学习特点,从人物形象、思想内涵、艺术特色、文化价值、时代意义等方面对文学作品进行深层剖析。

　　此外,本书还吸纳了尚德机构学术中心最新教研成果,紧随自考变化,设计模块化学习系统,帮助考生突破知识点难理解、易混淆的问题,全面提高学习效果。

一、全书思维导图

全书思维导图为我们呈现了本书的整体知识脉络,通过导图可以清晰地看出每章所需要掌握的主要知识点。学习的过程是对框架充实的过程,犹如亲手为树枝添加一片片的绿叶。同样,对于考前复习来说,导图也功不可没。沿着框架,以点带线,由线及面,能够帮助我们快速将知识点串联起来,一本书由厚变薄,知识点就都装进我们的脑子里了。

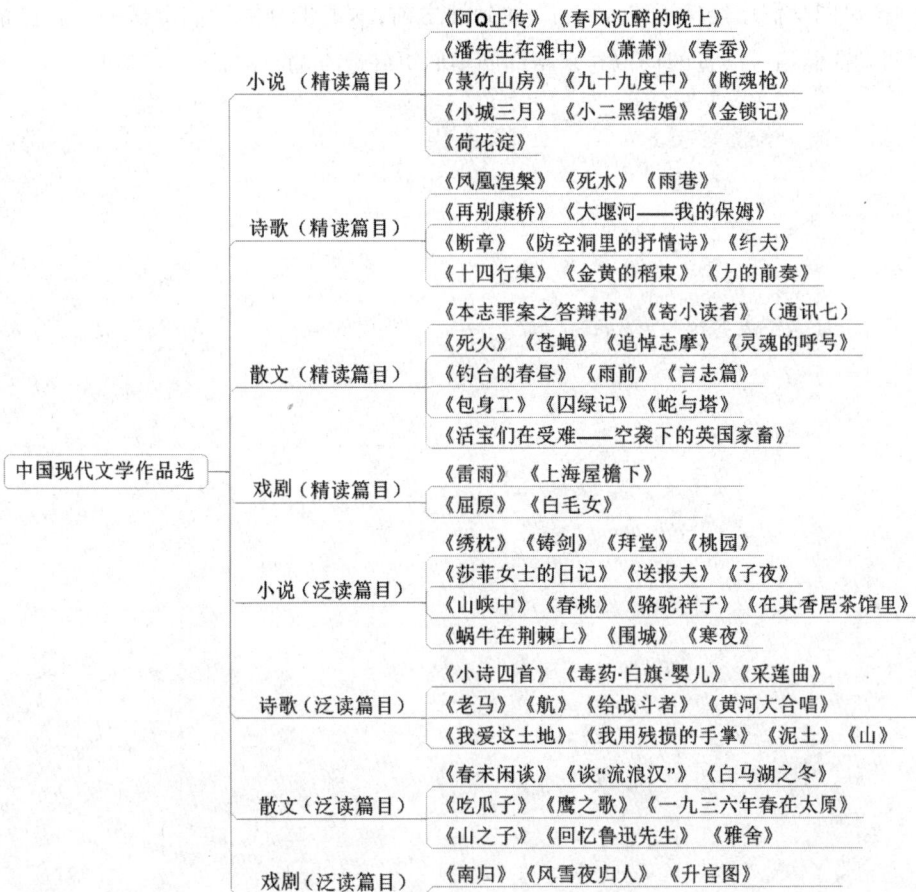

中国现代文学作品选

小说(精读篇目)
《阿Q正传》《春风沉醉的晚上》
《潘先生在难中》《萧萧》《春蚕》
《菉竹山房》《九十九度中》《断魂枪》
《小城三月》《小二黑结婚》《金锁记》
《荷花淀》

诗歌(精读篇目)
《凤凰涅槃》《死水》《雨巷》
《再别康桥》《大堰河——我的保姆》
《断章》《防空洞里的抒情诗》《纤夫》
《十四行集》《金黄的稻束》《力的前奏》

散文(精读篇目)
《本志罪案之答辩书》《寄小读者》(通讯七)
《死火》《苍蝇》《追悼志摩》《灵魂的呼号》
《钓台的春昼》《雨前》《言志篇》
《包身工》《囚绿记》《蛇与塔》
《活宝们在受难——空袭下的英国家畜》

戏剧(精读篇目)
《雷雨》《上海屋檐下》
《屈原》《白毛女》

小说(泛读篇目)
《绣枕》《铸剑》《拜堂》《桃园》
《莎菲女士的日记》《送报夫》《子夜》
《山峡中》《春桃》《骆驼祥子》《在其香居茶馆里》
《蜗牛在荆棘上》《围城》《寒夜》

诗歌(泛读篇目)
《小诗四首》《毒药·白旗·婴儿》《采莲曲》
《老马》《航》《给战斗者》《黄河大合唱》
《我爱这土地》《我用残损的手掌》《泥土》《山》

散文(泛读篇目)
《春末闲谈》《谈"流浪汉"》《白马湖之冬》
《吃瓜子》《鹰之歌》《一九三六年春在太原》
《山之子》《回忆鲁迅先生》《雅舍》

戏剧(泛读篇目)
《南归》《风雪夜归人》《升官图》

二、如何使用本书

1. 熟悉导图

在每一章开始的地方,本书都以导图的形式将本章的知识点呈现出来。思维导图能让我们一目了然地看到马上要接触的知识点有哪些。

2. 进入知识点

每个知识点后面,本书都为大家贴心地标上了重要程度(分别是☆、☆☆、☆☆☆,重要程度依次升高),同学们在复习中可以有所侧重,又一项"多快好省"的技能得到啦!

除此之外,知识点下面会有扩展讲解,比如案例导入、知识解读、图示等,帮助同学们快速掌握知识点。

3. 真题小练

学习完每节的知识点之后,赶快来"真题小练"模拟操练一下,既可以检测学习效果,又可以加深记忆,可谓一箭双雕、一举两得。

4. 模拟试卷

看到这里同学们已经接近终点站了,在到站之前,本书带领同学们测试一下自己的能力水平,用两套我们精心准备的模拟卷来帮助同学们更好地查漏补缺,通过考试!

目　录

第一章　小说（精读篇目） ················· 1

第一节　阿 Q 正传 ··················· 2

第二节　春风沉醉的晚上 ··············· 5

第三节　潘先生在难中 ················ 8

第四节　萧萧 ····················· 11

第五节　春蚕 ····················· 14

第六节　菉竹山房 ·················· 16

第七节　九十九度中 ················· 19

第八节　断魂枪 ··················· 22

第九节　小城三月 ·················· 25

第十节　小二黑结婚 ················· 27

第十一节　金锁记 ·················· 30

第十二节　荷花淀 ·················· 33

第二章　诗歌（精读篇目） ················ 36

第一节　凤凰涅槃 ·················· 37

第二节　死水 ····················· 40

第三节　雨巷 ····················· 43

第四节　再别康桥 ·················· 45

第五节　大堰河——我的保姆 ············ 48

第六节　断章 ····················· 50

第七节　防空洞里的抒情诗 ············· 53

第八节　纤夫 ····················· 55

第九节　十四行集 ·················· 58

第十节　金黄的稻束 ··· 60

第十一节　力的前奏 ··· 63

第三章　散文（精读篇目）··· 66

第一节　本志罪案之答辩书 ··· 67

第二节　寄小读者（通讯七）··· 69

第三节　死火 ·· 71

第四节　苍蝇 ·· 75

第五节　追悼志摩 ··· 77

第六节　灵魂的呼号 ··· 78

第七节　钓台的春昼 ··· 80

第八节　雨前 ·· 82

第九节　言志篇 ··· 85

第十节　包身工 ··· 88

第十一节　囚绿记 ··· 90

第十二节　蛇与塔 ··· 92

第十三节　活宝们在受难——空袭下的英国家畜 ······························· 94

第四章　戏剧（精读篇目）··· 97

第一节　雷雨 ·· 98

第二节　上海屋檐下 ···102

第三节　屈原 ···104

第四节　白毛女 ··108

第五章　小说（泛读篇目）··112

第一节　绣枕 ···113

第二节　铸剑 ···116

第三节　拜堂 ···118

第四节　桃园 ···120

第五节　莎菲女士的日记 ··123

第六节　送报夫 ··125

第七节　子夜 ···128

第八节　山峡中 ··131

第九节　春桃 ··· 133

第十节　骆驼祥子 ··· 135

第十一节　在其香居茶馆里 ································ 138

第十二节　蜗牛在荆棘上 ··································· 141

第十三节　围城 ·· 143

第十四节　寒夜 ·· 146

第六章　诗歌（泛读篇目）································· 149

第一节　小诗四首 ·· 150

第二节　毒药·白旗·婴儿 ································· 152

第三节　采莲曲 ·· 154

第四节　老马 ··· 156

第五节　航 ··· 158

第六节　给战斗者 ·· 160

第七节　黄河大合唱 ··· 162

第八节　我爱这土地 ··· 164

第九节　我用残损的手掌 ···································· 167

第十节　泥土 ··· 169

第十一节　山 ··· 171

第七章　散文（泛读篇目）································· 174

第一节　春末闲谈 ·· 175

第二节　谈"流浪汉" ··· 177

第三节　白马湖之冬 ··· 179

第四节　吃瓜子 ·· 181

第五节　鹰之歌 ·· 182

第六节　一九三六年春在太原 ···························· 185

第七节　山之子 ·· 186

第八节　回忆鲁迅先生 ······································· 188

第九节　雅舍 ··· 190

第八章　戏剧（泛读篇目）································· 193

第一节　南归 ··· 194

第二节　风雪夜归人 ·· 196

第三节　升官图 ·· 198

模拟卷 ·· 202

中国现代文学作品选模拟卷(一) ····························· 202

参考答案(一) ·· 210

中国现代文学作品选模拟卷(二) ····························· 217

参考答案(二) ·· 224

第一章　小说（精读篇目）

```
                          《阿Q正传》

                          《春风沉醉的晚上》

                          《潘先生在难中》

                          《萧萧》

                          《春蚕》

                          《菉竹山房》

  小说（精读篇目）         《九十九度中》

                          《断魂枪》

                          《小城三月》

                          《小二黑结婚》

                          《金锁记》

                          《荷花淀》
```

第一节　阿Q正传

本节内容提要

《阿Q正传》以连载的形式发表于1921年12月至1922年2月的《晨报副刊》,小说成功塑造了阿Q这一艺术典型。

知识点 1

作家简介及作品☆☆

作者	鲁迅,"五四"新文化运动的主将,中国现代文学的奠基人。
作品	短篇小说《狂人日记》是**中国第一篇现代白话文小说**。小说集《呐喊》和《彷徨》是中国现代小说的奠基之作。小说集《故事新编》,散文诗集《野草》,散文集《朝花夕拾》,杂文集《坟》《热风》《华盖集》《二心集》《伪自由书》《且介亭杂文》等。

知识点 2

人物形象☆☆☆

阿Q	生活于辛亥革命时期的中国农村(未庄)的一个普通雇农。
性格	质朴、愚蠢和狡猾,主要的性格特征是**精神胜利法**,表现为不敢正视现实、盲目自尊、自轻自贱、欺软怕硬、自欺欺人等。
思想	☛ **有封建传统观念,也有革命的一面。** 虽然阿Q对革命的认识非常幼稚模糊,他假想的革命目的带有浓厚的封建色彩,带有千百年来农民阶级"改朝换代"的旧式革命愿望,但他对"革命"的向往,则表现了贫苦农民要求改变被压迫被欺辱的现状的基本愿望。 ☛ 他最后的结局是被"**革命党**"糊里糊涂地枪毙,至死也没有认清被杀的原因,深刻表现了中国贫苦农民在所谓的"革命"中充当牺牲品的可怜命运。

📢 **知识点 3**

📌 **思想内容** ☆

鲁迅抱着"哀其不幸,怒其不争"的态度,刻画出了国人的灵魂,暴露出国民的劣根性,目的是"引起疗救的注意",表达了鲁迅以改造国民性为核心的启蒙主义文学主张。

通过对阿Q"大团圆"结局的描写,**批判了辛亥革命的不彻底性**,即资产阶级旧民主主义革命仅仅推翻了封建王朝,但没有改变社会底层人民的命运,也没有唤醒人民群众为改变自己的命运而斗争,所以贫苦农民阿Q最终还是成为"革命"的牺牲品。

📢 **知识点 4**

📌 **艺术特色** ☆

- ✎ **精湛的现实主义手法**,塑造了阿Q艺术典型。
- ✎ **采取漫画式的、边议论边叙述的叙事方式**,将一些生活片断的场面相衔接,既完整地描写人物命运,又能突出人物的主要性格。
- ✎ **采取悲喜交融的手法**,阿Q每一个看似可笑的行为与观念,结果都带来了悲剧性的遭遇与结局,喜剧因素与悲剧因素浑然一体。
- ✎ **强烈的讽刺性**,用夸张、怪诞的艺术手法,描写了社会上种种可笑而荒诞的现象,通过阿Q这一艺术典型,对社会现状进行了无情的批判。

📢 **知识点 5**

📌 **文章其他人物故事** ☆ ☆

王胡和小尼姑	被王胡暴打的无奈和掐小尼姑脸的得意,体现了阿Q欺软怕硬的性格特征。
赵老太爷和小D	阿Q在梦境里革命成功首先想要杀掉的两个人。
钱太爷的大儿子	被阿Q称为"假洋鬼子"。
小D	与阿Q"龙虎斗"。

📌 **知识解读**

本节常考查主观题。考生应了解鲁迅的主要作品,着重注意阿Q的形象特征和典型意义;理解鲁迅对阿Q"哀其不幸,怒其不争"的态度。

📌 **真题小练**

◀ 【单选题】

(2018年4月全国)小说《阿Q正传》中,被王胡暴打后的无奈和掐小尼姑脸时的得意集中体现出阿Q的性格侧面是(　　)。

A. 盲目自尊 　　　B. 自轻自贱 　　　C. 欺软怕硬 　　　D. 自欺欺人

【答案与解析】

C。阿Q是生活于辛亥革命时期的中国农村(未庄)的一个普通雇农。阿Q被王胡暴打后的无奈体现了他害怕强硬的人,阿Q掐小尼姑脸时的得意体现了他欺负软弱的人。因此,被王胡暴打后的无奈和掐小尼姑脸时的得意集中体现了阿Q欺软怕硬的性格特征。

◆【多选题】

(2016年10月全国)阿Q身上所体现的精神胜利法的性格特征有(　　)。

A. 自轻自贱 　　　B. 妄自尊大 　　　C. 欺软怕硬 　　　D. 逃避现实

E. 自欺欺人

【答案与解析】

ABCDE。阿Q主要的性格特征是精神胜利法,表现为不敢正视现实、盲目自尊、自轻自贱、欺软怕硬、自欺欺人等。

◆【论述题】

(2015年10月全国)分析鲁迅小说《阿Q正传》中的阿Q形象及其典型意义。

【答案与解析】

(1)阿Q形象:

① 阿Q是鲁迅在《阿Q正传》中塑造的典型形象。

② 阿Q是生活于辛亥革命时期中国农村的一个普通雇农。阿Q的性格中有农民的质朴、愚蠢和狡猾,但其主要性格特征是精神胜利法,表现为不敢正视现实、盲目自大、自轻自贱、自欺欺人和欺软怕硬等。

③ 阿Q的思想中有着封建的传统观念,同时也有要求革命的一面。他假想的革命的目的带有浓厚的封建色彩,但他对革命的向往也表现了贫苦农民要求改变被压迫、被欺辱的现状的基本愿望。

(2)阿Q形象的典型意义:

① 阿Q糊里糊涂被枪毙的命运结局,深刻表现了中国贫苦农民在所谓的"革命"中充当牺牲品的可怜命运,批判了辛亥革命的不彻底性。

② 阿Q的思想性格暴露出国民的劣根性,显露出国人的灵魂。鲁迅通过塑造这一形象表达了他对农民"哀其不幸,怒其不争"的态度以及他以改造国民性为核心的启蒙主义文学主张。

■ 牛刀小试

◆【单选题】

鲁迅小说所描写的认为"杀革命党"好看,最终却被所谓革命政府所杀的人物形象是(　　)。

A．小 D　　　　　　B．子君　　　　　　C．阿 Q　　　　　　D．王虎

【答案与解析】

C。阿 Q 是生活于辛亥革命时期的中国农村(未庄)的一个普通雇农。他最后的结局是被"革命党"糊里糊涂地枪毙,至死也没有认清被杀的原因,深刻表现了中国贫苦农民在所谓的"革命"中充当牺牲品的可怜命运。

◆【多选题】

鲁迅的小说集有(　　)。

A．《呐喊》　　　　B．《彷徨》　　　　C．《故事新编》　　　　D．《野草》

E．《朝花夕拾》

【答案与解析】

ABC。鲁迅,原名周树人,字豫才。小说集《呐喊》《彷徨》是中国现代小说奠基之作,还有小说集《故事新编》,散文诗集《野草》,散文集《朝花夕拾》等。

第二节　春风沉醉的晚上

本节内容提要

本文写于 1923 年,是最早表现知识分子和产业工人具有共同命运的小说。

知识点 1

作家简介及作品☆☆

作者	郁达夫,原名郁文,字达夫,中国现代小说家、散文家,新文学社团"创造社"的发起人之一。他把小说当作作家的"自叙传",主人公往往是作者的化身,生活的"零余者";喜欢采用第一人称叙事,多抒发苦闷的情绪,表达了"五四"时期青年人个性解放的要求。
作品	小说集《沉沦》是中国现代文学史上第一部短篇小说集。其他作品还有《迟桂花》《薄奠》等。

📢 **知识点 2**

■ **人物形象** ☆ ☆

"我"	留洋归来的青年知识分子,患有抑郁症,生活窘迫,成了生活的"零余者"。
陈二妹	烟厂女工,无亲无友,心境寂寞,工作辛苦却工资微薄。她痛恨工厂,表现了产业工人艰难的生存处境以及朦胧的反抗资本家的阶级意识。但她对"我"非常友善,表现了她善良、真挚、热情的一面,也净化了"我"的感情。

📢 **知识点 3**

■ **思想内容** ☆

最早表现知识分子和产业工人具有共同命运的小说。

小说里的"我"和女工人陈二妹同住在贫民窟里(**邻居**),两人**交往过程**是:疑惧、戒备;信赖、同情;责备、规劝;消除误会、建立友谊。

📢 **知识点 4**

■ **艺术特色** ☆

✎ **第一人称叙事**。把小说当作自叙传来刻画人物,重点写了"我"与陈二妹由相识到了解的过程,具有浓厚的抒情色彩。

✎ **对比手法**。男女主人公都因为经济拮据而住在贫民窟中,身份不同,趣味不同,生活方式不同,却并不妨碍他们之间相互了解与同情,给人"同是天涯沦落人"的人生感叹。

✎ **社会环境和自然景物的刻画**。"我"住过的几处住房都是矮小、狭窄、暗淡,再加上电车机器手(司机)粗鲁的怒骂、估衣铺里店员的嘲弄,以及洋楼里红绿的灯光,简略地勾勒了上海这个贫富悬殊巨大、人情冷漠的世界,反衬了女主人公热情的可贵。小说结尾处对天空的描写,与人物黯淡的心境非常吻合。

■ **知识解读**

本节内容一般考查客观题。考生需掌握"我"和陈二妹交往的几个阶段及其所表达的思想,作品结尾景物描写的特点及其所表达的情感内涵。

■ **真题小练**

◆【单选题】

1. (2019 年 10 月全国)下列各项,关于小说《春风沉醉的晚上》表述正确的是(　　)。

　　A. 最早表现知识分子和产业工人具有共同命运的小说

　　B. 最早表现女性冲出家庭,实现婚姻自由的小说

C. 最早表现留学生活的小说

D. 最早表现北京市民日常生活的小说

【答案与解析】

A。《春风沉醉的晚上》写于 1923 年，是最早表现知识分子和产业工人具有共同命运的小说。小说里的"我"和女工人陈二妹同住在贫民窟里，两个由相识、猜疑最后走向相互了解相互同情。故选 A。

2. （2018 年 4 月全国）小说《春风沉醉的晚上》中，男女主人公的人生经历和文化背景存在巨大反差却产生了"同是天涯沦落人"的感觉，原因在于两人都是（　　）。

　　A. 无家可归的流浪汉　　　　　　　B. 贫病交加的失业者

　　C. 异国他乡的漂泊者　　　　　　　D. 困窘孤独的底层贫民

【答案与解析】

D。《春风沉醉的晚上》成功地运用了对比手法，男女主人公都因为经济拮据而住在贫民窟中，身份不同，趣味不同，生活方式不同，却并不妨碍他们之间相互了解与同情，给人"同是天涯沦落人"的人生感叹。故选 D。

◆【多选题】

（2014 年 4 月全国）郁达夫《春风沉醉的晚上》的叙事特点有（　　）。

　　A. 第一人称叙事　　　　　　　　　B. 对比手法的运用

　　C. 注重环境描写　　　　　　　　　D. 语言幽默

　　E. 感情热烈奔放

【答案与解析】

ABC。《春风沉醉的晚上》采用第一人称叙事，把小说当作自叙传来刻画人物是郁达夫小说的基本特色。这篇小说重点写了"我"与陈二妹由相识到了解的过程，具有浓厚的抒情色彩。因此，A 选项当选。小说成功地运用了对比的手法。男女主人公都因为经济拮据而住在贫民窟中，身份不同，趣味不同，生活方式不同，运用了对比的手法。因此，B 选项当选。小说也很注重社会环境和自然景物的描写。因此，C 选项当选。

综上，本题应选 ABC。

◆【简析题】

（2017 年 4 月全国）简析郁达夫小说《春风沉醉的晚上》中"我"和陈二妹交往的几个阶段及其所表达的思想。

【答案与解析】

（1）"我"是留洋归来的青年知识分子，患有抑郁症，生活窘迫，成了生活的"零余者"。

（2）陈二妹无亲无友，心境寂寞，工作辛苦却工资微薄，她痛恨工厂，表现了产业工人艰难的生存处境，以及朦胧的反抗资本家的阶级意识。

（3）陈二妹对"我"友善,表现出善良、真挚、热情的一面,同时也净化了"我"的感情。

（4）"我们"同住贫民窟,两人由相识、猜疑到最后相互了解相互同情。表现了知识分子和产业工人具有共同的命运。

■ 牛刀小试

◆【单选题】

1. 郁达夫小说《春风沉醉的晚上》中"我"与"陈二妹"之间属(   )。

    A. 兄妹关系   B. 夫妻关系   C. 邻居关系   D. 恋爱关系

【答案与解析】

C。小说里的"我"和女工人陈二妹同住在贫民窟里,两人由相识、猜疑最后走向相互了解相互同情。陈二妹是"我"的邻居,因此,可得出本题应选C。

2. 郁达夫小说《春风沉醉的晚上》中的女主人公是(   )。

    A. 林佩珊   B. 杨彩玉   C. 翠姨   D. 陈二妹

【答案与解析】

D。小说重点写了"我"与陈二妹从相识到了解的过程,因此,《春风沉醉的晚上》中的女主人公是陈二妹。

第三节　潘先生在难中

本节内容提要

《潘先生在难中》写于1924年年底,此篇小说的背景是1924年爆发的江浙军阀混战。

知识点 1

■ 作家简介及作品 ☆☆

作者	叶圣陶,中国现代小说家、童话作家,新文学社团**"文学研究会"**的发起人之一。茅盾称赞其是"冷静地谛视人生,客观地,写实地,描写着灰色的卑琐人生"。
作品	著有长篇小说《倪焕之》,短篇小说《潘先生在难中》《多收了三五斗》和**童话集**《稻草人》等。小说叙事冷静客观,描写准确细致,语言贴切精练。

知识点 2

■ **人物形象** ☆☆

潘先生	小说通过**军阀混战**时期潘先生率领一家逃难躲避战乱以及回到家乡后写歌颂军阀的条幅等故事,集中描写了潘先生自私、卑琐的性格,刻画了他**苟且偷安、逆来顺受**的人生态度,表现了他全部心思只在"四条性命,一个皮包"的庸俗卑琐的信念。通过描写他**逆来顺受、自私庸俗**的性格特征,体现了小市民和小知识分子灰色而卑琐人生的形象。

知识点 3

■ **思想内容** ☆

作者以冷静的笔墨刻画潘先生的病态人生,既是对潘先生自私卑琐人生的批判,也是对当时军阀混战的社会的批判。

知识点 4

■ **艺术特色** ☆

- ✎ **冷静地描写现实生活细节,以展示人物的卑琐人生**。把军阀混战的社会环境与人物的命运结合起来,把战乱的消息和人物心理结合起来,客观而细腻地描写了社会现实和人物内心的波折,揭示了人物的灰色人生。
- ✎ **借助人物的自身动作和心理过程**,在冷静的描写中寄寓着讽刺、批判的含义。
- ✎ **语言简洁、流畅、准确**,为现代汉语的规范起了开拓作用。

知识点 5

■ **刻画人物特色** ☆

- ✎ 严格遵守让倾向从情节中自然流露的原则,反映生活,刻画人物。
- ✎ 不刻意追求形式的新奇和故事情节的曲折,而是致力于人物的心理刻画。
- ✎ 善于在富有特征性的动作和细节中,揭示人物的内心活动和精神状态。

■ **知识解读**

本节内容一般考查客观题。考生应了解叶圣陶早期"冷静地谛视人生,客观地,写实地,描写着灰色的卑琐人生"的创作特色;并应能够分析潘先生的性格特征及形象意义。

■ **真题小练**

◼ 【单选题】

1. (2017 年 10 月全国)小说《潘先生在难中》叙述潘先生所遭遇的"难"是(　　　)。

A. 军阀混战　　　　B. 国共内战　　　　C. 日军入侵　　　　D. 土匪横行

【答案与解析】

A。《潘先生在难中》写于1924年年底,背景是1924年爆发的江浙军阀混战。潘先生一家逃难,躲避战乱。

2.(2017年4月全国)小说《潘先生在难中》结尾处叙写潘先生赞颂军阀这一细节所反映的是(　　)。

A. 小市民苟且偷安的心理　　　　B. 普通民众淳朴宽厚的秉性

C. 小市民爱憎分明的立场　　　　D. 普通人坚韧顽强的生存

【答案与解析】

A。小说《潘先生在难中》通过军阀混战时期潘先生率领一家逃难躲避战乱以及回到家乡后写歌颂军阀的条幅等事,集中刻画了潘先生自私、卑琐的性格,展示了他苟且偷安、逆来顺受的人生态度。

◆【简析题】

(2016年4月全国)简析叶圣陶小说《潘先生在难中》的现实主义特色。

【答案与解析】

(1)冷静地描写现实生活细节,以展示人物的卑琐人生。小说把军阀混战的社会环境与人物的命运结合起来,把战乱的消息和人物心理结合起来,客观而细腻地描写了社会现实和人物内心的波折,揭示了人物的灰色人生。

(2)借助人物的自身动作和心理过程,在冷静的描写中寄寓讽刺、批判的含义。

(3)语言简洁、流畅、准确,为现代汉语的规范起了开拓作用。

■牛刀小试

◆【单选题】

1.叶圣陶小说塑造的卑琐灰色的小知识分子形象是(　　)。

A. 方鸿渐　　　　B. 潘先生　　　　C. 黄述泰　　　　D. 刘向高

【答案与解析】

B。叶圣陶的小说《潘先生在难中》刻画了潘先生自私、卑琐的性格,体现了他苟且偷安、逆来顺受的人生态度,表现了他全部心思只在"四条性命,一个皮包"的庸俗卑琐人生信念,进而体现了小市民、小知识分子灰色而卑琐人生的典型形象。

2.被茅盾称为"冷静地谛视人生,客观地,写实地描写着灰色的卑琐人生"的作家是(　　)。

A. 沙汀　　　　B. 郁达夫　　　　C. 叶圣陶　　　　D. 路翎

【答案与解析】

C。叶圣陶,又名叶绍钧,新文学社团"文学研究会"的发起人之一。代表作有长篇小说《倪焕之》,短篇小说《潘先生在难中》《多收了三五斗》和童话集《稻草人》等,茅盾先生曾称赞其是"冷静地谛视人生,客观地,写实地,描写着灰色的卑琐人生"。

第四节 萧 萧

本 节 内 容 提 要

《萧萧》写于1929年,表现的是湖南湘西农村的生活场景。小说塑造了萧萧这一悲剧人物的形象。

知识点 1

作家简介及作品☆

作者	**沈从文**,原名沈岳焕,1923年开始文学创作。
作品	中篇小说《边城》,长篇小说《长河》,短篇小说《丈夫》和《萧萧》,散文集《湘行散记》和《湘西》。

知识点 2

人物形象☆☆

萧萧	☛ **萧萧**是中国传统社会中的农村女性形象,她的一生是被动的一生。十二岁被当作童养媳出嫁,后被花狗诱惑而怀了身孕,面临着"沉潭"或者"发卖"的命运,最后因生下儿子而得以继续在婆家生活。她曾经与花狗商量逃到城市获取自由,可是这种意识非常朦胧,只是昙花一现。
	☛ 她的一生是被动的一生,自己没有一点儿选择的权利,小说结尾处写她看着自己的儿子娶童养媳时那么**平静自然**,其麻木让人痛心。通过萧萧这一形象的塑造,表达了作者对她的同情,以及**对童养媳制度的批判**。

📢 知识点 3

■ **思想内容** ☆

表现童养媳制度的不合理。

揭示湘西世界拒绝新事物、落后于时代的封闭局面。

📢 知识点 4

■ **艺术特色** ☆

✎ 将湘西世界之外的追求个性解放的女学生与湘西世界内部的做童养媳的萧萧进行**对比**,这种对照是通过萧萧爷爷的转述表现的。

✎ 既没有破坏萧萧故事的完整性,又通过萧萧周围世界对女学生的态度来显示湘西世界落后麻木的一面。

✎ 萧萧作为童养媳的身份与她儿子娶的仍然是童养媳构成一种对照,暗示着萧萧悲剧重演的可能,让人深思。

📢 知识点 5

■ **文章其他人物故事** ☆ ☆

女学生 "女学生这东西,在本乡的确永远是奇闻。……从乡下人眼中看来,这些人都近于另一世界中活下的人,装扮奇奇怪怪,行为更不可思议。"这些人是指"女学生"。

萧萧本家伯父 决定了萧萧是否"沉潭"。

花狗 诱惑且使萧萧怀孕。

■ **知识解读**

本节内容一般考查客观题。考生应了解小说的叙事特点以及所采用的对比等艺术手法,并着重注意小说的人物形象以及作者作品、写作背景等。

■ **真题小练**

◆ 【单选题】

1. (2017 年 10 月全国)"从乡下人眼中看来,这些人都近于另一世界中活下的人,装扮奇奇怪怪,行为更不可思议。"小说《萧萧》中所描述的"这些人"指的是(   )。

    A. 革命者   B. 戏班艺人   C. 女学生   D. 土匪

【答案与解析】

C。小说《萧萧》中所描述的"这些人"指的是女学生。原文:"女学生这东西,在本乡的确永远是奇闻。……从乡下人眼中看来,这些人都近于另一世界中活下的人,装扮奇奇怪怪,行为更不可思议。这种女学生过身时,使一村人都可以说一整天的笑话。"

2.（2018 年 4 月全国）小说《萧萧》批判了湘西世界的封闭落后,作者主要运用的艺术手法是（　　）。

A. 象征　　　　　B. 白描　　　　　C. 烘托　　　　　D. 对比

【答案与解析】

D。小说运用对比手法,即将湘西世界外的追求个性解放的女学生与湘西世界内部做童养媳的萧萧对比,这种对照通过萧萧爷爷的转述形成,既没有破坏萧萧故事的完整性,又通过萧萧周围世界对女学生的态度表现了湘西世界落后麻木的一面。

◆【简析题】

（2014 年 4 月全国）简析沈从文小说《萧萧》中萧萧这一人物形象。

【答案与解析】

（1）萧萧是中国传统社会中的农村女性形象,她的一生是被动的一生。十二岁被当作童养媳出嫁,后被花狗诱惑而怀了孕,面临着"沉潭"或者"发卖"的命运,最后因生下儿子而得以继续在婆家生活。

（2）萧萧虽有非常朦胧的追求自由的意识,但其精神整体上处于麻木状态。

（3）通过萧萧这一形象的塑造,表达了作者对她的同情,以及对童养媳制度的批判。

牛刀小试

◆【单选题】

1. 在沈从文的小说中,想与花狗逃到城里开始新生活,但仅限于闪念并未付诸行动的人物是（　　）。

A. 翠姨　　　　　B. 二姑姑　　　　　C. 野猫子　　　　　D. 萧萧

【答案与解析】

D。在沈从文的《萧萧》中,萧萧曾经与花狗商量逃到城市获取自由,可是这种意识非常朦胧,只是昙花一现。

2. 小说《萧萧》中,最后决定萧萧是否"沉潭"的人物是（　　）。

A. 萧萧的公公　　　　　　　　　　B. 萧萧的婆婆

C. 萧萧的丈夫　　　　　　　　　　D. 萧萧的本家伯父

【答案与解析】

D。小说《萧萧》中,最后决定萧萧是否"沉潭"的人物是:萧萧的本家伯父。原文:"于是祖父从现实出发,想出了个聪明主意,……请萧萧本族的人来说话""萧萧只有一个伯父""伯父不忍把萧萧沉潭,萧萧当然应当嫁人作二路亲了。"

第五节 春 蚕

本 节 内 容 提 要

《春蚕》写于 1932 年,揭示了帝国主义的经济侵略压垮民族工业经济,是造成农村经济崩溃的根本原因。

知识点 1

作家简介及作品 ☆

作者	茅盾,"文学研究会"的发起人之一。
作品	《蚀》三部曲(《幻灭》《动摇》《追求》),农村三部曲(《春蚕》《秋收》《残冬》),长篇小说《子夜》等。茅盾的小说以反映社会问题、进行社会剖析见长。

知识点 2

人物形象 ☆☆

老通宝	☛ 深受封建意识毒害,老一代农民,**勤劳俭朴**,**忠厚老实**,对生活抱有希望,执着坚韧,有虔诚的热情。**因循守旧**,凭直觉仇恨一切带"洋"字的东西,把家庭的衰败归结于封建迷信的因果报应。
	☛ 老通宝严禁他的儿子多多头跟荷花说话,是因为怕沾染了晦气。

知识点 3

思想内容 ☆

描写 20 世纪 30 年代初期江南农民老通宝一家养蚕丰收却破产的悲剧命运,反映了"一·二八"事变后江南农村经济凋敝、农民贫困化的现实。

形象地揭示了**帝国主义的经济侵略压垮民族工业经济**,是造成农村经济崩溃的根本原因。

知识点4

艺术特色 ☆

✎ 通过对丰富的生活细节的逼真描写,剖析社会问题的内在根源,体现了茅盾小说以**理性描写社会问题**并以**形象剖析社会本质**的艺术特质。

✎ 把江南农村的风土、人情、蚕事、自然景物的描写**融会交织**,歌颂了农民的农业劳动,寓有鲜明的地方特色,又**体现了时代波澜**。

知识解读

本节内容一般考查客观题。考生应掌握本篇在地方特色中寓以时代风波的艺术特点;着重注意小说的人物形象以及作者作品、写作背景等。

真题小练

◆【单选题】

(2018年4月全国)小说《春蚕》中老通宝的人物性格特征是(   )。

A. 勇敢果断,乐于奉献　　　　　　　B. 勤劳俭朴,因循守旧

C. 灵活变通,求新求异　　　　　　　D. 冷漠麻木,自轻自贱

【答案与解析】

B。老通宝形象:深受封建意识毒害的老一代农民,勤劳俭朴,忠厚老实,对生活抱有希望,执着坚韧,有虔诚的热情。因循守旧,凭直觉仇恨一切带"洋"字的东西,把家庭的衰败归结于封建迷信的因果报应,体现了老一代农民封闭僵化的历史惰性。

◆【多选题】

(2017年10月全国)下列各项,符合小说《春蚕》艺术特点的有(   )。

A. 抒发自我,表现浓郁的浪漫激情

B. 理性描写社会问题,剖析社会本质

C. 融情于景,极富江浙农村的地方特色

D. 时代的波澜与现实日常生活完美交织

E. 散文化与诗化相结合,富有诗情画意

【答案与解析】

BCD。《春蚕》小说通过对丰富的生活细节的逼真描写,旨在剖析社会问题的内在根源,体现了茅盾小说以理性描写社会问题并以形象剖析社会本质的艺术特质。小说把江南农村的风土、人情、蚕事、自然景物的描写融会交织,歌颂了农民的农业劳动,寓有鲜明的地方特色,体现了时代的波澜。

■ **牛刀小试**

◆ 【单选题】

1. 茅盾的《蚀》三部曲包括《幻灭》《动摇》和(　　)。

A.《残冬》　　　　　　　　　　B.《追求》

C.《子夜》　　　　　　　　　　D.《春蚕》

【答案与解析】

B。茅盾,原名沈德鸿,字雁冰,新文学社团"文学研究会"的发起人之一,代表作有《蚀》三部曲(《幻灭》《动摇》《追求》)等。

2. 老通宝严禁他的小儿子多多头跟荷花说话,是因为(　　)。

A. 害怕他们谈恋爱　　　　　　B. 荷花偷了他们家东西

C. 怕沾染了晦气　　　　　　　D. 荷花是个坏女人

【答案与解析】

C。"这些幸运的人儿唯恐看了荷花他们一眼或是交谈半句话就传染了晦气来！老通宝严禁他的小儿子多多头跟荷花说话"。故选 C。

第六节　菉竹山房

本节内容提要

本文写于 1932 年 11 月,小说以现代文明青年的视角叙述二姑姑的悲惨故事。

知识点 1

■ **作家简介及作品** ☆

作者	吴组缃,原名吴祖襄,安徽泾县人。
作品	短篇小说《樊家铺》《一千八百担》等。

知识点 2

■ **人物形象** ☆☆

二姑姑	窥房的情节揭示二姑姑的性情被封建礼教所扭曲。

知识点 3

■ **思想内容☆**

内容	小说以现代文明青年的视角（二姑姑的侄子）叙述二姑姑的悲惨故事。二姑姑年轻时也曾追求自己的爱情，但她逾越封建礼教的行为招来了悲惨结局，当喜欢的人落水而亡后，她抱着灵牌成亲，从此与丫鬟兰花一起生活在阴森可怕如坟墓般的箓竹山房里，整日与"鬼"为伴，强烈地批判了封建礼教对人性的扼杀。
深远意义	两个"女鬼"——二姑姑和兰花窥房的行为，表明了人性在被压制二十多年后仍具有顽强的生命力。

知识点 4

■ **艺术特色☆**

◈ 采用了一对受过现代文明教育的年轻夫妇的叙事视角，由去看望二姑姑带出对她过去故事的叙述，进入箓竹山房后直接描写了二姑姑枯寂绝望的现实生活。二姑姑和兰花**窥房**的情节更是神来之笔。故事达到高潮后戛然而止，余味无穷。

◈ 把故事浓缩在一个白天和一个夜晚中，集中写**二姑姑在坟墓般的生活中仍不失对正当人生的向往**。这样的结构不仅有利于表达主题，而且把二姑姑二十多年来如何遭受人性煎熬的痛苦作为空白留给读者去思考，更能激起读者对封建礼教的批判。

◈ 小说以**环境气氛的渲染烘托**来表现悲剧的艺术特色，作者用阴森的环境、尘封的房间、姑爹的鬼魂、蝙蝠壁虎、狂风暴雨来渲染烘托悲剧氛围。

■ **知识解读**

本节内容一般考查客观题。考生需掌握《箓竹山房》中悲剧的社会来源，作品以环境气氛的渲染烘托表现悲剧的艺术特色，注重小说的人物形象以及作者作品、写作背景等。

■ **真题小练**

◈ 【单选题】

1.（2017 年 10 月全国）小说《箓竹山房》中最能揭示二姑姑的性情被礼教所扭曲的情节是（　　）。

　　A. 绣细蝶　　　　B. 窥房　　　　C. 念诗念经　　　　D. 布置睡房

【答案与解析】

B。结尾二姑姑和兰花窥房的情节是神来之笔，刻画了两个因在现实坟墓般生活牢笼中的女人表现出最为世俗的欲望，表明了人性在被压制二十多年后仍具有顽强的生命力。将前文渲染的毛骨森森的气氛推向极致又突然逆转,故事达到高潮后戛然而止,余味无穷。艺术上出奇制胜,思想上发人深省。

2.(2018年4月全国)小说《菉竹山房》中,抱着灵牌出嫁、被封建礼教折磨得虽生犹死的人物形象是(   )。

  A. 兰花   B. 阿圆   C. 大伯娘   D. 二姑姑

【答案与解析】

D。《菉竹山房》写于1932年11月。小说以现代文明青年的视角叙述二姑姑的悲惨故事。二姑姑年轻时也曾追求自己的爱情,但她逾越封建礼教的行为却招来了悲惨结局,当喜欢的人落水而亡后,她抱着灵牌成亲,从此与丫鬟兰花一起生活在阴森可怕如坟墓般的菉竹山房里,整日与"鬼"为伴。

3.(2016年4月全国)小说《菉竹山房》中二姑姑的情感悲剧是(   )。

  A. 嫁给相爱者的灵牌,在孤寂中老去

  B. 不知情的乱伦之恋导致同归于尽

  C. 不能嫁给相爱者而抑郁致死

  D. 与亡夫弟弟的婚礼不被家人认可而痛苦万分

【答案与解析】

A。《菉竹山房》以现代文明青年的视角叙述二姑姑的悲惨故事。二姑姑年轻时曾追求自己的爱情,当喜欢的人落水而亡后,她抱着灵牌成亲,从此与丫鬟兰花一起生活在阴森可怕如坟墓般的菉竹山房里,整日与"鬼"为伴,强烈地批判了封建礼教对人性的扼杀。

牛刀小试

◆【单选题】

1.下列通过长辈对晚辈的"窥房"来表现人物心理畸变的小说是(   )。

  A.《断魂枪》   B.《菉竹山房》   C.《金锁记》   D.《沉沦》

【答案与解析】

B。小说《菉竹山房》采用了一对受过现代文明教育的年轻夫妇的叙事视角,由去看望二姑姑带出对她过去故事的叙述,进入菉竹山房后直接描写了二姑姑枯寂绝望的现实生活。二姑姑和兰花窥房的情节更是神来之笔。故事达到高潮后戛然而止,余味无穷。

2.小说《菉竹山房》为刻画人物而描写了阴森、清冷的生活环境,这种表现手法是(   )。

  A. 夸张   B. 对比   C. 反讽   D. 烘托

【答案与解析】

D。小说以环境气氛的渲染烘托来表现悲剧的艺术特色,作者用阴森的环境、尘封的房间、姑爹的鬼魂、蝙蝠壁虎、狂风暴雨来渲染烘托悲剧氛围。

第七节 九十九度中

本·节·内·容·提·要

本文发表于 1934 年，小说采用全景的视角，描写了北京某地区的人们在酷暑中从白天到夜晚的日常生活。

知识点 1

作家简介及作品☆

作者	林徽因，中国现代建筑学家、作家。
作品	诗歌《你是人间四月天》和小说《九十九度中》等。

知识点 2

思想内容☆

	采用**全景的视角**，描写了北京某地区的人们在酷暑中从白天到夜晚的日常生活。
内容	<ul><li>三个挑夫送食品给张宅，讨赏钱，在胡同口喝酸梅汤，其中一个晚上回家得病，因请不到医生而暴死。</li><li>卢二爷见挑夫的食品而去东安市场西门口，与逸九、老孟喝茶聊天。</li><li>卢二爷的车夫杨三找王康讨债，二人扭打，被巡警所抓，晚上蹲在捕房等待主人来救。</li><li>张宅庆祝老夫人七十大寿，准备筵席、拜寿、开夜宴。</li><li>喜燕堂新娘阿淑追忆自己不如意的婚事，心想着表哥逸九。</li></ul>
思想	这些故事**齐头并进，同时铺展**，表现了生活是一个复杂的有机体。小说隐隐透着一种贫富的对照，如挑夫的艰辛暴死与张宅的奢华热闹；同时也暗含着人生的不如意，如阿淑与逸九心想对方，近在咫尺，但互不知道。

知识点 3

结构语言特点和人物刻画手法☆

✎ 全景视角描写北京某地区人们在酷暑中从早到晚的日常生活。

✎ 同一时间内、不同场所的故事齐头并进、**多点开花**的结构。

✎ 打破故事的时间性,以空间的重组来表现生活。

✎ 表现方式类似电影的**蒙太奇**手法。

✎ 人物的刻画既有**白描手法**,也有**心理描写**,还有**浓缩时空**的表现手法。

✎ 语言明快跳跃,简洁有力。

■ 知识解读

本节内容一般考查客观题。考生应掌握本篇的结构特点;了解展示生活场景的叙事方式。

■ 真题小练

◆【单选题】

(2019年4月全国)被批评家李健吾认为"最富有现代性",采用全景视角描写北京某地区人们日常生活的作品是( )。

A.《子夜》　　B.《铸剑》　　C.《九十九度中》　　D.《山峡中》

【答案与解析】

C。《九十九度中》发表于1934年,小说采用全景视角,描写北京某地区的人们在酷暑中从白天到晚上的日常生活。因其独特的艺术风格,被著名批评家李健吾认为"最富有现代性"。故本题选C。

◆【多选题】

(2018年4月全国)下列各项,符合林徽因小说《九十九度中》结构特点的有( )。

A. 全景视角描写北京某地区人们在酷暑中从早到晚的日常生活

B. 同一时间内、不同场所的故事齐头并进、多点开花的结构

C. 采用了传统的说书形式

D. 打破故事的时间性,以空间的重组来表现生活

E. 采用电影的蒙太奇手法

【答案与解析】

ABDE。《九十九度中》发表于1934年,小说采用全景视角,描写北京某地区的人们在酷暑中从白天到晚上的日常生活。因此,A选项当选。

《九十九度中》艺术风格独特,被著名批评家李健吾认为"最富有现代性"。小说的结构非常独特,采用全景的视角,形成了以场所为基点,以时间为基准,同一时间内不同场所的故事齐头并进、多点开花的结构,打破了小说要求的故事的完整性和延续性,整个作品如驳杂的画卷,描绘着生活的斑斓与复杂。因此,B选项当选。

小说表现手法灵活多变,从小说结构的整体上看,其表现方式类似电影的蒙太奇手法,打破故事的时间性,以空间的重组来表现生活;从小说刻画人物的方法看,既有中国传统所重视

的白描的手法,也有"五四"时期从西方学习的心理描写,还有电影的浓缩时空的表现手法。因此,D 选项和 E 选项当选。

综上,本题应选 ABDE。

◆【论述题】

(2015 年 4 月全国)试论林徽因小说《九十九度中》的主题思想和艺术特征。

【答案与解析】

主题思想:

(1)小说主要描写了北京某地区的人们在酷暑中从白天到夜晚的日常生活,表现了生活是一个复杂的有机体。

(2)小说隐隐透露出一种贫富对照,暗含着人生的不如意。

艺术特征:

(1)结构非常独特。采用全景视角,形成了以场所为基点,以时间为基准,同一时间内不同场所的故事齐头并进、多点开花的结构,打破了小说要求的故事的完整性和延续性,描绘出生活的斑斓与复杂。

(2)表现手法灵活多变。从整体来看,小说的表现方式类似电影蒙太奇手法,打破故事的时间性,以空间的重组来表现生活;从小说刻画人物的方法看,既有中国传统的白描手法,也有"五四"时期从西方学习的心理描写,以及电影的浓缩时空的表现手法。小说语言明快跳跃,简洁有力。

■ 牛刀小试

◆【单选题】

小说《九十九度中》的作者是(　　　　)。

A. 林徽因　　　　　　B. 萧红　　　　　　C. 张爱玲　　　　　　D. 丁玲

【答案与解析】

A。林徽因是中国现代建筑学家、作家。她的文学代表作有诗歌《你是人间四月天》和小说《九十九度中》等。

◆【多选题】

小说《九十九度中》使用的艺术手法有(　　　　)。

A. 白描　　　　　　B. 心理描写　　　　　　C. 蒙太奇　　　　　　D. 对照

E. 全景视角

【答案与解析】

ABCDE。《九十九度中》结构独特,采用全景的视角,表现手法灵活多变。整体看类似电影蒙太奇手法,打破故事的时间性,以空间的重组来表现生活。刻画人物既有中国传统的白描手法,又有西方心理描写,还有电影的浓缩时空的表现手法,此外还隐约透露着贫富的对照。

第八节 断 魂 枪

本 节 内 容 提 要

《断魂枪》写于1935年,故事发生的时间虽然不明确,大致可以定为清末民初。小说借镖师沙子龙、王三胜们以及孙老者对冷兵器枪法的不同态度,对大时代转型中的个人选择问题进行了深入思考。本文以"生命是闹着玩,事事显出如此。从前我这么想过,现在我懂得了"这句话作为题记。

知识点1

📖 作家简介及作品☆

作者	**老舍**,满族,原名舒庆春,字舍予。他的作品多以老北京为背景,表现城市底层人们的生存困境,擅长运用**北京方言**。
作品	长篇小说《骆驼祥子》《四世同堂》,话剧《茶馆》等。

知识点2

📖 人物形象☆☆

沙子龙	对时代潮流认识清醒,处事周全,具有远见卓识。**至死不传"五虎断魂枪"**。
孙老者	貌不惊人、干巴直率、武艺出众又深藏不露,和王三胜都沉迷在东方的大梦中。孙老者是**真心学艺,磊落果断**。他主动登门挑战沙子龙,并要求学习"五虎断魂枪"。
王三胜们	对沙子龙前后态度的变化表现了其肤浅短视的一面。性格:争强好胜,目光短浅。

知识点 3

思想内容 ☆

　　小说借镖师沙子龙、王三胜们以及孙老者对冷兵器枪法的不同态度,对**大时代转型中的个人选择问题**进行了深入思考。

知识点 4

艺术特色 ☆

- ✎ **对比手法**。以"五虎断魂枪"为中心,运用对比手法刻画了三个性格迥然不同的人物。沙子龙对时代潮流认识清醒,处事周全;孙老者和王三胜都沉迷在东方的大梦中,盲目崇拜"国粹",不能与时俱进,排斥外来新事物,但孙老者是真心学艺,磊落果断;王三胜们功利、爱炫耀,对沙子龙前后态度的变化则表现了其肤浅短视的一面。

- ✎ **抓取典型细节刻画人物**。沙子龙月夜练枪(白描手法),孙老者的形象,王三胜们对沙子龙前后不同的评价,都能鲜明揭示人物性格。

知识点 5

文章人物故事 ☆☆

沙子龙	由于火车、快枪、通商与恐怖盛行,清醒地认识到了"东方的大梦没法子不醒了",沙子龙的镖局已改成客栈。
孙老者	主动登门挑战并要求学习"五虎断魂枪"这一绝技。

知识解读

　　本节内容一般考查客观题。考生需掌握王三胜、孙老者的性格特点及其对塑造主要人物沙子龙所起的作用,掌握人物形象及其意义。

真题小练

◆【单选题】

1.(2018 年 4 月全国)小说《断魂枪》叙写沙子龙月夜练枪和孙老者的形象时所采用的手法是(　　)。

　　A. 白描　　　　　B. 意识流　　　　　C. 夸张　　　　　D. 反讽

【答案与解析】

　　A。白描是文学表现手法之一,主要用朴素简练的文字描摹形象。小说运用白描手法,通过对人物肖像、语言、动作的传神描写刻画人物的特点,而且善于抓取典型细节刻画人物,沙子龙月夜练枪,孙老者的形象,王三胜对沙子龙前后不同的评价,都能鲜明揭示人物的性格。

2.(2019年10月全国)小说《断魂枪》中,王三胜的性格特征是(　　)。

    A. 固步自封,偏执狭隘　　　　　　B. 豪爽磊落,与时俱进

    C. 争强好胜,目光短浅　　　　　　D. 老成持重,处事周全

【答案与解析】

C。小说《断魂枪》中,王三胜的性格特征是争强好胜,目光短浅。文中王三胜与"老头子"的比武表明了他的争强好胜。王三胜还沉迷在东方大梦中,对沙子龙前后态度的变化,则表明了他的目光短浅。

◆【解析题】

(2014年10月全国)老舍小说《断魂枪》中王三胜、孙老者的性格特点有哪些,刻画他们对塑造主要人物沙子龙有何作用?

【答案与解析】

(1)王三胜与孙老者都盲目崇拜"国粹",排斥外来新事物,不能与时俱进。但两者的性格也有不同:王三胜功利,爱炫耀,肤浅短视;孙老者真心学艺,磊落果断。

(2)写王三胜和孙老者,通过对比手法,突出了沙子龙对时代潮流的清醒认识和处事周全、宽容大度的性格;通过王三胜对沙子龙前后不同的评价,显现了沙子龙鲜明的性格。

■ 牛刀小试

◆【单选题】

1.小说《断魂枪》中,至死不传"五虎断魂枪"的人物是(　　)。

    A. 沙子龙　　　　B. 王三胜　　　　C. 孙老者　　　　D. 鬼冬哥

【答案与解析】

A。小说《断魂枪》中,"五虎断魂枪"是沙子龙的武技,并且到最后沙子龙也未将"五虎断魂枪"传给别人。

2.在小说《断魂枪》中,主动登门挑战并要求学习"五虎断魂枪"这一绝技的人物是(　　)。

    A. 沙子龙　　　　B. 王三胜　　　　C. 孙老者　　　　D. 孙侦探

【答案与解析】

C。小说《断魂枪》借镖师沙子龙、王三胜们以及孙老者对冷兵器枪法的不同态度,对大时代转型中的个人选择问题进行了深入思考。根据小说内容,孙老者主动登门挑战并要求学习"五虎断魂枪"这一绝技。

第九节 小城三月

本节内容提要

> 《小城三月》写于 1941 年，是萧红的代表作之一，用第一人称讲述了翠姨的爱情悲剧和人生悲剧。

知识点 1

作家简介及作品☆

作者	**萧红**，其作品不事雕琢，浑然天成，往往采取儿童视角来描绘社会人生，体现了女性特有的书写方式。
作品	长篇小说《生死场》《呼兰河传》和短篇小说《小城三月》。

知识点 2

人物形象☆☆

翠姨	身世不幸，寂寞凄凉，父亲早亡，寡母再嫁。她**聪明、美丽、沉静、内向、孤傲**，虽是传统女性，没有读过书，但在与大学生的偶尔接触交往中产生了对具有现代文明的爱情与婚姻的向往。内向压抑的个性以及她周围的保守世俗扼杀了她个性意识与妇女觉醒的观念。

知识点 3

思想内容☆

　　用**第一人称**讲述了翠姨的爱情和人生悲剧。翠姨与"我"堂哥的恋爱悲剧以及她**抑郁而终**抵抗封建婚姻的人生悲剧，是由人物的进步要求与时代局限之间的冲突造成的。

　　翠姨朦胧的个性意识与妇女觉醒的观念为自己内向压抑的个性以及她周围的保守世俗所扼杀。翠姨的悲剧是中国社会文化转型时期觉醒女性普遍遭遇到的悲剧，表达了作者**对女性解放的深切关注**。

知识点 4

■ **艺术特色** ☆

✎ 浓烈的抒情色彩。

✎ 借用"我"（**第一人称**）的童年视角,通过对女性日常琐事的艺术描写,把笔触深入到女主人公的心灵深处,刻画了翠姨丰满的形象。(**买绒绳鞋的情节**,表现了翠姨内向、孤傲的个性,也暗示了爱情悲剧。)

✎ 按照时间顺序把翠姨的故事娓娓道来,将**小说的形象**、**散文的结构**、**诗歌的意境**融为一体。

✎ 开头结尾景物描写:以充满生机的春天开始,引出翠姨的爱情故事,又以北方的春天短暂易逝、翠姨的坟头长满青草作结,翠姨的悲剧散发着凄婉、悲凉的气味,具有深深打动读者的艺术魅力。

■ **知识解读**

本节内容一般考查客观题。考生应了解翠姨形象;并能分析本篇运用多种手法刻画人物性格、心理的特点。

■ **真题小练**

◆ 【单选题】

1. (2017 年 10 月全国)小说《小城三月》中,表现翠姨内向孤傲的个性并暗示其爱情悲剧结局的情节是( )。

A. 梳头　　　　B. 买绒绳鞋　　　　C. 弹琴　　　　D. 看花灯

【答案与解析】

B。小说《小城三月》中,翠姨买绒绳鞋的起伏曲折,不仅表现了翠姨内向、孤傲的个性,也暗示了她爱情悲剧的结局。

2. (2017 年 4 月全国)小说《小城三月》中故事的叙述方式是( )。

A. 第三人称叙述　　　　　　　　B. 第一人称叙述

C. 第二人称叙述　　　　　　　　D. 第一人称与第二人称叙述交织

【答案与解析】

B。《小城三月》用第一人称讲述了翠姨的爱情悲剧和人生悲剧。

3. (2015 年 4 月全国)小说《小城三月》的叙述融合了多种文体特色,它们是( )。

A. 小说的形象、诗歌的意境、散文的结构

B. 戏剧的冲突、诗歌的意境、散文的结构

C. 戏剧的冲突、诗歌的意境、小说的形象

D. 杂文的犀利、戏剧的冲突、小说的形象

【答案与解析】

A。小说《小城三月》的叙述融合了多种文体特色，它们是：小说的形象、诗歌的意境、散文的结构。小说不着意于强烈的矛盾冲突与曲折起伏的情节，而是将翠姨的故事按照时间顺序娓娓道来，将小说的形象、散文的结构、诗歌的意境融为一体。

牛刀小试

【单选题】

萧红笔下，把自己恋爱的秘密带进坟墓的人物形象是(　　)。

A. 堂妹　　B. 翠姨　　C. 大小姐　　D. 四凤

【答案与解析】

B。《小城三月》用第一人称讲述了翠姨与堂哥的恋爱悲剧以及她抑郁而终抵抗封建婚姻的人生悲剧。翠姨抑郁而终，"哥哥"不知翠姨为什么死，大家也都心中纳闷儿。可见选 B。

【简析题】

简析《小城三月》中的翠姨形象。

【答案与解析】

(1) 聪明、美丽、沉静、内向、孤傲的传统女性。

(2) 没有读过书，但在与大学生的偶尔接触交往中产生了对具有现代文明的爱情与婚姻的向往。

(3) 翠姨朦胧的个性意识与妇女觉醒的观念为自己内向压抑的个性以及她周围的保守世俗所扼杀。翠姨的悲剧是中国社会文化转型时期觉醒女性普遍遇到的困境。

第十节　小二黑结婚

本节内容提要

本文写于 1943 年，小说歌颂了抗日民主根据地的新人物和新气象。

📢 知识点 1

📖 作家简介及作品☆

作者	**赵树理**,原名赵树礼,山西沁水人。
作品	**短篇小说《小二黑结婚》**,**中篇小说《李有才板话》**,**长篇小说《李家庄的变迁》和《三里湾》等。**

📢 知识点 2

📖 思想内容☆

小说歌颂了**抗日民主根据地的新人物和新气象**。

农民小二黑和小芹对自由恋爱的追求表明新一代的农民在成长。他们的自由恋爱受到窃取农村基层政权的流氓村干部金旺兄弟的阻挠和迫害,但最终因为区政府的支持而获得了胜利。

赵树理通过小二黑和小芹抗拒地方恶势力和农村封建思想的自由恋爱故事,尖锐地指出了当时即使在抗日民主根据地,还是有坏人混入基层政权,利用封建思想继续迫害贫苦农民,成为人民群众的大敌。这是必须唤起人们警惕的。

📢 知识点 3

📖 艺术特色☆☆

✏ **采用以人物引出人物、以故事引出故事、大故事套小故事的艺术手法**,在解开悬念的同时又推动悬念,故事情节的发展过程又是人物性格成长的过程,强烈地吸引着读者。

✏ ☛ **运用多重对比手法来刻画人物**。两位"神仙"二诸葛和三仙姑不仅内部构成对比,即一男一女,一下神,一占卜,相映成趣,而且他们作为老一代落后的农民形象与新一代年轻进取的农民形象小二黑和小芹构成了对比。

☛ 同是年轻人的小二黑、小芹与金旺兄弟,前者积极进取、正直纯洁,后者欺压邻里、无恶不作。

☛ 同是根据地边区政权的代表者,金旺兄弟以权谋私、滥用权力,而区里干部严正英明、依法办事。

✏ 语言个性化,叙述语言口语化,通俗易懂,生动传神,活泼有趣。

知识点 4

文章人物故事 ☆☆

三仙姑	刘家峧的两个"神仙"之一。新外号"前世姻缘"。"虽然已经四十五岁,却偏爱当个老来俏,小鞋上仍要绣花,裤腿上仍要镶边,顶门上的头发脱光了,用黑手帕盖起来,只可惜官粉涂不平脸上的皱纹,看起来好像驴粪蛋上下上了霜。"
二诸葛	刘家峧的两个"神仙"之一。新外号"命相不对",在区长面前反复说"恩典恩典"。
小芹	三仙姑的女儿,与小二黑一起争取恋爱自由、婚姻自主。解放区新农民形象。
小二黑	解放区新农民形象。
金旺和兴旺	最后结局是被判刑。

知识解读

本节内容一般考查客观题。考生应了解作品的故事背景和思想内容;着重掌握文章人物故事。

真题小练

◆【单选题】

1.（2017 年 10 月全国）小说《小二黑结婚》刻画人物形象运用的主要艺术手法是(　　)。

　　A. 排比　　　　　　B. 比喻　　　　　　C. 对比　　　　　　D. 白描

【答案与解析】。

C。《小二黑结婚》用了多重对比手法刻画人物。两位"神仙"二诸葛和三仙姑不仅内部构成对比,即一男一女、一下神、一占卜,相映成趣;且他们作为老一代落后农民形象与新一代年轻进取的农民形象小二黑和小芹构成对比;同是年轻人的小二黑、小芹与金旺兄弟,前者积极进取、正直纯洁,后者欺压邻里、无恶不作;同是根据地边区政权的代表者,金旺兄弟以权谋私、滥用权力,区里干部严正英明、依法办事。

2.（2016 年 10 月全国）小说《小二黑结婚》的结尾处,新的外号"前世姻缘"与"命相不对"所指的人物,分别是(　　)。

　　A. 小二黑和小芹　　　　　　　　B. 金旺和二诸葛

　　C. 小芹和三仙姑　　　　　　　　D. 三仙姑和二诸葛

【答案与解析】

D。小说《小二黑结婚》的结尾处,淘气的孩子去听窗,学会了这两句话,就给两个"神仙"加了新外号:三仙姑叫"前世姻缘";二诸葛叫"命相不对"。

◀【多选题】

(2019 年 10 月全国)小说《小二黑结婚》在语言运用方面呈现出来的特点征有(　　)。

A. 个性化　　　　　B. 口语化　　　　　C. 通俗易懂　　　　　D. 生动传神

E. 活泼有趣

【答案与解析】

ABCDE。《小二黑结婚》的语言富有个性化的特征,叙述语言口语化,通俗易懂,生动传神,活泼有趣。

■ 牛刀小试

◀【单选题】

小说《小二黑结婚》中,与小二黑自由恋爱的女性是(　　)。

A. 曹七巧的女儿长安　　　　　　　　B. 王老大的女儿阿毛

C. 三仙姑的女儿小芹　　　　　　　　D. 老头子的女儿野猫子

【答案与解析】

C。《小二黑结婚》是赵树理的短篇小说代表作,小说通过小二黑和小芹抗拒地方恶势力和农村封建思想的自由恋爱故事,歌颂了抗日民主根据地的新人物和新气象,他们对自由恋爱的追求表明了新一代的农民在成长。

第十一节　金　锁　记

本 节 内 容 提 要

《金锁记》写于 1943 年,发表后曾经被傅雷称为"我们文坛最美的收获之一"。小说成功塑造了曹七巧这一典型形象,对隐秘复杂的可怕人性进行了深入的开掘。

知识点 1

■ 作家简介及作品☆

作者	张爱玲,出生于上海,1952 年移居香港,1955 年旅居美国。
作品	1943 年发表《金锁记》《倾城之恋》等作品。代表作还有小说集《传奇》,散文集《流言》,长篇小说《半生缘》等。

知识点 2

■ **人物形象☆☆**

曹七巧	嫁人后变得自私刻薄,丈夫患病后,因自己的情欲得不到满足而挑逗小叔子,丈夫去世后对黄金的占有欲战胜了情欲,成了黄金的奴隶,**因自己婚姻不幸而破坏儿女人生幸福**。被人损害又反过来损害他人。

知识点 3

■ **艺术特色☆☆**

✎ 延展时空和压缩时空,即重要场面详细铺展,无关紧要的长时段以电影蒙太奇的方式加以压缩,情节发展有张有弛,在散漫的篇幅中展现人物心理扭曲的一生。

✎ 善于用生动传神的语言、动作、衣着装饰的细节以展示人物复杂的心理态势。

✎ 开篇时用**月亮的意象**引出全篇,贯穿始终,给小说涂上了一层**苍凉的色调**,把读者对曹七巧悲剧命运的思考带向更为深远的人生喟叹。

知识点 4

■ **文章人物故事☆☆**

童世舫	得知长安吸食鸦片直接导致了他最终未能与长安结合。
长安	曹七巧的女儿。

■ **知识解读**

本节内容一般考查客观题。考生应了解曹七巧的心理变态过程;理解本篇的结构特点。

■ **真题小练**

◆ 【单选题】

1.(2017年10月全国)写于1943年,发表后曾被傅雷称为"我们文坛最美的收获之一"的小说是(　　)。

　　A.《倾城之恋》　　　　　　　　　　B.《金锁记》

　　C.《春风沉醉的晚上》　　　　　　　D.《蜗牛在荆棘上》

【答案与解析】

B。张爱玲的《金锁记》写于1943年,发表后曾经被傅雷称为"我们文坛最美的收获之一"。

2. (2019 年 4 月全国)小说《金锁记》中长安与童世舫爱情破灭的原因主要是(　　　)。

    A. 长安移情别恋　　　　　　　　　B. 童世舫移情别恋

    C. 曹七巧的破坏　　　　　　　　　D. 姜季泽的阻挠

【答案与解析】

C。本题考查的是对《金锁记》内容及人物关系的掌握。

《金锁记》中,曹七巧将童世舫约到家中,告诉他长安曾吸食鸦片的事实,导致长安与童世舫爱情破灭。故本题选 C。

3. (2016 年 10 月全国)小说《金锁记》用以引出全篇,贯穿始终,给小说涂上一层苍凉色调的意象是(　　　)。

    A. 枷锁　　　　　B. 月亮　　　　　C. 死水　　　　　D. 风雪

【答案与解析】

B。小说《金锁记》开篇时用月亮引出全篇,贯穿始终,给小说涂上了一层苍凉色调,把读者对曹七巧悲剧命运思考带向更为深远的人生喟叹。

▶ 牛刀小试

◆【单选题】

1. 小说《金锁记》中,因自己婚姻不幸而破坏儿女人生幸福的母亲形象是(　　　)。

    A. 鲁侍萍　　　　B. 曹七巧　　　　C. 曾树生　　　　D. 孙柔嘉

【答案与解析】

B。小说《金锁记》中因自己婚姻不幸而破坏儿女人生幸福的母亲形象是曹七巧。曹七巧告诉童世舫长安曾吸食鸦片的事实,导致长安与童世舫爱情破坏。

2. 下列小说作品中,发表于 20 世纪 40 年代的是(　　　)。

    A.《金锁记》　　B.《春桃》　　C.《狂人日记》　　D.《祝福》

【答案与解析】

A。张爱玲的《金锁记》写于 1943 年,发表后曾经被傅雷称为"我们文坛最美的收获之一"。小说成功塑造了曹七巧这一典型形象,对隐秘复杂的可怕人性进行了深入的发掘。

《春桃》的作者是许地山,作品原载于 1934 年《文学》三卷一号上,后收在《危巢坠简》小说集里。《狂人日记》写于 1918 年 4 月,首发于 1918 年 5 月 15 日。《祝福》写于 1924 年 2 月 7 日,发表于 1924 年 3 月 25 日。

第十二节　荷　花　淀

本节内容提要

本文写于 1945 年,作品反映了抗战时期冀中人民的斗争生活,记叙了白洋淀妇女由送丈夫参军到她们自己组织起战斗队的故事。

知识点 1

作家简介及作品☆

作者	孙犁,原名孙树勋,河北安平人。
作品	短篇小说《荷花淀》,长篇小说《风云初记》等。

知识点 2

思想内容☆

- 写于 1945 年,反映了抗战时期冀中抗日根据地人民的斗争生活。
- 作者以轻松明快的笔调,通过对白洋淀妇女由送夫参军到自觉地组织起一支战斗队伍的细致描绘,歌颂了中国农村劳动妇女的美丽心灵和美好情操:**勤劳持家**、**细腻开朗**、**深明大义**、**思想进步**。
- 小说也表现了劳动人民乐观向上、积极进取的精神风貌(主人公以水生嫂为代表)。

知识点 3

艺术特色☆☆

- **构思新颖**。没有正面渲染战争的严酷,而是以轻松明快的笔调,秉着描写妇女们从送夫参军到自觉组织队伍的过程,将紧张的战斗和日常生活细节糅合起来,按照生活顺序,自然地展开故事,体现和歌颂英勇抗日的爱国主义和乐观主义精神。
- 情节展开疏密相间,详略得当。对夫妻话别等典型场景工笔细描、重点渲染,对正面战斗场景和其他一般情节,只作粗线条勾勒或侧面暗示。
- 通过动作、对话和细节描写,细致入微地刻画人物心理,特别是对水生嫂及其他妇女形象的刻画,笔墨省俭,形象传神。
- 情景交融,意境优美,富于诗情画意,融小说、诗歌、散文的特点为一体。

📢 知识点 4

📖 **精选片段** ☆

这一年秋季,她们学会了射击。冬天,打冰夹鱼的时候,她们一个个登在流星一样的冰船上,来回警戒。敌人围剿那百顷大苇塘的时候,她们配合子弟兵作战,出入在那芦苇的海里。

📖 **知识解读**

本节内容一般考查客观题。考生应了解本篇的思想和艺术特色;并能够分析水生嫂等妇女形象。

📖 **真题小练**

◆ 【单选题】

1.(2016年4月全国)把自然风光与人物美好心灵融为一体,使之具有诗情画意的作品是( )。

    A.《荷花淀》   B.《蜗牛在荆棘上》

    C.《山峡中》   D.《春桃》

【答案与解析】

A。《荷花淀》是孙犁的代表作,作品反映了抗战时期冀中人民的斗争生活。语言生动浅显、明快干净,但又不失耐人寻味之趣。小说中自然风光的美丽与人物心灵的美好融为一体,具有诗情画意般的意境。

2.(2014年4月全国)记叙白洋淀妇女由送丈夫参军到她们自己组织起战斗队故事的作品是( )。

    A.《生死场》   B.《追求》

    C.《饥饿的郭素娥》   D.《荷花淀》

【答案与解析】

D。《荷花淀》反映了抗战时期冀中人民的斗争生活,描写了白洋淀妇女由送夫参军到自觉地组织起一支战斗队伍的成长经历,歌颂了中国农村劳动妇女的美丽心灵。

◆ 【多选题】

(2016年10月全国)小说《荷花淀》歌颂的以水生嫂为代表的中国农村劳动妇女的美好情操有( )。

    A. 勇敢   B. 善良朴实   C. 不断学习   D. 机智

    E. 感情细腻

【答案与解析】

ABCDE。《荷花淀》描写了以水生嫂为代表的青年妇女的成长过程,由最初支持和挂念外出抗日的丈夫们,继而在荷花淀里亲见了丈夫们成功伏击日本鬼子的战斗场面,到最后自觉组织队伍在荷花淀里抗日作战。她们的成长过程,表现了她们的美好心灵和情操:勤俭持家、细腻开朗、深明大义、思想进步。选项里的品质都属于以水生嫂为代表的中国农村劳动妇女的美好品质。

■ **牛刀小试**

◆ 【单选题】

《荷花淀》中的女主人公是水生的( )。

　　A. 姐姐　　　　　B. 未婚妻　　　　C. 妻子　　　　　D. 母亲

【答案与解析】

C。小说《荷花淀》描写了以水生嫂为代表的青年妇女的成长过程,由最初支持和挂念外出抗日的丈夫们,继而在荷花淀里亲见了丈夫们成功伏击日本鬼子的战斗场面,到最后自觉组织队伍在荷花淀里抗日作战。女主人公水生嫂是水生的妻子。

◆ 【论述题】

试述孙犁《荷花淀》的艺术特色。

【答案与解析】

(1)构思新颖。没有正面渲染战争的严酷,而是以轻松明快的笔调,秉着描写妇女们从送夫参军到自觉组织队伍的过程,将紧张的战斗和日常生活细节糅合起来,按照生活顺序,自然地展开故事,体现和歌颂了英勇抗日的爱国主义和乐观主义精神。

(2)情节展开疏密相间,详略得当。对夫妻话别等典型场景工笔细描、重点渲染,对正面战斗场景和其他一般情节,只作粗线条勾勒或侧面暗示。

(3)通过动作、对话和细节描写,细致入微地刻画人物心理,特别是对水生嫂及其他妇女形象的刻画,笔墨省俭,形象传神。

(4)情景交融,意境优美,富于诗情画意,融小说、诗歌、散文的特点为一体。

第二章　诗歌（精读篇目）

诗歌（精读篇目）
- 《凤凰涅槃》
- 《死水》
- 《雨巷》
- 《再别康桥》
- 《大堰河——我的保姆》
- 《断章》
- 《防空洞里的抒情诗》
- 《纤夫》
- 《十四行集》
- 《金黄的稻束》
- 《力的前奏》

第一节　凤凰涅槃

本节内容提要

本文选自诗集《女神》。它借凤凰"集香木自焚，复从死灰中更生"的古老传说，表现了强烈的爱国激情和狂飙突进的时代精神。

知识点 1

作家简介及作品☆

作者	**郭沫若**，著名诗人、剧作家、历史学家、古文字学家、社会活动家和革命家，**创造社主要发起人之一**。
作品	诗集《女神》《星空》《恢复》等，历史剧《屈原》《虎符》《蔡文姬》等。

知识点 2

凤凰形象☆☆

凤凰	☛ 凤凰形象壮美而崇高。"凤"的歌象征男性的歌，狂飙突进式地否定旧世界的一切；"凰"的歌象征女性的歌，在悲怆中大胆扬弃因袭的旧我，实现自我生命的更新。从空间角度描绘苦难的旧中国，诅咒冷酷黑暗的旧世界。"凰"在吟唱中追问年轻时候的新鲜、甘美光华和欢爱哪去了。
	☛ 凤凰严厉斥责庸俗猥琐的一群"凡鸟"，热烈向往**新鲜**、**净朗**、**华美**、**芬芳**的新世界。"凤凰"是**民族和祖国的象征**。

知识点 3

思想内容☆

《凤凰涅槃》借助凤凰"集香木自焚，复从死灰中更生"的传说，表达了"五四"时期知识分**子实现自我生命更新的希望**。表达了敢于彻底破坏旧事物、创造现世光明的进步社会理想。

凤凰涅槃象征国家与民族的觉醒和更新，表现了**强烈的爱国激情和狂飙突进的时代精神**。

📣 **知识点 4**

▪ **艺术特色** ☆☆☆

✏ 想象瑰奇,色彩明丽,富有**浪漫主义特色**。

✏ **泛神论色彩**。把宇宙万物和自我融会在一起,造成一种万物同源、和谐一致的境界,表现诗人与祖国人民融合为一的愿望,也具有浓厚的泛神论色彩。

✏ **诗歌形式打破旧诗格律**,借鉴西方近代自由体诗,形式自由奔放,实现了诗体的大解放(自由体)。

✏ 采用**设问**、**排比**、**反复**的手法,诗情获得了酣畅的表达,又做到了节奏明快,适于朗诵。

📣 **知识点 5**

▪ **浪漫主义特色** ☆

✏ **诗人以火山爆发式的革命诗情来表现革命的理想**。诗人塑造了凤凰的崇高纯洁、不屈不挠的斗争形象,表达了中国人民的心声,表现了强烈的反抗意志和创造力量,抒发了对革命理想的热烈憧憬、追求和坚定的信念。

✏ **诗歌以神话传说为题材**,构思富有幻想色彩,想象力丰富,极大地拓展了诗歌的表现力和感染力。加上形象生动的比喻和抒情的、富有音乐性的诗歌语言,形成了浪漫主义的艺术风格。

📣 **知识点 6**

▪ **精选片段** ☆

除夕将近的空中/飞来飞去的一对凤凰/唱着哀哀的歌声飞去/衔着枝枝的香木飞来/飞来在丹穴山上。

我们年轻时候的新鲜哪儿去了?我们年轻时候的甘美哪儿去了?我们年轻时候的光华哪儿去了?我们年轻时候的欢爱哪儿去了?

▪ **知识解读**

本节内容一般考查客观题。考生需了解凤凰的形象及其象征意义;理解诗篇所表现的泛神论色彩;掌握诗篇的浪漫主义特色。

▪ **真题小练**

◈ 【单选题】

(2018 年 4 月全国)诗歌《凤凰涅槃》中,在吟唱中追问年轻时候的新鲜、甘美、光华和欢爱哪儿去了的动物是(　　)。

A. 凤　　　　　　B. 凰　　　　　　C. 鸽子　　　　　　D. 鹰

【答案与解析】

B。《凤凰涅槃》中的《凰歌》节选:我们年轻时候的新鲜哪儿去了?我们年轻时候的甘美哪儿去了?我们年轻时候的光华哪儿去了?我们年轻时候的欢爱哪儿去了?因此答案是B。

◆【多选题】

(2017年10月全国)诗歌《凤凰涅槃》中凤凰更生后所歌唱的新世界的特征有(　　)。

A. 新鲜　　　　　B. 悠久　　　　　C. 华美　　　　　D. 芬芳

E. 自由

【答案与解析】

ACD。凤凰严厉斥责庸俗猥琐的一群"凡鸟",热烈向往新鲜、净朗、华美、芬芳的新世界。

◆【论述题】

(2014年4月全国)试论郭沫若《凤凰涅槃》的主题思想和艺术特色。

【答案与解析】

(1) 主题思想:

① 《凤凰涅槃》借助凤凰"集香木自焚,复从死灰中更生"的传说,表达了"五四"时期知识分子实现自我生命更新的希望。

② 表达了敢于彻底破坏旧事物、创造现世光明的进步社会理想。

③ 象征着国家民族的觉醒和更新,表现了强烈的爱国激情和狂飙突进的时代精神。

(2) 艺术特色:

① 《凤凰涅槃》想象瑰奇,色彩明丽,富有浪漫主义特色;同时,万物与自我融为一体,具有浓厚的泛神论色彩。

② 诗歌形式上,彻底打破旧格律的镣铐,自由奔放,实现了诗体大解放。

③ 大量采用设问、排比、反复等手法;节奏明快,适于朗诵。

牛刀小试

◆【单选题】

1. 诗歌《凤凰涅槃》中,"凰歌"部分象征的是(　　)。

　　A. 男性的歌,狂飙突进式地否定旧世界的一切

　　B. 女性的歌,狂飙突进式地否定旧世界的一切

　　C. 男性的歌,固守旧我,拒绝改变

　　D. 女性的歌,在悲怆中大胆扬弃因袭的旧我,实现自我生命的更新

【答案与解析】

D。诗歌《凤凰涅槃》中,"凤"的歌象征男性的歌,狂飙突进式地否定旧世界的一切;"凰"的歌象征女性的歌,在悲怆中大胆扬弃因袭的旧我,实现自我生命的更新。

2. 下列诗集中收录了《凤凰涅槃》的是(　　　)。

    A.《女神》　　　　　B.《星空》　　　　　C.《旷野》　　　　　D.《云游》

【答案与解析】

A。《凤凰涅槃》选自《女神》,借凤凰"集香木自焚,复从死灰中更生"的古老传说,表现了强烈的爱国激情和狂飙突进的时代精神。

第二节　死　　水

本·节·内·容·提·要

> 诗篇《死水》写于 1926 年 4 月,主要抒发诗人留学回国后因目睹种种现实惨状而产生的悲愤心情。

知识点 1

作家简介及作品☆

作者	**闻一多**,原名家骅,又名亦多,**新月社诗人**,最早提倡新诗格律化。20 世纪 40 年代积极参加民主运动,遭国民党特务暗杀。
作品	诗集《红烛》《死水》等。

知识点 2

思想内容☆

《死水》写于 1926 年 4 月,抒发了诗人留学回国后因目睹种种现实惨状而产生的悲愤心情,诗作表达了作者希望丑恶的旧物早日灭亡的强烈愿望。

知识点 3

艺术特色☆☆☆

✎　通篇运用的是**象征手法**。诗中那"一沟绝望的死水",是满目疮痍、腐败破落的旧中国象征,蕴含着对造成这一局面的帝国主义势力和封建军阀的揭露和斥责。

✎　新格律诗三美理论运用巧妙:

☛　**音乐美**,体现在诗句整齐,韵律工整而富有节奏感,读起来抑扬顿挫,朗朗上口。

● **绘画美**，体现在重视色彩的运用，形象鲜明，追求诗歌的画面效果。诗人描写一沟腐臭的死水，却用尽"翡翠""桃花""罗绮""云霞""珍珠"等绚丽之辞，竭力写出这沟死水的"绘画美"。以鲜明的对比来表现诗人对旧中国的厌恶和愤怒。

● **建筑美**，体现在诗体结构整齐匀称，形式整齐。

✎ 诗人**以美写丑**，充分发挥主观想象，透过第二、第三节中的"翡翠""桃花""罗绮""云霞""绿酒""白沫"等众多色彩斑斓的意象，在美的外衣下，以反讥、反衬手法，写尽了死水的腐朽、恶臭等丑的本质。

知识点 4

▣ 精选片段☆

不如多扔些破铜烂铁，爽性泼你的剩菜残羹。

也许铜的要绿成翡翠，铁罐上锈出几瓣桃花；

再让油腻织一层罗绮，霉菌给他蒸出些云霞。

▣ 知识解读

本节内容一般考查客观题。考生需理解闻一多新诗"三美"的格律诗理论主张；掌握本诗所表现的对旧中国极度失望的爱国主义思想感情。

▣ 真题小练

◆ 【单选题】

1. （2017 年 10 月全国）闻一多新格律诗的"三美"主张是（　　　）。

　　A. 音乐美、绘画美、建筑美　　　　　　B. 散文美、意境美、建筑美

　　C. 音乐美、绘画美、意境美　　　　　　D. 节奏美、绘画美、知性美

【答案与解析】

A。闻一多主张新的格律诗必须具有"音乐的美""绘画的美"和"建筑的美"。音乐的美主要是指音节和韵脚的和谐；绘画的美主要是指诗的词藻要力求美丽、富有色彩；建筑的美主要是指从诗的整体外形上看，讲究"节的匀称""句的均齐"。

2. （2019 年 4 月全国）诗歌《死水》中"一沟绝望的死水"象征的是（　　　）。

　　A. 死气沉沉毫无生机的沦陷区

　　B. 阻碍年轻人婚姻自由的封建旧家庭

　　C. 强权横行纸醉金迷的西方世界

　　D. 满目疮痍腐败破落的旧中国

【答案与解析】

D。闻一多回国后，现实给予他的是荒凉与破败、混乱与杀戮，使他经受着莫大的痛苦。

《死水》正是在此种心境下写成。诗中描摹的"一沟绝望的死水",是满目疮痍、腐败破落的旧中国的象征,蕴含着对造成这一局面的帝国主义势力和封建军阀的揭露和斥责。故本题选 D。

◆【多选题】

(2018 年 4 月全国)下列各项,属于闻一多创作的富有爱国主义激情的诗集有(　　)。

A.《死水》　　　　B.《红烛》　　　　C.《十四行集》

D.《灾难的岁月》　　E.《猛虎集》

【答案与解析】

AB。闻一多,主要作品有诗集《红烛》《死水》等,抒发了自己的爱国之情。《十四行集》的作者是冯至,《灾难的岁月》的作者的戴望舒,《猛虎集》的作者是徐志摩。

◆【论述题】

(2016 年 10 月全国)结合闻一多新格律诗的理论,分析《死水》的艺术特征。

【答案与解析】

(1) 通篇用的是象征手法。诗中那"一沟绝望的死水",是满目疮痍、腐败破落的旧中国的象征,蕴含着对造成这一局面的帝国主义势力和封建军阀的揭露和斥责。

(2) 诗人以美写丑,充分发挥主观想象,透过第二、第三节中的"翡翠""桃花""罗绮""云霞""绿酒""白沫"等众多色彩斑斓的意象,在美的外衣下,以反讥、反衬手法,写尽了死水的腐朽、恶臭等丑的本质。

(3) 新格律诗三美理论运用巧妙:

① 音乐美,体现在诗句整齐,韵律工整而富有节奏感,读起来抑扬顿挫,朗朗上口。

② 绘画美,体现在重视色彩的运用,形象鲜明,追求诗歌的画面效果。诗人描写一沟腐臭的死水,却用尽"翡翠""桃花""罗绮""云霞""珍珠"等绚丽之辞,竭力写出这沟死水的"绘画美"。以鲜明的对比来表现诗人对旧中国的厌恶和愤怒。

③ 建筑美,体现在诗体结构整齐匀称,形式整齐。

牛刀小试

◆【单选题】

1. 下列选项,出自诗歌《死水》的一组意象是(　　)。

A. 烂铁 破铜 铁罐　　　　　　B. 桃花 菊花 青荇

C. 青蛙 花蚊 苍蝇　　　　　　D. 珍珠 泥土 青蛙

【答案与解析】

A。A 项出自《死水》中的诗句:"不如多扔些破铜烂铁""铁罐上锈出几瓣桃花"。

2. 诗歌《死水》全诗五节,每节四句,每句九字,这种形式体现了新格律诗"三美"主张中的(　　)。

　　A. 音乐的美　　　　B. 绘画的美　　　　C. 建筑的美　　　　D. 雕塑的美

【答案与解析】

C。建筑的美主要是指从诗的整体外形上看,讲究"节的匀称""句的均齐"。

第三节　雨　巷

本 节 内 容 提 要

　　本文发表于 1928 年,诗人在低沉的调子里,抒发自己沉重的情绪。诗歌中描绘的人物是"我"和丁香一样的姑娘。

知识点 1

作家简介及作品☆

作者	**戴望舒**,**现代派**诗人。
作品	诗集《我底记忆》《望舒草》《灾难的岁月》等。

知识点 2

思想内容☆

发表于 1928 年,诗人在低沉的调子里,抒发沉重的情绪。

在绵绵细雨中,怀着痛苦而朦胧的"希望","撑着油纸伞,独自彷徨在悠长、悠长又寂寥的雨巷"里。诗人的自我形象是**孤独伤感**的,但在那寂寥的雨巷里,却也寄寓着对现实的不满、失望和痛苦的情绪。

知识点 3

艺术特色☆☆☆

✎　**象征手法抒情**。受法国象征派和我国古典诗歌影响很深,强调表现自我的感觉,追求意象的朦胧,用象征手法抒情,《雨巷》里的许多形象都凄婉迷茫,充满象征意味。

✏ **注重音乐感**。音节优美,韵脚铿锵,每节押韵两至三次,同时还以复沓、重复等手法来强化全诗的音乐性。叶圣陶曾说,这首诗"替新诗底音节开了一个新的纪元"。

📢 知识点4

▌ **精选片段**☆

一个丁香一样地/结着愁怨的姑娘。

▌ **知识解读**

本节内容一般考查客观题。考生需了解本诗以象征手法抒情的艺术特点;理解本诗的音乐性特点。

▌ **真题小练**

◆ 【单选题】

1. (2017年10月全国)诗歌《雨巷》中描绘的人物是(　　)。

    A."我"和妻子　　　　　　　　　　B. 一群女学生

    C."我"和丁香一样的姑娘　　　　D. 一对恋人

【答案与解析】

C。诗中的诗句:"撑着油纸伞、独自/彷徨在悠长、悠长/又寂寥的雨巷。/我希望飘过/一个丁香一样地/结着愁怨的姑娘。"

2. (2018年4月全国)戴望舒诗歌创作所受的影响主要是(　　)。

    A. 法国象征派和中国古典诗歌　　B. 法国象征派和美国自由诗

    C. 日本俳句和中国古典诗歌　　　　D. 日本俳句和美国自由诗

【答案与解析】

A。戴望舒受法国象征派和我国古典诗歌影响很深,强调表现自我的感觉,用朦胧的意象来抒情。诗中许多形象都凄婉迷茫,充满象征意味。

◆ 【多选题】

(2017年4月全国)诗歌《雨巷》十分注重音乐感,具体的表现有(　　)。

    A. 音节优美　　　　　　　　　　　B. 韵脚铿锵

    C. 每节押韵二到三次　　　　　　D. 使用了复沓的手法

    E. 运用了重复的手法

【答案与解析】

ABCDE。《雨巷》十分注重音乐感,音节优美,韵脚铿锵,每节押韵两到三次,同时还以复沓、重复等手法来强化全诗的音乐性。

尚考通

牛刀小试

◆【单选题】

诗歌《雨巷》中借用"雨巷"和"丁香"等意象所表达的"我"的情绪是（　　　）。

　　A. 孤独伤感　　　　B. 平和淡泊　　　　C. 乐观开朗　　　　D. 沉闷绝望

【答案与解析】

A。诗中"我"是诗人孤独伤感的自我形象。诗人在低沉的调子里,抒发自己沉重的情绪。诗人在绵绵的细雨中,怀着痛苦而朦胧的希望,"撑着油纸伞,独自/彷徨在悠长、悠长/又寂寥的雨巷"里,希望飘过"一个丁香一样地/结着愁怨的姑娘。"在包含"雨巷"和"丁香"等意象的诗句中,可看出"我"的孤独伤感的情绪。

◆【简析题】

简析《雨巷》的艺术特色。

【答案与解析】

（1）戴望舒受法国象征派和我国古典诗歌影响很深,强调表现自我的感觉,喜欢追求意象的朦胧,用象征手法抒情,《雨巷》里的许多形象都凄婉迷茫,充满象征意味。

（2）十分注重音乐感,音节优美,韵脚铿锵,每节押韵两至三次。

（3）以复沓、重复等手法来强化全诗的音乐性。叶圣陶曾说,这首诗"替新诗底音节开了一个新的纪元"。

第四节　再别康桥

本 节 内 容 提 要

　　《再别康桥》是徐志摩 1928 年再度游历英国后在归国海轮上所写。

知识点 1

作家简介及作品☆

作者	徐志摩,新月社代表诗人。
作品	诗集《志摩的诗》《翡冷翠的一夜》《猛虎集》和《云游》等。

知识点 2

■ **思想内容** ☆

以缠绵凄婉的笔调,抒写了对康桥无限留恋和依依惜别的心情,展露了因"康桥理想"的破灭而无限哀伤的情怀。

知识点 3

■ **艺术特色** ☆☆☆

✎ **意象使用**。抓住"金柳""波光""青荇""星辉"等具体而生动的形象,勾勒出充满魅力的康河晚景,巧妙地把气氛、感情、景象三者融合在一起,创造了耐人寻味的意境,表露了自己对过去时光的留恋和眼前的离愁别绪。

✎ 诗篇格调轻盈柔和,有一种无可奈何的梦幻般的情调。

✎ 诗行齐整,语调回环往复,语言轻情柔美,意象明丽流转,富有音乐性与动态美。

知识点 4

■ **精选片段** ☆

那河畔的金柳,是夕阳中的新娘;波光里的艳影,在我的心头荡漾。

软泥上的青荇,油油的在水底招摇。

寻梦?撑一支长篙,向青草更青处漫溯,满载一船星辉,在星辉斑斓里放歌。

■ **知识解读**

本节内容一般考查客观题。考生需了解本诗抒发的对康桥眷恋、惜别和哀伤的情怀;理解本诗作为现代格律诗的一些特点。

■ **真题小练**

◆【单选题】

1.(2018 年 4 月全国)"软泥上的青荇,油油的在水底招摇"描写的对象是(   )。

　　A. 巷　　　　　B. 鼠曲草　　　　　C. 康河　　　　　D. 黄河

【答案与解析】

C。"软泥上的青荇,油油的在水底招摇"选自徐志摩的《再别康桥》,诗句所描写的对象是康河。

2.(2017 年 10 月全国)诗歌《再别康桥》抒发的对康桥的情感是(   )。

　　A. 惜别与眷恋　　　　　　　　B. 惜别和绝望

C. 淡漠与疏远　　　　　　　　D. 厌倦和失望

【答案与解析】

A。在《再别康桥》里，徐志摩巧妙地把气氛、感情、景象三者融合在一起，创造了耐人寻味的意境，表露了自己对过去时光的留恋和眼前的离愁别绪。故选择 A。

◆【多选题】

（2016 年 4 月全国）下列表述中，对诗歌《再别康桥》的艺术特征理解正确的有(　　)。

A. 意象明丽，语言温婉柔美　　　B. 善于运用反讽手法

C. 诗行整齐，语调回环往复　　　D. 直抒胸臆，情感激越

E. 诗歌充满音乐美

【答案与解析】

ACE。徐志摩十分注重诗歌艺术技巧，在《再别康桥》中，巧妙地把气氛、感情、景象三者融合在一起，创造了耐人寻味的意境，表露了自己对过去时光的留恋和眼前的离愁别绪。诗篇格调轻盈柔和，诗行整齐，语调回环往复，语言轻情柔美，意象明丽流转，富有音乐性与动态美。全诗未体现出"反讽手法"。全诗情感舒缓，"激越"的说法不恰当；故排除 B 和 D。

◆ 牛刀小试

◆【单选题】

诗歌《再别康桥》中被喻为"夕阳中的新娘"的是(　　)。

A. 西天的云彩　　　　　　　　B. 河畔的金柳

C. 软泥上的青荇　　　　　　　D. 彩虹似的梦

【答案与解析】

B。那河畔的金柳，是夕阳中的新娘；波光里的艳影，在我的心头荡漾。被喻为"夕阳中的新娘"的是河畔的金柳。

◆【多选题】

下列属于徐志摩的诗集是(　　)。

A.《云游》　　　B.《猛虎集》　　　C.《火把》　　　D.《向太阳》

E.《翡冷翠的一夜》

【答案与解析】

ABE。徐志摩，新月社代表诗人。诗集有《志摩的诗》《翡冷翠的一夜》《猛虎集》和《云游》等。

第五节　大堰河——我的保姆

本节内容提要

1932 年,诗人因加入左翼美术家联盟被捕,以"宣传与三民主义不相容主义"罪被判入狱 6 年。在**狱中**他写下了这首《大堰河——我的保姆》。

知识点 1

作家简介及作品☆

作者	**艾青,七月诗派**代表诗人,中国现代著名诗人,被称为"中国诗坛泰斗"。
作品	诗集《大堰河》《北方》《旷野》,长诗《向太阳》《火把》等。

知识点 2

大堰河形象☆☆

大堰河	☛ 大堰河在艰难困苦中度过一生,但她总是含着笑不停地操劳着,这就是诗人为大堰河塑造的永久雕像,也是**勤劳忠厚的中国劳动妇女的塑像**。 ☛ 这是一首献给千千万万劳苦农民的"赞美诗",也是一首"给予这不公道的世界的咒语"。 ☛ 诗人把爱和恨、赞美和诅咒交织在一起,歌颂了劳动妇女的勤劳无私,批判了罪恶的社会。

知识点 3

思想内容☆

诗作带**自传性质**。抒写了对哺育诗人长大的保姆"大堰河"的怀念,揭示了一个勤劳善良的乡村妇女的灵魂,通过对她痛苦而悲惨的一生的描写,控诉了社会的黑暗与不义。

知识点 4

艺术特色☆☆☆

✎ 以你我她的人称变换,通过叙事展开抒情,常用**排比和对比手法**来表达强烈的感情

（如大堰河的梦与现实、生前与死后、农民生活与地主生活、我在生父母家与在乳母家的情感对比等），用重叠的诗句或诗节反复咏叹，诗篇既明朗单纯而又多姿多彩。

✎ 优美的**自由诗**。

✎ **诗句长短无定**，**散文化**，但有内在的韵律，音调和谐，色彩鲜明，情味深长。

✎ 借助联想进行铺叙，构成生动的画面。

✎ 用大量的**细节描写**，生动地表现了大堰河对"我"无微不至的关怀。

■ 知识解读

本节内容一般考查客观题。考生需了解诗篇的思想感情和大堰河的形象；掌握诗篇的艺术特点。

■ 真题小练

◀ 【单选题】

1.（2018 年 4 月全国）诗歌《大堰河——我的保姆》的思想意蕴是（　　）。

   A. 歌颂了劳动妇女的勤劳无私，批判了罪恶的社会

   B. 表达了对生身父母的感恩

   C. 表现了我的孤独感伤和爱情的幻灭

   D. 抒发了对祖国和土地的感恩之情

【答案与解析】

A。《大堰河——我的保姆》中，诗人以真挚的感情，抒写了对哺育他长大的保姆"大堰河"的怀念，揭示了一个勤劳的农村妇女的善良灵魂，通过对她痛苦而悲惨的一生的描写，控诉了社会的黑暗与不义。诗人把爱和恨、赞美和诅咒交织在一起，传达出他对当时罪恶社会的愤慨和不平。

2.（2017 年 10 月全国）下列各项，带有自传性质、以联想展开铺叙的诗篇是（　　）。

   A. 艾青的《大堰河——我的保姆》

   B. 穆旦的《赞美》

   C. 朱湘的《采莲曲》

   D. 冰心的《繁星·七一》

【答案与解析】

A。艾青的《大堰河——我的保姆》带有自传性质。借助联想进行铺叙，构成生动画面、鲜明意象来表达情感。借助叙事展开抒情，常用排比和对比手法来表达强烈的感情。

◀ 【多选题】

（2015 年 10 月全国）诗歌《大堰河——我的保姆》的艺术特征有（　　）。

A. 通过叙事人称的变换展开抒情　　　　　B. 用排比和对比手法来表达强烈的感情

C. 用重叠的诗句或诗节反复咏叹　　　　　D. 借助联想进行铺叙,构成生动的画面

E. 强调自我的感觉,追求意象的朦胧

【答案与解析】

ABCD。《大堰河——我的保姆》艺术特色:以你我她的人称变换,通过叙事展开抒情,常用排比和对比手法来表达强烈的感情;用重叠的诗句或诗节反复咏叹;借助联想进行铺叙,构成生动的画面,利用鲜明意象来表达情感;诗句长短无定,散文化,但有内在的韵律,音调和谐,色彩鲜明,情味深长。

■ 牛刀小试

◆【单选题】

下列各项,对诗歌《大堰河——我的保姆》描述正确的是(　　　　)。

A. 表现了理想幻灭后的哀伤　　　　　　　B. 意象朦胧,充满象征意味

C. 诗句长短不一,具有散文化倾向　　　　D. 诗行整饬,格律严谨

【答案与解析】

C。《大堰河——我的保姆》中诗句长短无定,散文化,但有内在的韵律,音调和谐,色彩鲜明,情味深长。

◆【简析题】

简析艾青笔下的大堰河形象。

【答案与解析】

大堰河是旧中国南方农村的一位普通的劳动妇女形象。

(1)作品展示了其贫困的生活地位和被压迫的命运,通过她痛苦而悲惨的一生的描写,控诉了旧社会的黑暗与不义。

(2)作品表现了她勤劳能干的品德和善良美好的天性。

(3)诗人通过大堰河的形象,歌颂了中国劳动妇女的优秀品德。

第六节　断　　章

本节内容提要

《断章》创作于 1935 年 10 月,是一首精致的哲理诗。据作者自云,这四行诗原在一首长诗中,但全诗仅有这四行使他满意,于是抽出来独立成章,标题由此而来。

知识点1

■ **作家简介及作品**☆

作者	**卞之琳**,诗人("汉园三诗人"之一)、文学评论家、翻译家。被公认为新文化运动中重要的诗歌流派新月派的代表诗人。
作品	诗集《三秋草》《鱼目集》《十年诗草》等。

知识点2

■ **思想内容**☆

　　表达了一种相对、平衡的观念;人可以看风景,也可能成为风景的一部分而被别人观赏;可以看见明月装饰了自己的窗子,也可能这整个儿又成了别人梦境的装饰,"你""我"的形象在对方的眼中和梦里互换。

　　四行诗表现出诗人对宇宙万物息息相关、互为依存的关系的一种哲理性的思考,包含着深刻的人生体验,因而词约义丰,令人回味无穷。

知识点3

■ **艺术特色**☆☆☆

　　✎ 表现的是抽象观念,赋予了鲜亮明美的生活形象。

　　✎ 诗行间的逻辑关系也十分明确,诗意深沉而不晦涩,邈远而不虚空。

　　✎ 主要词语的反复出现,既是内容的需要,也造就了节奏与诗意的往复回环。

知识点4

■ **精选片段**☆

　　你站在桥上看风景,看风景人在楼上看你。

　　明月装饰了你的窗子,你装饰了别人的梦。

■ **知识解读**

　　本节内容一般考查客观题。考生需理解诗篇所表达的哲理、观念和人生体验。

■ **真题小练**

◀【单选题】

1.(2017年10月全国)诗歌《断章》中以"装饰"一词关联起来的意象是(　　)。

　　A. 桥和河水　　　　B. 楼和湖水　　　　C. 明月和窗　　　　D. 明月和云

【答案与解析】

C。"明月装饰了你的窗子,你装饰了别人的梦",诗歌《断章》中以"装饰"一词关联起来的意象是明月和窗。

2.（2017年4月全国）下列诗句中，出自诗歌《断章》的是（　　）。

A．但我不能放歌，/悄悄是别离的笙箫。

B．你站在桥上看风景，/看风景人在楼上看你。

C．我们这缥缈的浮生/到底要向哪儿安宿？

D．我们生在这样个世界当中，/只好学着海洋哀哭。

【答案与解析】

B。《断章》：你站在桥上看风景/看风景人在楼上看你/明月装饰了你的窗子/你装饰了别人的梦。A出自《再别康桥》，C与D出自《凤凰涅槃》。

◆【多选题】

（2016年10月全国）下列表述中，对诗歌《断章》主旨赏析正确的有（　　）。

A．人可以看"风景"，也可能成为"风景"的一部分而被别人观赏

B．在人生的舞台上"你""我"的角色往往可以互换

C．宇宙万物处于相互对抗、相互冲突的关系中

D．宇宙万物处于息息相关、互为依存的关系中

E．以两幅优美的画面隐喻着人生中许多"相对"的关系

【答案与解析】

ABDE。诗人将刹那间的感觉升腾为深邃的慧思，表达了一种相对、平衡的观念：人可以看风景，也可能成为风景的一部分而被别人观赏；可以看见明月装饰了自己的窗子，也可能整个儿又成了别人梦境的装饰。"你""我"的形象在对方的眼中和梦里互换，表现出诗人对宇宙万物息息相关、互为依存的关系的一种哲理性思考，包含了深刻的人生体验。因而词约义丰，令人回味无穷。C中的"对抗、冲突"未在诗中得到体现。

■ 牛刀小试

◆【单选题】

1．"你站在桥上看风景，看风景人在楼上看你。"这诗句的作者是（　　）。

A．艾青　　　　B．冯至　　　　C．臧克家　　　　D．卞之琳

【答案与解析】

D。"你站在桥上看风景，看风景人在楼上看你。"这诗句出自卞之琳的《断章》，诗歌将刹那间的感觉升腾为深邃的慧思，表达了一种相对、平衡的观念。

2．下列对《断章》特点的概括，正确的是（　　）。

A．情感浓烈　　　B．格律严整　　　C．表露直白　　　D．哲理深邃

【答案与解析】

D。诗人将刹那间的感觉升腾为深邃的慧思，表达了一种相对、平衡的观念：人可以看风

景,也可能成为风景的一部分而被别人观赏;可以看见明月装饰了自己的窗子,也可能整个儿又成了别人梦境的装饰。全诗表现出诗人对宇宙万物息息相关、互为依存的关系的一种哲理性思考,包含了深刻的人生体验。因而词约义丰,令人回味无穷。

第七节 防空洞里的抒情诗

本 节 内 容 提 要

《防空洞里的抒情诗》是一首写于战争年代的诗,它记述和表达的是战争所带给人的苦难。

知识点 1

作家简介及作品 ☆

作者	穆旦,"九叶派"著名诗人、翻译家。
作品	诗集《探险者》《旗》,组诗《诗八首》和《赞美》等;翻译了《普希金抒情诗集》《唐璜》等大量西方经典诗作,影响广泛。

知识点 2

思想内容 ☆

写于战争年代的诗,表达的是战争所带给人的苦难。

诗歌通过对潜藏在现实深处苦难本质的想象和思考,把所抒写的现实苦难的表层空间,设置在带有日常生活气息的防空洞里,从而不断地将人们正在感受着的当前时空和"我"的感觉与想象的时空相互叠加,交替出现,在现实与想象的纠结、对比和反讽中,传达出诗人对战争中受难的独特观察和感受。

知识点 3

艺术特色 ☆☆☆

✎ 战争是残酷冷峻、令人惶惶不可终日的,但在战争的地方,防空洞里,居然诞生出诗意来,这诗题本身就已经构成了一种强烈的悖论。

✎ 在诗句中,无论是对防空洞"凉快"的写照,还是"消遣的时机"的调侃,以及"五光十

色的新闻"的描述,都以一种看起来轻松玩笑的语调,描述残酷战争给民族命运和个体生命所带来的严峻而痛苦的现实。(反讽)

✎ 诗歌中的术士炼丹的意象,也是把古代道家企求长生的梦想与战争对生命的毁灭相对照;最后,"我"看见"自己"的死,更是以一个想象性的悖论,把"我"对自己的死亡想象,泛化到每个已死或者将死者身上。

✎ 这种悖论式的书写方式,既是对战争的残暴与苦难的控诉,也是对血腥战争的一种讽刺与嘲弄。

■ **知识解读**

本节内容一般考查客观题。考生需掌握本篇的主题意蕴;理解作品以对比和反讽为核心的艺术特点。

■ **真题小练**

◆ 【单选题】

(2018 年 4 月全国)诗歌《防空洞里的抒情诗》中,诗人通过对潜藏在现实深处苦难本质的想象和思考,把所抒写的现实苦难的表层空间,设置在(　　　)。

A. 充满战争热情的防空洞　　　　B. 战争残酷场景里的防空洞

C. 孕育浪漫爱情故事的防空洞　　D. 带有日常生活气息的防空洞

【答案与解析】

D。诗歌记述和表达的是战争所带给人的苦难,诗人在理智和想象的深处对其进行抒写。整首诗歌对潜藏在现实深处的苦难本质进行了想象和思考,把所抒写的现实苦难的表层空间,设置在带有日常生活气息的防空洞里。

◆ 【多选题】

(2014 年 10 月全国)下列属于"九叶派"诗人的有(　　　)。

A. 穆旦　　　　B. 戴望舒　　　　C. 辛笛　　　　D. 杜运燮

E. 卞之琳

【答案与解析】

ACD。九叶诗派,又称九叶诗人,是指 20 世纪中国的一个现代诗流派。于 20 世纪 40 年代末创办《中国新诗》,在新诗写作中追求现实与艺术、感性与理性之间的平衡美。杜运燮、穆旦、辛笛都是其成员。

◆ 【简析题】

(2014 年 4 月全国)简析穆旦诗歌《防空洞里的抒情诗》中的诗人对"战争"的思考。

【答案与解析】

(1) 在现实与想象的纠结、对比和反讽中,传达出诗人对战争的独特观察和思考。

（2）描述了战争给民族命运和个体生命造成的严峻痛苦的现实,控诉了战争的残暴,表现了生者与死者对"死亡"炼狱磨难的共同担当。

（3）通过对炼丹术士的想象和对防空洞里人们谈笑的描写,表达诗人对血腥战争的嘲讽。

■ 牛刀小试

◆【单选题】

1. 诗歌《防空洞里的抒情诗》中使用的主要艺术手法是(　　　)。

　　A. 对比和反讽　　　B. 排比和反复　　　　　C. 设问和重复　　　D. 拟人和象征

【答案与解析】

A。《防空洞里的抒情诗》通过对潜藏在现实深处的苦难本质的想象和思考,把所抒写的现实苦难的表层空间,设置在带有日常生活气息的防空洞里,从而不间断地将人们正在感受着的当前时空和"我"的感觉与想象的时空相互叠加,交替出现,在现实与想象的纠结、对比和反讽中,传达出诗人对战争中受难的独特观察和感受。

2. 借助术士炼丹的意象,把古代道家企求长生的梦想与战争对生命的毁灭相对照的诗作是(　　　)。

　　A.《凤凰涅槃》　　　B.《防空洞里的抒情诗》　　　C.《给战斗者》　　　D.《死火》

【答案与解析】

B。诗中把躲在防空洞中的人们和大街上疯狂奔跑着的人作对比,反讽人们在现实生活中一旦面临死亡的威胁,就变得惊恐无助;一旦暂时远离死亡,就无动于衷的空耗生命,生命的意义变得苍白甚至荒诞;炼丹术士企求长生的梦想和战争对生命的毁灭相对照,描述战争给民族命运和个体生命所带来的严峻而痛苦的现实。

第八节　纤　　夫

本节内容提要

《纤夫》这首诗写于抗日战争正处于艰苦相持阶段的1941年。本诗描绘了江上艰难跋涉的纤夫,并从纤夫的劳动中悟出了历史的真理。

📢 **知识点 1**

■ **作家简介及作品☆**

作者	阿垅,"七月派"代表诗人、文艺理论家。
作品	诗集《无弦琴》,诗论《人和诗》《诗与现实》等。

📢 **知识点 2**

■ **纤夫形象☆☆**

纤夫	"纤夫"是古老、沉重、勤劳、勇敢、无畏的中国劳动人民的化身。诗人突出"力"和"神"的展示,着重表现纤夫与逆风、逆浪的拼搏精神。既描绘了在长江上艰难跋涉的纤夫,又表现出了一种深藏在普通人民身上的坚韧强劲的古老民族精神和顽强生命力。

📢 **知识点 3**

■ **思想内容☆**

通过对江上纤夫的刻画,既描绘了在长江上艰难跋涉的纤夫,又包含着更加深广的历史内容,表现出了一种深藏在普通人民身上的坚韧强劲的古老民族精神和顽强生命力。

从纤夫"四十五度倾斜的铜赤的身体和鹅卵石滩所成的角度"发现了历史的动力正是那"创造的劳动力和那一团风暴的大意志力"。

更从纤夫的劳动中领悟到历史的真理:"前进的路","并不是一里一里的,也不是一步一步的,而只是——一寸一寸那么的",诗人借此说明:在艰苦的时代里,只有脚踏实地、一寸一寸地跋涉,才能牵引着"古老而又破漏"的"中国的船",从革命走向胜利,走向光明。

📢 **知识点 4**

■ **艺术特色☆☆☆**

✑ **空间艺术的雕塑手法**,从不同角度,不同方位,不同距离,对纤夫进行反复的、多重的美学观照,使诗的艺术形象在饱满的情感内容之外,又有着很强的立体感与形态感。

✑ 自由体长诗的诗歌形式,节奏多变,诗行的长短随着诗人的情绪而变化,给诗歌带来了极大的艺术张力。

■ **知识解读**

本节内容一般考查客观题。考生需理解本诗刻画纤夫形象的方式及其含义;结合时代背景,掌握本诗的主题意蕴。

真题小练

◆【单选题】

1. (2017 年 10 月全国)诗人阿垅所属的诗歌流派是(　　)。

　　A. 新月派　　　　B. 九叶派　　　　C. 现代派　　　　D. 七月派

【答案与解析】

D。阿垅,"七月派"诗人。代表作品有诗集《无弦琴》,诗论《人和诗》《诗与现实》等。

2. (2017 年 4 月全国)诗歌《纤夫》采用的诗歌形式是(　　)。

　　A. 短行体小诗　　B. 新格律体　　　C. 自由体长诗　　D. 散文诗

【答案与解析】

C。《纤夫》采用的诗歌形式是自由体长诗的诗歌形式,节奏多变,诗行的长短随着诗人的情绪而变化,给诗歌带来了极大的艺术张力。

◆【简析题】

(2016 年 4 月全国)简析阿垅诗歌《纤夫》中对纤夫形象的刻画。

【答案与解析】

(1)"纤夫"是古老、沉重、勤劳、勇敢、无畏的中国劳动人民的化身。诗人突出"力"和"神"的展示,着重表现纤夫与逆风、逆浪的拼搏精神。

(2)既描绘了在长江上艰难跋涉的纤夫,又表现出了一种深藏在普通人民身上的坚韧强劲的古老民族精神和顽强生命力精神。

牛刀小试

◆【单选题】

1. 下列表述中,对诗歌《纤夫》中"纤夫"形象理解正确的是(　　)。

　　A. 讥讽了追名逐利的生活方式

　　B. 传达了人生悲凉的生命体验

　　C. 象征着坚韧强劲的古老民族精神和顽强生命力

　　D. 象征着英勇无畏、同仇敌忾的战斗精神

【答案与解析】

C。这首诗写于抗战正处于艰苦相持阶段的 1941 年,作者通过对江上纤夫的刻画,既描绘了在长江上艰难跋涉的纤夫,又包含着更加深广的历史内容,表现出了一种深藏在普通人民身上的坚韧强劲的古老民族精神和顽强生命力。

2. 诗歌《纤夫》的写作年代是(　　)。

　　A. "五四"时期　　　　　　　　　　B. "大革命"时期

　　C. 抗日战争时期　　　　　　　　　　D. 解放战争时期

【答案与解析】

C。《纤夫》写于抗战正处于艰苦相持阶段的1941年。

第九节　十四行集

本节内容提要

《十四行集》是冯至的代表诗集,收有他1941年所写的27首十四行体新诗,本篇节选的是第四首《鼠曲草》和第十二首《杜甫》。

知识点 1

作家简介及作品☆

作者	冯至,1923年参加浅草社,1925年参与组织沉钟社。
作品	诗集《昨日之歌》《北游及其他》《十四行集》等。

知识点 2

思想内容☆

《鼠曲草》思想内容

借描叙鼠曲草平凡、渺小的生存过程来探求人生的真谛。即对高洁的人格追求;对平实、认真、执着的生活态度的赞许。

通过心物间的感发,将本属抽象的思绪与鼠曲草形象契合,使思绪转化为可感可触的物象,是本诗的基本手法。

作为一首**哲理抒情诗**,避免了抽象的理性宣示而具有生动活泼的形象性与较强的抒情性。

《杜甫》思想内容

刻画了杜甫具有担当精神的"诗圣"形象。诗中点化杜诗,如首句使人想起杜甫《乾元中寓居同谷县作歌七首》所写的随人拾橡果、挖黄精充饥的故事;第二句则点化杜诗《醉时歌》"清夜沉沉动春酌,灯前细雨檐花落。但觉高歌有鬼神,焉知饿死填沟壑"句。

冯至着力于表现官兵在战场上英勇无畏、同仇敌忾的战斗精神,并通过对杜甫形象的塑造,呼唤知识分子对民族与时代危难的担当精神。

知识点3

■ 艺术特色☆

✎ 借用西方现代派的表现技巧如暗示、象征、联想、跳跃等反映人的感觉、印象和心理状态。

✎ 形式上，借用意大利十四行诗的格式，同时有所变通。

知识点4

■ 精选片段☆☆

一切冠盖在它的光前/只照出来可怜的形像。　　　　　　　　——《杜甫》

一切的形容、一切喧嚣/到你身边，有的就凋落/有的化成了你的静默。　——《鼠曲草》

你在荒村里忍受饥肠/你常常想到死填沟壑/你却不断地唱着哀歌/为了人间壮美的沦亡。　　　　　　　　　　　　　　　　　　　　　　　　——《杜甫》

你一丛白茸茸的小草/不曾辜负了一个名称。　　　　　　　　　　——《鼠曲草》

■ 知识解读

本节内容一般考查客观题。考生需了解本篇为十四行诗，并理解两诗的主题意蕴；掌握《鼠曲草》这首哲理诗的表现手法。

■ 真题小练

◆ 【单选题】

1. (2017年10月全国) 下列冯至《十四行集》诗句中，歌咏诗人杜甫的是（　　　）。

　　A. 这是你伟大的骄傲/却在你的否定里完成

　　B. 不辜负高贵和洁白/默默地成就你的死生

　　C. 一切冠盖在它的光前/只照出来可怜的形像

　　D. 但你躲避着一切名称/过一个渺小的生活

【答案与解析】

C。冯至《十四行集·杜甫》中，歌咏诗人杜甫的诗句有："一切冠盖在它的光前/只照出来可怜的形像。"

2. (2017年4月全国) 在《十四行集·四》中，冯至通过描写其平凡渺小的生存过程来探求人生真谛的事物是（　　　）。

　　A. 泥土　　　　　B. 苍蝇　　　　　C. 鼠曲草　　　　　D. 常春藤

【答案与解析】

C。《鼠曲草》借描叙鼠曲草平凡、渺小的生存过程来探求人生的真谛。鼠曲草对平凡的生活状态静默自足，对人世间为追名逐利而发生的"一切的形容、一切喧嚣"的默默否定，从对它的高贵品质的礼赞中，领悟一种严肃的人生思考：对高洁的人格追求；对平实、认真、执着的生活态度的赞许。

3. (2015年4月全国)冯至借用诗句"一切的形容/一切喧嚣/到你身边/有的就凋落/有的化成了你的静默"中的"你",诗歌表达了对高洁人格的追求和对平实执着生活态度的赞许。"你"指的是(   )。

    A. 金柳   B. 老马   C. 泥土   D. 鼠曲草

【答案与解析】

D。冯至借用诗句"一切的形容/一切喧嚣/到你身边/有的就凋落/有的化成了你的静默"中的"你",表达了对高洁人格的追求和对平实执着生活态度的赞许。"你"指的是:鼠曲草。

■ 牛刀小试

◆【单选题】

1. "你在荒村里忍受饥肠,你常常想到死填沟壑,你却不断地唱着哀歌,为了人间壮美的沦亡",冯至在这些诗句中描写的古代诗人是(   )。

    A. 白居易   B. 杜甫   C. 李白   D. 李商隐

【答案与解析】

B。冯至所写的《杜甫》刻画了杜甫在安史之乱中忍受饥肠,在漂泊与流浪中仍然忧心人民、痛惜祖国江山破碎、呕心沥血地唱着悲壮哀歌的具有担当精神的"诗圣"形象。

2. 创作并出版了《十四行集》的诗人是(   )。

    A. 陈敬容   B. 徐志摩   C. 冯至   D. 卞之琳

【答案与解析】

C。冯至,著有诗集《昨日之歌》《北游及其他》《十四行集》等。《十四行集》是其代表诗集。

第十节　金黄的稻束

本节内容提要

秋后的田野上,收割后的稻谷被捆成稻束,立在地上,这是到处可见的农村生活景象,诗人由此触发了不同寻常的诗情。

知识点 1

■ **作家简介及作品**☆

作者	**郑敏**，与陈敬容、唐湜、杜运燮、杭约赫、唐祈、袁可嘉、穆旦、辛笛等八位诗人合称为"**九叶诗人**"。
作品	诗集《诗集 1942—1947》《寻觅集》《早晨，我在雨里采花》及诗合集《九叶象》，论文集《英美诗歌戏剧研究》等。

知识点 2

■ **思想内容**☆

　　这是一首将"诗"与"思"融为一体的诗。通过类似联想，把金黄的稻束，想象成有着皱了的美丽的脸的"**疲倦的母亲**"的雕像，用来形容这一雕像且多次使用的词汇是"静默"。又用"收获日的满月"为之抹上光辉，用"远山"添加背景，使雕像更坚挺、动人。这便把金黄的稻束——那丰收的成果，与劳动者、孕育者的形象自然联系起来了。

　　诗歌表达了对作为孕育者和劳动者的母亲的崇高敬意。

知识点 3

■ **艺术特色**☆

✎ 作者不单借景抒情，更是寻找抽象与物体之间的内在契合，运用形象性词汇来承受思想，从而使形象与思想达成"孪生体"，达到追求现实、象征和思想的结合，很好地体现了现代诗"思想知觉化"的重要特征。

✎ 全诗宁静、饱满、透明，让人联想到古希腊艺术中的那种"静穆"，语言带有一种雕塑的质感和光辉。

✎ 清明的智慧、澄清的理性与真挚的情愫、坚挺的意象不可分割地交融在一起，使这首诗不仅具有情绪的感染力，更具有思维的启示力。

■ **知识解读**

　　本节内容一般考查客观题。考生需了解"黄金的稻束"的意象及其含义；掌握本诗是通过何种艺术手法表达主题意蕴的。

■ **真题小练**

◆【单选题】

1.（2017 年 10 月全国）诗歌《金黄的稻束》中，"金黄的稻束"这一意象赞颂的是（　　　）。

A．作为孕育者和劳动者的母亲　　　　B．作为孕育者和劳动者的祖母

C．作为战斗者和劳动者的父亲　　　　D．作为战斗者和劳动者的祖父

【答案与解析】。

A。诗人通过类似联想,把金黄的稻束想象成有着皱了的美丽的脸庞的"疲倦的母亲"的雕像,没有那无数个疲倦的母亲,就没有丰收的金黄的稻束,由此表达了对作为孕育者和劳动者的母亲的崇高敬意。

2.（2017年4月全国）诗歌《金黄的稻束》将"金黄的稻束"视为"疲倦的母亲"的雕像,用来形容这一雕像且多次使用的词汇是（　　　　）。

A．震颤　　　　B．挣扎　　　　C．痛苦　　　　D．静默

【答案与解析】

D。《金黄的稻束》中诗人通过类似联想把金黄的稻束想象成有着皱了的美丽的脸的"疲倦的母亲"的雕像。用来形容这一雕像且多次使用的词汇是"静默"。

3.（2016年10月全国）20世纪40年代活跃于国统区的女作家陈敬容、郑敏是（　　　　）。

A．七月派诗人　　B．九叶派诗人　　C．新月派诗人　　D．现代派诗人

【答案与解析】

B。郑敏与陈敬容、唐湜、杜运燮、杭约赫、唐祈、袁可嘉、穆旦、辛笛等八位诗人合称为"九叶诗人"。

◼ 牛刀小试

◆【单选题】

1.郑敏的诗歌《金黄的稻束》中,开篇把站在田野里的"金黄的稻束"比喻为（　　　　）。

A．坚韧的纤夫　　B．幸福的新娘　　C．疲倦的母亲　　D．美丽的舞者

【答案与解析】

C。诗人通过类似联想把金黄的稻束想象成有着皱了的美丽的脸庞的"疲倦的母亲"的雕像,没有那无数个疲倦的母亲,就没有丰收的金黄的稻束,由此表达了对作为孕育者和劳动者的母亲的崇高敬意。

2.下列属九叶诗派的诗人是（　　　　）。

A．陈敬容、杜运燮　　　　　　　　B．辛笛、何其芳

C．冯至、陈敬容　　　　　　　　　D．卞之琳、殷夫

【答案与解析】

A。郑敏与陈敬容、唐湜、杜运燮、杭约赫、唐祈、袁可嘉、穆旦、辛笛等八位诗人合称为"九叶诗人"。

第十一节 力的前奏

本节内容提要

《力的前奏》写于 1947 年，它展现了一个哲理性命题：力的爆发依靠长期沉默的聚集。

知识点 1

作家简介及作品 ☆

作者	**陈敬容**，"九叶派"的代表诗人，深受古典诗词和西方现代诗歌的双重影响，诗歌亲切自然而又生动凝练。
作品	诗集《交响集》《盈盈集》《老去的是时间》等。

知识点 2

意象分析 ☆ ☆

意象	☛ 诗歌写于 1947 年，它展现的是一个哲理性命题：力的爆发依靠长期沉默的聚集。歌者、舞者、风暴前夕是 20 世纪 40 年代末中国面临大变革的真实写照。意味着旧的时代即将过去，新的生活即将来临。 ☛ 歌者、舞者、风暴前夕三个不同的意象、情境，是现实的一种想象性抒写，象征着人们在革命时代的"黎明"即将到来之前的痛苦与挣扎、守候与期待。

知识点 3

思想内容 ☆

这是 20 世纪 40 年代末中国社会正在酝酿大变革的真实写照，预示着旧时代即将过去、新时代即将来临。

诗中歌者、舞者、风暴前夕的云和海洋等意象，象征着人们在革命时代的"黎明"即将到来之前的痛苦与挣扎，守候与期待。

诗歌展现了一个具有哲理性和普遍意义的命题：力的爆发依靠长期沉默的聚集。

■ **艺术特色☆**

✎ 情境的塑造充满了紧张感,如大风暴来临之前的天空的云、大地上的海洋,语言、形式和意蕴之间充满了爆发的张力。

✎ 意象与理智表达的呈现,体现了现代主义诗歌抒情与哲理思考相结合的特点。

✎ 音韵节奏上,全诗四节,前两节每行两句,每句字数由少变多,反复吟诵之下,仿佛是一个力的聚集,"力的前奏"的过程。后两节每节三句,每句字数由多变少,表现的是一个"力的爆发"的阶段。全诗完成了从力的聚集到爆发的全过程,徐缓整饬的节奏感,写得凝练而耐人寻思。

■ **精选片段☆**

全人类的热情汇合交融/在痛苦的挣扎里守候/一个共同的黎明。

■ **知识解读**

本节内容一般考查主观题。考生需了解本诗中"歌者""舞者""风暴前夕"三个意象的含义;结合本诗的时代背景和艺术特点,理解其主题意蕴。

■ **真题小练**

◆ 【单选题】

(2016 年 4 月全国)"全人类的热情汇合交融/在痛苦的挣扎里守候/一个共同的黎明",这些诗句出自(   )。

A.《我爱这土地》   B.《泥土》   C.《力的前奏》   D.《采莲曲》

【答案与解析】

C。"全人类的热情汇合交融/在痛苦的挣扎里守候/一个共同的黎明",这些诗句出自陈敬容的《力的前奏》。

◆ 【多选题】

(2018 年 4 月全国)诗歌《力的前奏》中用来表现"力"的聚集和爆发的意象有(   )。

A. 舞者   B. 稻束   C. 雕像   D. 歌者

E. 风暴前夕

【答案与解析】

ADE。诗歌《力的前奏》写于 1947 年,它展现的是一个哲理性命题:力的爆发依靠长期沉默的聚集。诗歌的前两节写"力的聚集":"歌者"像一个容器,"蓄满了声音";"舞者"为了一个姿势,"拼聚了一生的呼吸"。诗歌的后两节写"力的爆发":"风暴前夕"即时代的变革。歌者、舞者、风暴前夕三个不同的意象、情境,是现实的一种想象性抒写,象征着人们在革命时代的"黎明"即将到来之前的痛苦与挣扎、守候与期待。"稻束"和"雕像"的意象出自《金黄的稻束》。

◆【简析题】

（2017年4月全国）

简析陈敬容诗歌《力的前奏》中"歌者""舞者""风暴前夕"三个意象的含义。

【答案与解析】

（1）诗歌写于1947年，它展现的是一个哲理性命题：力的爆发依靠长期沉默的聚集。歌者、舞者、风暴前夕是20世纪40年代末中国面临大变革的真实写照，意味着旧的时代即将过去，新的生活即将来临。

（2）歌者、舞者、风暴前夕三个不同的意象、情境，是现实的一种想象性抒写，象征着人们在革命时代的"黎明"即将到来之前的痛苦与挣扎、守候与期待。

牛刀小试

◆【单选题】

通过歌者、舞者、风暴前夕三个不同的意象、情境，象征人们在"黎明"即将到来之前的痛苦与挣扎、守候与期待的诗作是（　　　）。

A.《力的前奏》　　　B.《红烛》　　　C.《向太阳》　　　D.《山》

【答案与解析】

A。诗歌《力的前奏》写于1947年，它展现的是一个哲理性命题：力的爆发依靠长期沉默的聚集。诗歌的前两节写"力的聚集"："歌者"像一个容器，"蓄满了声音"；"舞者"为了一个姿势，"拼聚了一生的呼吸"。诗歌的后两节写"力的爆发"："风暴前夕"即时代的变革。歌者、舞者、风暴前夕三个不同的意象、情境，是现实的一种想象性抒写，象征着人们在革命时代的"黎明"即将到来之前的痛苦与挣扎、守候与期待。

◆【简析题】

简析陈敬容诗歌《力的前奏》的主题意蕴。

【答案与解析】

（1）这是20世纪40年代末中国社会正在酝酿大变革的真实写照，预示着旧时代即将过去、新时代即将来临。

（2）诗中歌者、舞者、风暴前夕的云和海洋等意象，象征着人们在革命时代的"黎明"即将到来之前的痛苦与挣扎、守候与期待。

（3）展现了一个具有哲理性和普遍意义的命题：力的爆发依靠长期沉默的聚集。

第三章　散文（精读篇目）

```
                          《本志罪案之答辩书》

                          《寄小读者》（通讯七）

                          《死火》

                          《苍蝇》

                          《追悼志摩》

                          《灵魂的呼号》

                          《钓台的春昼》
散文（精读篇目）
                          《雨前》

                          《言志篇》

                          《包身工》

                          《囚绿记》

                          《蛇与塔》

                          《活宝们在受难——空袭下的英国家畜》
```

第一节　本志罪案之答辩书

本 节 内 容 提 要

《本志罪案之答辩书》为陈独秀所撰写。作者在文中表明了决心：为了宣扬倡导民主与科学，哪怕断头流血，都不推辞。这是坚持反封建文化运动的战斗宣言，也是《新青年》前期思想宣传的基本总结。

知识点 1

作家简介及作品☆

作者	**陈独秀**，"五四"新文化运动和中国思想文化启蒙运动的发轫者，中国共产党的创始人之一及首任总书记。
作品	创办《青年杂志》（《新青年》），高举民主和科学的旗帜，成为新文化运动的主要阵地。

知识点 2

思想内容☆

陈独秀把所谓的"本志罪案"概括为破坏孔教礼法、破坏旧的政治文学艺术等，但这正是该志"离经叛道、非圣无法"观点的体现，因而宣布了所责难的"罪案"的无效。

申明和维护《新青年》杂志的思想主张和文化立场，高举民主和科学的旗帜。

认为钱玄同**"废弃汉文"**的主张虽有"激切"之处，但未必不是一种可行的手段。

知识点 3

构思特点☆

✎ 文章运思独具一格，文风凌厉振奋。先承认"罪案"，再明确提出本志（《新青年》）所奉行的主旨是"拥护那德莫克拉西和赛因斯两位先生"（即**民主和科学**），并且通过分析**拥护民主、科学**与所犯"罪案"的关系，从而论证了杂志同人思想主张的坚决和社会所责难的"罪案"的无效。

知识解读

本节内容一般考查客观题。考生需结合时代背景,理解本篇主题;并体会本篇在构思上的特点。

真题小练

【单选题】

1.(2018年4月全国)散文《本志罪案之答辩书》中再三强调的"德先生"与"赛先生"指的是(　　)。

　　A. 民主与科学　　　B. 民主与自由　　　C. 科学与自由　　　D. 科学与法制

【答案与解析】

A。文章运思独具一格,文风凌厉振奋。先承认"罪案",再明确提出本志所奉行的主旨是"拥护那德莫克拉西(Democracy)和赛因斯(Science)两位先生"(即民主和科学),并且通过分析拥护民主、科学与所犯"罪案"的关系,从而论证了杂志同人思想主张的坚决和社会所责难的"罪案"的无效。

2.(2017年4月全国)散文《本志罪案之答辩书》中的"志"指的是(　　)。

　　A.《语丝》　　　　B.《论语》　　　　C.《小说月报》　　　D.《新青年》

【答案与解析】

D。散文《本志罪案之答辩书》中的"志"指的是《新青年》。本文发表于"五四"前夕,《新青年》创刊三年多以来提倡民主反对专制,提倡科学反对愚昧,猛烈抨击封建专制和封建思想文化,极大地震撼着思想文化界。但所谓的"离经叛道、非圣无法"的观点又使杂志遭到众多的反对和非难,引起文化界的轩然大波。针对社会上的种种"罪案",陈独秀特写此文进行"答辩",申明《新青年》杂志的思想主张与文化立场,表达了从思想文化高度寻找救国之路"断头流血,都不推辞"的决心。

【简析题】

(2015年4月全国)简析陈独秀散文《本志罪案之答辩书》的主题思想。

【答案与解析】

(1)陈独秀把所谓的"本志罪案"概括为破坏孔教礼法、破坏旧的政治文学艺术等,但这正是该志"离经叛道、非圣无法"观点的体现,因而宣布了所责难的"罪案"的无效。

(2)申明和维护《新青年》杂志的思想主张和文化立场,高举民主和科学的旗帜。

(3)认为钱玄同"废弃汉文"的主张虽有"激切"之处,但未必不是一种可行的手段。

牛刀小试

【单选题】

1. 散文《本志罪案之答辩书》中引用并做了辩证分析的观点是(　　)。

　　A. 钱玄同"废汉文"的主张

B. 郁达夫把小说当作作家自叙传的主张

C. 林语堂生活艺术化的主张

D. 鲁迅用文艺改造国民性的主张

【答案与解析】

A。散文《本志罪案之答辩书》中引用并做了辩证分析的观点是：钱玄同"废汉文"的主张。该文章认为这种矫枉过正的"医法"未必不是一种可行的手段，但也承认其议论的"激切"。

2. 散文《本志罪案之答辩书》重申并拥护的核心思想是(　　)。

A. 自由和民主　　　　　　　　B. 人道和博爱

C. 民主和科学　　　　　　　　D. 科学和自由

【答案与解析】

C。《本志罪案之答辩书》运思独具一格，文风凌厉振奋。先承认"罪案"，再明确提出所奉行的主旨是拥护民主和科学，并且通过分析拥护民主、科学与所犯"罪案"的关系，从而论证了杂志同人思想主张的坚决和社会所责难的"罪案"的无效。

第二节　寄小读者（通讯七）

本节内容提要

《寄小读者》是一本**书信体散文集**，是冰心 1923 年至 1926 年赴美留学期间所作。

知识点 1

作家简介及作品☆☆

作者	冰心，"五四"初期的著名女诗人，兼擅散文和小说，其散文满蕴着温柔，微带忧愁，语言清丽体贴，被称为"冰心体"。
作品	**短篇小说集《超人》，诗集《繁星》《春水》，散文集《寄小读者》《南归》《樱花赞》等。**

📢 **知识点 2**

🔲 **思想内容☆**

主题是对**母爱**、**童真**和**大自然**的讴歌和赞美。文章分为上下两部分,上半篇写于赴美途中的神户,下半篇写于美国威斯利(慰尔斯利)学院,都歌颂了爱的哲学。上半篇写变幻无穷的海景,下半篇写温柔艳冶的湖光,把自己的感情倾注其间,浸透着童年记忆、浓浓乡愁和对缱绻母爱的怀想,给作品抹上了一层**浓郁的抒情色彩**。文章最后更将海比作母亲,"我对她的爱是归心低首的";将湖比作朋友,"我对她的爱是清淡相照的"。

母爱、童真和自然美浑然一体,凝练成真善美统一的艺术世界。

📢 **知识点 3**

🔲 **艺术特色☆☆☆**

✏️ 一本**书信体散文集**,文章语言轻灵隽丽,笔调柔和细腻,既有白话通俗流畅的特点,又有古典文学精炼雅致的长处,别具一种清新的韵味。

🔲 **知识解读**

本节内容一般考查客观题。考生需掌握本篇赞美母爱、童真、大自然的主题,以及本篇融情入景、情景相生的抒情特色。

🔲 **真题小练**

◆ 【单选题】

1. (2017 年 4 月全国)散文《寄小读者(通讯七)》描绘湖光海景的艺术特点是(   )。

　　A. 严肃的说教色彩　　　　　　　　B. 浓郁的抒情色彩

　　C. 犀利的批判意味　　　　　　　　D. 幽默的讽刺意味

【答案与解析】

B。散文《寄小读者(通讯七)》描绘湖光海景,每个画面都不是单纯的景物描写,而是把自己的感情倾注其中,给作品抹上了浓郁的抒情色彩。

2. (2014 年 10 月全国)《寄小读者》全书的核心主题是(   )。

　　A. 漂泊历险　　　B. 思乡情结　　　C. 生命哲学　　　D. 爱的哲学

【答案与解析】

D。作者把自己的感情倾注其间,浸透着童年记忆、浓浓乡愁和对缱绻母爱的怀想,母爱、童真和自然美浑然一体,凝练成真善美统一的艺术世界,凸显了爱这一主题。文章的上下两部分都歌颂了爱的哲学。

◆【多选题】

（2015 年 4 月全国）冰心散文《寄小读者》歌颂的主题有（　　）。

A. 童真　　　　　B. 母爱　　　　　C. 革命理想　　　　D. 大自然

E. 友谊

【答案与解析】

ABD。冰心散文《寄小读者》的主题是对母爱、童真和大自然的讴歌和赞美。上半篇写变幻无穷的海景,下半篇写温柔艳冶的湖光,作者把自己的感情倾注其间,浸透着童年记忆、浓浓乡愁和对缠绵母爱的怀想,母爱、童真和自然美浑然一体,凝练成真善美统一的艺术世界。

■ 牛刀小试

◆【单选题】

1. 冰心的《寄小读者》是一部（　　）。

　　A. 日记体散文集　　　　　　B. 书信体散文集

　　C. 书信体小说集　　　　　　D. 日记体小说集

【答案与解析】

B。《寄小读者》是一部书信体散文集,是冰心 1923 年至 1926 年赴美留学期间所作。

2. 散文《寄小读者（通讯七）》中的第一篇主要写的是（　　）。

　　A."我"乘船在海上的所见所感　　　　B."我"住在上海邓脱路的见闻

　　C."我"在慰冰湖畔的感悟　　　　　　D."我"在"北平"寓居时的感受

【答案与解析】

A。冰心散文《寄小读者（通讯七）》的上半篇写变幻无穷的海景（海上所见所闻）,下半篇写温柔艳冶的湖光,作者把自己的感情倾注其间,浸透着童年记忆、浓浓乡愁和对缠绵母爱的怀想,母爱、童真和自然美浑然一体,凝练成真善美统一的艺术世界。

第三节　死　火

本 节 内 容 提 要

这首散文诗写于 1925 年 4 月 23 日,最初发表于 1925 年 5 月 4 日《语丝》周刊第 25 期,后收入《野草》。

知识点 1

■ **作家简介及作品** ☆☆

作者	**鲁迅**，"五四"新文化运动主将，中国现代文学的奠基人。
作品	短篇小说《狂人日记》是中国第一篇现代白话文小说。小说集《呐喊》和《彷徨》是中国现代小说的奠基之作。小说集《故事新编》，散文诗集《野草》，散文集《朝花夕拾》，杂文集《坟》《热风》《华盖集》《二心集》《伪自由书》《且介亭杂文》等。

知识点 2

■ **意象分析** ☆☆

死火	体现了鲁迅绝望而又决然反抗的精神。
大石车	象征黑暗势力。
冰谷	"死火"与"我"要挣脱的困境。

知识点 3

■ **思想内容** ☆

"我"与死火的对话本质上是鲁迅内心交织的两种声音，**探讨的是生与死以及生存价值的问题。**

死火的生存困境以及绝望的选择，都注入了鲁迅本人悲凉的生命体验。

"死火"有自己坚定的目标，受到温暖就可以复燃，象征着被冻灭的热情和希望。从根本上说，鲁迅是在呼唤一种被冻灭的热情重新燃烧、呼唤一种有行动的生活。

知识点 4

■ **艺术特色** ☆☆☆

✎ 大胆运用艺术想象，借用"梦"的形式，创造出死火这一特殊的意象和冰山、冰谷的意境来逼视自己灵魂的最深处，显示出特有的"鲁迅哲学"。

✎ 文章有多重意象。冰冷、青白的冰山、冰谷是虚无心理和孤独感的象征。"大石车"是黑暗势力的象征。

✎ 视觉形象丰富而奇特，红、白、黑的色彩组合单纯而浓重，给人强烈的视觉冲击。

✎ 文章风格含蓄诡秘，意识的跳跃性强，体现出多层次多侧面的思索含义。

知识点5

■ **精选片段☆**

有炎炎的形，但毫不摇动，全体冰结，像珊瑚枝；尖端还有凝固的黑烟，疑这才从火宅中出，所以枯焦。这样，映在冰的四壁，而且互相反映，化为无量数影，使这冰谷，成红珊瑚色。

■ **知识解读**

本节内容一般考查主观题。考生需理解并掌握本篇的主题，"死火"意象的含义，以及本篇意象丰富、想象诡谲的艺术特点。

■ **真题小练**

◇【单选题】

1. （2017 年 4 月全国）下列选项，体现了鲁迅绝望而又决然反抗精神的意象是（　　）。

　　A. 死火　　　　　B. 雷峰塔　　　　　C. 细腰蜂　　　　　D. 老马

【答案与解析】

A。《死火》中鲁迅大胆运用艺术想象，借用"梦"的形式，创造出死火这一特殊的意象和冰山、冰谷的意境来逼视自己灵魂的最深处，显示出特有的"鲁迅哲学"。文章有多重意象，虽奇诡、幽幻，但恰恰成为鲁迅所独有的心灵探寻的象征。冰冷、青白的冰山、冰谷是死寂的外部世界在鲁迅心灵上的投影，是虚无心理和孤独感的象征。"死火"与"我"是鲁迅自身灵魂的两个侧面，象征着被冻灭的热情和希望。可见，冰与火、冷与热这两种不相容的东西在鲁迅心中同时存在，表达了鲁迅既希望而又绝望、既绝望而又反抗绝望的极为矛盾的内心世界。

2. （2016 年 10 月全国）散文诗《死火》中"大石车"象征的是（　　）。

　　A. 被冻灭的热情　　B. 黑暗势力　　　　C. 求生的希望　　　　D. 革命势力

【答案与解析】

B。散文诗《死火》中"大石车"是黑暗势力的象征。本散文诗的结尾是"我"和"死火"的反抗遇到了大石车，终于被碾死，但"我"却大笑，不仅是因为眼见"大石车"（黑暗势力的象征）的毁灭而感到复仇的快意，更因为"我"在死亡的预见中感受到斗士才能有的幸福体验，而死火以此超越永恒生存困境，"再也遇不着"了。

【论述题】

（2017 年 10 月全国）分析鲁迅散文《死火》的思想主题和艺术特征。

【答案与解析】

主题思想：

(1)"我"与"死火"的对话本质上是鲁迅内心交织的两种声音，探讨的是生与死以及生存价值的问题。

（2）"死火"的生存困境以及绝望的选择,都注入了鲁迅本人悲凉的生命体验。

（3）"死火"有自己坚定的目标,受到温暖就可以复燃,象征着被冻灭的热情和希望。从根本上说鲁迅是在呼唤一种被冻灭的热情重新燃烧、呼唤一种有行动的生活。

艺术特征(特色):

（1）大胆运用艺术想象,借用"梦"的形式,创造出死火这一特殊的意象和冰山、冰谷的意境来逼视自己灵魂的最深处,显示出特有的"鲁迅哲学"。

（2）文章有多重意象。冰冷、青白的冰山、冰谷是虚无心理和孤独感的象征,同时用"大石车"象征黑暗势力。

（3）视觉形象丰富而奇特,红、白、黑的色彩组合单纯而浓重,给人强烈的视觉冲击。文章风格含蓄诡秘,意识的跳跃性强,体现出多层次多侧面的思索含义。

牛刀小试

◆ 【单选题】

1. 散文诗《死火》中,"我"与"死火"的对话探讨的问题是(　　　)。

　　A. 灵与肉的分裂　　　　　　　　B. 自由恋爱与封建礼教的矛盾

　　C. 生与死以及生存价值　　　　　D. 个人与集体的融合

【答案与解析】

C。《死火》是鲁迅的一篇散文诗,文中有多重意象,其中受到温暖可以复燃、有自己坚定目标的"死火"与"我"可视为鲁迅自身灵魂的两个侧面,象征着被冻灭的热情和希望。"我"与"死火"的对话本质上是鲁迅内心交织的两种声音,探讨的是生与死以及生存价值的问题。

2. "有炎炎的形,但毫不摇动,全体冰结,像珊瑚枝;尖端还有凝固的黑烟,疑这才从火宅中出,所以枯焦。这样,映在冰的四壁,而且互相反映,化为无量数影,使这冰谷,成红珊瑚色。"这段话出自(　　　)。

　　A.《死火》　　　　B.《泥土》　　　　C.《死水》　　　　D.《凤凰涅槃》

【答案与解析】

A。鲁迅的《死火》原文:"这是死火。有炎炎的形,但毫不摇动,全体冰结,像珊瑚枝;尖端还有凝固的黑烟,疑这才从火宅中出,所以枯焦。这样,映在冰的四壁,而且互相反映,化为无量数影,使这冰谷,成红珊瑚色。"

第四节 苍 蝇

本节内容提要

> 周作人于 1921 年 4 月 18 日创作了一首题为《苍蝇》的新诗。这首新诗从表面上看，诗人恨苍蝇只是因为接受了科学的洗礼，知道它能够传染病菌，所以对这种飞虫有着恶感。其实在诗的后半部分，隐隐地流露出他真正的攻击目标。1924 年，周作人写了这篇散文《苍蝇》，却从苍蝇"别一种坏癖气"里看到它们的可爱。

知识点 1

■ 作家简介及作品☆

作者	**周作人**，"五四"新文化运动的重要代表人物之一，**倡导"人的文学"**，曾与郑振铎、沈雁冰、叶绍钧等成立"**文学研究会**"。
作品	散文集《自己的园地》《雨天的书》《泽泻集》《谈龙集》，文学史专著《新文学的源流》《欧洲文学史》等。《**苍蝇**》是周作人提倡的以"叙事与抒情"为主的"美文"的典范之作。

知识点 2

■ 思想内容☆

一开始回忆了儿童时代捉来苍蝇玩耍的情景，接着引用希腊诗人的诗句，说明苍蝇顽强的生命力，然后信手拈来希腊的传说、诃美洛思在史诗中的比喻、我国的《诗经》、法布尔的《昆虫记》、日本俳句、儿童的谜语歌等材料，来说明苍蝇的"固执与大胆""勇敢""剽悍敏捷"，以致作者想起自己的诗来"觉得惭愧"。作者把世间这种微不足道又受人厌恶的生物赋写得颇有情趣。

知识点 3

■ 艺术特色☆ ☆

✎ 以细微之物——苍蝇为题材，以闲适、审美的态度去观照，在苍蝇的"坏癖气"之外发现苍蝇的可爱之处,立意新颖,构思别致。

🖉 叙事、议论和抒情融为一体,文章旁征博引,富有知识性和趣味性。

🖉 语言平淡自然又意味隽永,文风平和冲淡。

◼ 知识解读

本节内容一般考查主观题。考生需理解并掌握本篇的主题及其在选材、立意、构思和语言上的特点。

◼ 真题小练

◈【单选题】

(2014 年 4 月全国)"五四"新文化运动时期,倡导"人的文学"的作家是(　　)。

A. 梁实秋　　　　B. 周作人　　　　C. 茅盾　　　　D. 梁遇春

【答案与解析】

B。周作人,"五四"新文化运动的重要代表人物之一。倡导"人的文学",曾与郑振铎、沈雁冰、叶绍钧等人发起成立"文学研究会"。

◈【简析题】

(2015 年 10 月全国)简析周作人散文《苍蝇》的艺术特征。

【答案与解析】

(1)以细微之物——苍蝇为题材,以闲适、审美的态度去观照,在苍蝇的"坏癖气"之外发现苍蝇的可爱之处,立意新颖,构思别致。

(2)叙事、议论和抒情融为一体,文章旁征博引,富有知识性和趣味性。

(3)语言平淡自然又意味隽永,文风平和冲淡。

◼ 牛刀小试

◈【单选题】

属于周作人提倡的以"叙事与抒情"为主的"美文"的典范之作是(　　)。

A.《苍蝇》　　　B.《死火》　　　C.《纤夫》　　　D.《雨前》

【答案与解析】

A。周作人,"五四"新文化运动的重要代表人物之一。倡导"人的文学",曾与郑振铎、沈雁冰、叶绍钧等人发起成立"文学研究会"。《苍蝇》为周作人所提倡的以"叙事与抒情"为主的"美文"的典范之作。

第五节　追悼志摩

本节内容提要

徐志摩是"新月派"代表诗人之一，1931 年 11 月 19 日因所乘飞机失事遇难。作为志摩的生前好友，胡适特著文悼念。

知识点1

作家简介及作品☆

作者	胡适，"五四"文学革命的主要倡导者，提倡白话文和白话文学，提出"文学的国语，国语的文学"十个字作为文学革命的宗旨。
作品	1920 年出版的《尝试集》是现代文学史上**第一部白话新诗集**。作品有《胡适文存》《胡适文集》《胡适日记全编》《胡适口述自传》等。

知识点2

思想内容☆

文章通过引用他人的评价、徐志摩本人的诗句、诗人和他人（前妻张幼仪、老师梁启超）往来的书信来印证诗人追求"美与爱与自由"的"单纯信仰"的人生观，并为他所遭受的不公正的责难进行辩解，抒写志摩不幸遇难给人们带来的悲痛和人们对他的怀念与赞美之情。

知识解读

本节内容一般考查客观题。考生需掌握本文的主题意蕴以及作者是如何塑造徐志摩形象的。

真题小练

◆【单选题】

（2016 年 4 月全国）散文《追悼志摩》引用书信以阐明徐志摩的人生信仰，这些书信的作者是（　　）。

A．徐志摩、胡适　　　　B．胡适、梁启超　　　　C．朱湘、冯至　　　　D．徐志摩、梁启超

【答案与解析】

D。文章引用徐志摩本人的书信、诗句等原始材料作为典型论据来解读徐志摩的灵魂世界,构思独特,有很强的说服力。徐志摩与前妻张幼仪、老师梁启超来往的三封书信直接证明了他离婚和再婚正是为了追求"美与爱与自由"的人生理想和绝不随俗从流的人生态度。

◆【简析题】

(2017 年 10 月全国)简析胡适散文《追悼志摩》塑造徐志摩形象的方式。

【答案与解析】

文章通过以下三种方式印证诗人徐志摩追求"美与爱与自由"的"单纯信仰"的人生观。

(1)引用他人的评价。

(2)徐志摩本人的诗句。

(3)诗人和他人(尤其是梁启超)往来的书信。

第六节　灵魂的呼号

本 节 内 容 提 要

> 《灵魂的呼号》原是小说集《电椅》的代序,最初写于 1932 年。作者在作品中宣称"我永远说着我自己想说的话,我永远尽我在暗夜里呼号的人的职责"。

知识点 1

作家简介及作品☆

作者	巴金,中国作家、翻译家、社会活动家、无党派爱国民主人士。自称"我完全不是一个艺术家,……我只是一个在暗夜里呼号的人。"
作品	小说《爱情三部曲》(《雾》《雨》《电》),《激流三部曲》(《家》《春》《秋》),《憩园》《寒夜》和散文集《随想录》等。

知识点 2

思想内容☆

作者以书信的形式,对另一个世界中的这位宽厚包容的兄长,倾吐了自己离家多年的种种遭遇,对人生的困惑和思考,对生命意义的追求以及从事文学写作的矛盾复杂的心理,也在这真诚的自我拷问中表达了作者之后毕生坚守的文学观念和写作态度。

知识点3

▌艺术特色 ☆☆

✎ 以**书信体的第一人称**口吻,**情感饱满激越**,融记述、议论与独白于一体,赤诚袒露,一气呵成,在文体风格上也体现了巴金散文的一贯特征。

▌知识解读

本节内容一般考查客观题。考生需掌握本篇的艺术特点,还有本篇的主题意蕴以及作者对文学的看法。

▌真题小练

◈【单选题】

1.(2017年10月全国)散文《灵魂的呼号》中,巴金传达出的情感特点是( )。

    A. 舒缓雅致   B. 平淡冲和   C. 激越悲痛   D. 天真烂漫

【答案与解析】

C。散文《灵魂的呼号》中,巴金以书信体的第一人称口吻,情感饱满激越,融记述、议论与独白于一体,赤诚袒露,一气呵成。作者倾吐了自己离家多年的种种遭遇,对人生的困惑和思考,对生命意义的追求以及从事文学写作的矛盾复杂的心理。因此最佳答案是"激越悲痛"。

2.(2016年10月全国)自称"我完全不是一个艺术家,……我只是一个在暗夜里呼号的人"的作家是( )。

    A. 钱钟书   B. 巴金   C. 茅盾   D. 艾芜

【答案与解析】

B。自称"我完全不是一个艺术家,……我只是一个在暗夜里呼号的人"的作家是巴金。这段文字出自巴金的《灵魂的呼号》,因此答案是巴金。

▌牛刀小试

◈【单选题】

1. 散文《灵魂的呼号》的文体及叙述人称是( )。

    A. 日记体　第三人称   B. 书信体　第二人称

    C. 日记体　第一人称   D. 书信体　第一人称

【答案与解析】

D。《灵魂的呼号》采用的是第一人称,是一种书信体散文。文章以书信体的第一人称口吻,情感饱满激越,融记述、议论与独白于一体,赤诚袒露,一气呵成,在文体风格上也体现了巴金散文的一贯特征。

2. 在作品中宣称"我永远说着我自己想说的话,我永远尽我在暗夜里呼号的人的职责"的作家是( )。

A. 鲁迅 B. 巴金 C. 钱钟书 D. 艾青

【答案与解析】

B。巴金是从社会活动的实践中步入文坛,最终成为一个职业作家,这种独特的文学经历使得他总是把文学与时代变革、社会进步紧紧相连,而无法接受贵族化、精英化的纯文学,因此他一直强调作家必须有崇高的思想信仰和积极的生活态度,把心交给读者,在作品中宣称"我永远说着我自己想说的话,我永远尽我在暗夜里呼号的人的职责"。

第七节 钓台的春昼

本·节·内·容·提·要

《钓台的春昼》是一篇**游记**。1931 年初,郁达夫为躲避国民党通缉回故乡富春江避难,游览严子陵钓台,1932 年忧国忧时、感怀旧游写作此文。

知识点 1

作家简介及作品☆☆

作者	郁达夫,原名郁文,字达夫,中国现代小说家、散文家,新文学社团"创造社"的发起人之一。
作品	文学代表作有《沉沦》《故都的秋》《春风沉醉的晚上》《过去》《迟桂花》《怀鲁迅》《薄奠》等。

知识点 2

思想内容☆

以游踪为线索,记叙了作者自富阳出发经桐庐山游览严子陵钓台的经过,在对景物的细致描绘中,抒发了他对当时的社会现实和政治气候的不满和满怀的抑郁愤懑之情。

文章分为**夜访桐君山**和**凭吊严陵台**两个部分:

☛ 第一部分从离沪返乡缘由入手,概述桐君山及其地理状貌,着重通过渡江、上山、观景三节写桐君山春夜,渡江的幽意、山景的静远和作者归隐田园的议论均抹上了一层孑然悲凉的色彩,隐隐**透露出作者内心激愤不平之意**;

☛ 第二部分写游览钓台春昼的所梦所见所感,借助饮酒诵诗的昼梦和登台后对"东方民族性的颓废荒凉的美"的景色描绘,展现了作者面对政治高压和肮脏现实的清奇脱俗的性情。

知识点 3

■ **艺术特色**☆☆

✎ 以白描手法述景,在细腻真切的景色描摹中,染上了浓厚的主观感受和情感色彩。如写钓台春景的一节,山容峻削、草木荒凉、气氛死寂,均烘托出了作者心灵的凄凉和孤苦。同时,作者将桐君山和钓台上历史遗迹、人物掌故和当时的新闻事实、社会背景信手拈来,并作出纵横捭阖的议论,立意深刻,表现了作者慕贤心动的胸臆和对国民党"中央党帝"、满洲国汉奸官僚、无耻文人的批判和讥讽,很有现实针对性。

知识点 4

■ **精选片段**☆

不是尊前爱惜身,伴狂难免假成真,曾因酒醉鞭名马,生怕情多累美人。

劫数东南天作孽,鸡鸣风雨海扬尘,悲歌痛哭终何补,义士纷纷说帝秦。

■ **知识解读**

本节内容一般考查客观题。考生需理解作者在书写客观景物时突出主观情绪的特点,以及本篇的主题意蕴。

■ **真题小练**

◆【单选题】

1.(2016 年 10 月全国)散文《钓台的春昼》中,"我"游历的两个景点是(　　)。

　A. 金燕村、雷峰塔　　　　　　B. 前庄、后庄

　C. 桐君山、严陵台　　　　　　D. 白洋淀、荷花淀

【答案与解析】

C。《钓台的春昼》可分为夜访桐君山和凭吊严陵台两个部分,第一部分从离沪返乡缘由入手,概述桐君山及其地理状貌,第二部分写游览钓台春昼的所梦所见所感。

2.(2018 年 4 月全国)散文《钓台的春昼》中,作者通过景物描写所抒发的情感态度是(　　)。

A. 对社会现实的讴歌与赞美　　　　B. 对现实政治的不满和愤懑

C. 对亲情爱情的讴歌与赞美　　　　D. 对人性黑暗的揭示与批判

【答案与解析】

B。《钓台的春昼》是一篇游记。1931年初，郁达夫为躲避国民党通缉回故乡富春江避难，游览严子陵钓台，1932年忧国忧时、感怀旧游写作此文。文章以游踪为线索，记叙了他自富阳出发经桐庐山游览严子陵钓台的经过，在对景物的细致描绘中，抒发了他对当时的社会现实和政治气候的不满和满怀的抑郁愤懑之情。

3.（2011年7月全国）下列散文中，不属于杂文的是（　　　）。

A.《蛇与塔》　　　　　　　　　　B.《钓台的春昼》

C.《拿来主义》　　　　　　　　　D.《简论市侩主义》

【答案与解析】

B。《钓台的春昼》是一篇游记。1931年初，郁达夫为躲避国民党通过回故乡富春江避难，游览严陵钓台，1932年忧国忧时、感怀旧游写作此文。

牛刀小试

◆【单选题】

郁达夫的名句"曾因酒醉鞭名马，生怕情多累美人"出自他的散文名篇（　　　）。

A.《沉沦》　　　　　　　　　　　B.《春风沉醉的晚上》

C.《钓台的春昼》　　　　　　　　D.《雨前》

【答案与解析】

C。"曾因酒醉鞭名马，生怕情多累美人"出自郁达夫的《钓台的春昼》。《钓台的春昼》是一篇游记散文。

第八节　雨　前

本节内容提要

《雨前》写于1933年初的北京，折射了20世纪30年代中国政治气候的低沉和压抑。

知识点 1

■ 作家简介及作品 ☆☆

作者	**何其芳**,以诗走向文坛,是"汉园三诗人"之一,而其散文又著称于世。第一部散文集《**画梦录**》,因"独立的艺术制作"和"超达深渊的情趣"获得了《大公报》文艺奖。
作品	散文集《画梦录》《还乡杂记》《星火集》,诗集《预言》《夜歌》等。

知识点 2

■ 思想内容 ☆☆☆

　　文章通过对雨前的种种自然景象的传神描写,在表现了久旱盼甘霖的强烈渴求的同时,伴随着一种无法消除的焦虑难忍和空虚彷徨,这其实正是身处在社会大动荡中的作者自己真实的心理写照。

知识点 3

■ 艺术特色 ☆☆

　　✐ **注重意象的营造和象征手法的运用**,选取多种自然景物作为意象,如惊惶的鸽群、憔悴的柳条、干裂苦旱的大地、烦躁的鸭群、污浊的河沟、愤怒的鹰隼等创造出雨前特定时空的艺术氛围,传达出"我"在对"覆荫"的希求中等待的多个侧面,既写到心的焦渴、苦闷,也写到心的企盼与呼号,具有浓浓的抒情意味。对故乡"雷声和雨声"和"雏鸭游牧在溪流间"景象的怀想,与北方的天候、景物形成鲜明对照,寄寓着**作者对美的世界的渴望与追求**。

　　✐ **用语考究精致、细致绵密,笔调轻灵、形神兼备,给人诗一般的感觉**。善于选用富于色彩的词藻,赋形绘色,呈现情思。如用"油绿的枝叶""青青的草"等勾勒出南方故乡鲜亮的色彩;与之相比,北方雨前则呈现出灰暗的色调。

　　✐ 在修辞手法上,运用**比喻**、**拟人**、**通感**等表现手法,如"细草样柔的雨声又以温存之手抚摩它""一点雨声的幽凉滴到我憔悴的梦"等表现了作者独特的审美感受,又使作品更加意境化。

■ 知识解读

　　本节内容一般考查客观题。考生需掌握本文对北方雨前自然天候和各种景物的描写及其所传达的思想情绪,以及本文对南方故乡春雨的怀想及其所传达的思想情绪。此外,本文的艺术特征也是重点内容。

真题小练

◆【单选题】

1. (2016年4月全国)散文《雨前》主要的艺术特征是（　　）。

  A. 旁征博引，富有知识性和趣味性　 B. 语言通俗，口语化色彩浓厚

  C. 善于制造悬念，构思精巧　 D. 营造多种意象，擅长象征的运用

【答案与解析】

D。《雨前》用语考究精致、细致绵密，笔调轻灵、形神兼备，给人诗一般的感觉；注重意象的营造和象征手法的运用，选取多种自然物象作为意象，创造出雨前特定时空的艺术氛围，传达出"我"的多个侧面，具有浓浓的抒情意味。

2. (2013年4月全国)何其芳在散文《雨前》中表现了复杂的思想情感，其中不属于这种复杂情感的是（　　）。

  A. 对故乡的雨的怀想　 B. 对黑暗现实的不满

  C. 没有找到出路的忧郁　 D. 对母亲的思念

【答案与解析】

D。《雨前》写于1933年，折射了20世纪30年代中国政治气候的低沉和压抑。文章通过对雨前的种种自然景象的传神描写，在表现了久旱盼甘霖的强烈渴求的同时(即对故乡的雨的怀想)，伴随着一种无法消除的焦虑难忍和空虚彷徨，这其实正是身处在社会大动荡中的作者自己真实的心理写照。由此可知，D项表述不符合题意。

◆【多选题】

(2014年4月全国)何其芳在《雨前》中描写了多种自然物象对雨水的渴望，这些物象有（　　）。

  A. 惊惶的鸽群　 B. 憔悴的柳条

  C. 干裂的大地　 D. 烦躁的鸭群

  E. 愤怒的鹰隼

【答案与解析】

ABCDE。文章注重意象的营造和象征手法的运用，选取多种自然景物作为意象，如惊惶的鸽群、憔悴的柳条、干裂苦旱的大地、烦躁的鸭群、污浊的河沟、愤怒的鹰隼等，创造出雨前特定时空的艺术氛围。

牛刀小试

◆【单选题】

1. 下列属何其芳创作的作品集是（　　）。

A.《画梦录》《剪拂集》　 B.《夜歌》《画梦录》

C.《泥土的歌》《画梦录》　　　　　　D.《雅舍小品》《预言》

【答案与解析】

B。何其芳,"汉园三诗人"之一。1936 年出版第一部散文集《画梦录》,因"独立的艺术制作"和"超达深渊的情趣"获得《大公报》文艺奖。1938 年北上延安后,创作风格发生较大变化,从唯美主义走向革命群体和革命现实主义,这种在当时为不少作家所共有的现象被称为"何其芳现象"。主要作品有散文集《画梦录》《还乡杂记》《星火集》,诗集《预言》《夜歌》等。

2. 何其芳的散文《雨前》写于(　　　　)。

A. 20 世纪 30 年代初的北京　　　　B. 20 世纪 30 年代末的上海

C. 20 世纪 40 年代初的延安　　　　D. 20 世纪 40 年代末的重庆

【答案与解析】

A。《雨前》写于 1933 年初的北京,折射了 20 世纪 30 年代中国政治气候的低沉和压抑。

第九节　言　志　篇

本节内容提要

《言志篇》是林语堂在 20 世纪 30 年代主编《论语》等流行刊物,提倡"以自我为中心,以闲适为格调"的小品文时写的作品。

知识点 1

作家简介及作品 ☆☆

作者	**林语堂**,早年留学美国和德国,1935 年以后在美国用英文写作大量作品介绍中国文化传统。
作品	散文集有《剪拂集》《大荒集》《无所不谈》等。

知识点 2

思想内容 ☆☆☆

前半部分以调侃的态度探讨何谓"志",讥讽常人"言志"的虚伪、矫饰和现代人被物欲蒙蔽的矛盾心理。

把日常人生和情感乃至是琐碎的细枝末节提高到"志"的位置,呈现的是一个亲近自然、无拘无束、自由不拘、认真工作、潜心读书而又注重人情美好和感官享受的"言志"主体,沉淀千百年来文人陶冶心性、生活艺术化的文化内涵。通过对这些人生愿望中蕴含的丰厚、闲适、自由、雅致的名士气的抒写,表达了**对现代人浮躁、空虚的生活状态的鄙夷不屑,浸淫着对生命、生活本身的关怀与爱**。最后一句"我要有能做我自己的自由,和敢做我自己的胆量",彰显了个人主体性的绝对地位。

知识点 3

■ 艺术特色 ☆☆

- ✎ 闲适小品的典范之作,行文平和,讥讽和批评又不失节制,极富幽默感。

- ✎ 旁征博引,才思敏捷。

- ✎ 用语"文言中不避俚语,白话中多放之乎",表现林语堂语言的风格与特色。

知识点 4

■ 精选片段 ☆

我要一间自己的书房,可以安心工作。

我要几套不是名士派但亦不甚时髦的长褂,及两双称脚的旧鞋子。

我要一个可以依然故我不必拘牵的家庭。

我要院中几棵竹树,几棵梅花。

我要有能做我自己的自由,和敢做我自己的胆量。

■ 知识解读

本节内容一般考查客观题。考生需掌握作者在本篇所述之"志"的含义,以及本篇作为"闲适小品文"的风格特点。

■ 真题小练

◆【单选题】

(2017 年 4 月全国)林语堂散文《言志篇》前半部分写的是(　　)。

A. 开篇明志说明自己的理想

B. 讥讽常人言志的虚伪矫饰

C. 盛赞个人理想对社会召唤的呼应

D. 表明个人理想会随时代变迁

【答案与解析】

B。文章的题目是《言志篇》,但前半部分并非言志,而是以调侃的态度探讨何谓"志",讥讽常人"言志"的虚伪、矫饰和现代人被物欲蒙蔽的矛盾心理。

◆【多选题】

（2016年4月全国）散文《言志篇》中所举"个人理想的愿望"有（　　）。

A."我要一间自己的书房，可以安心工作"

B."我要几套不是名士派但亦不甚时髦的长褂，及两双称脚的旧鞋子"

C."我要一个可以依然故我不必拘牵的家庭"

D."我要院中几棵竹树，几棵梅花"

E."我要有能做我自己的自由和敢做我自己的胆量"

【答案与解析】

ABCDE。"我要一间自己的书房，可以安心工作""我要几套不是名士派但亦不甚时髦的长褂，及两双称脚的旧鞋子""我要一个可以依然故我不必拘牵的家庭""我要院中几棵竹树，几棵梅花""我要有能做我自己的自由和敢做我自己的胆量"都属于个人理想的愿望。

◆【简析题】

（2018年4月全国）简析林语堂散文《言志篇》作为"闲适小品文"的风格特点。

【答案与解析】

（1）行文平和，讥讽和批评又不失节制，极富幽默感。

（2）作者旁征博引，才思敏捷。

（3）用语"文言中不避俚语，白话中多放之乎"，足以表现林语堂语言的风格与特色。

■ 牛刀小试

◆【单选题】

1. 提倡"闲适、幽默"的小品文，成为"论语派"代表的散文家是（　　）。

A. 梁实秋　　　　B. 丰子恺　　　　C. 夏丏尊　　　　D. 林语堂

【答案与解析】

D。林语堂，提倡"以自我为中心，以闲适为格调"的小品文。《言志篇》便是此类的作品。文章是闲适小品的典范之作，行文平和，讥讽和批评又不失节制，极富幽默感；旁征博引，才思敏捷；用语"文言中不避俚语，白话中多放之乎"。

2. 下列作品中，属于林语堂小品文的是（　　）。

A.《言志篇》　　B.《剪拂集》　　C.《大荒集》　　D.《无所不谈》

【答案与解析】

A。《言志篇》是林语堂的小品文。《剪拂集》《大荒集》《无所不谈》是他的散文集。

第十节　包　身　工

本节内容提要

　　《包身工》写于 1936 年,是夏衍经过多年酝酿,又在上海杨树浦日本纱厂区进行了两个多月的实地调查,掌握了大量触目惊心的素材以后写就的**报告文学**作品。

知识点 1

■ 作家简介及作品☆

作者	夏衍,左翼作家联盟和左翼戏剧家联盟成员。
作品	话剧剧本《上海屋檐下》《法西斯细菌》《芳草天涯》等。

知识点 2

■ 思想内容☆☆

　　文章再现了包身工的非人生活和惨绝人寰的遭遇,血泪控诉了日本纱厂资本家和中国带工老板相互勾结,敲骨吸髓般残酷无情压榨劳动人民血汗的滔天罪行,深刻揭露了包身工制度是帝国主义殖民者与中国封建势力相结合的产物。

知识点 3

■ 艺术特色☆☆☆

✎　采用**纵横交错的结构方法**,以包身工一天的活动为时间纵线,其间又穿插具有典型意义的材料,对包身工制度的介绍和评论等横向内容,使读者既了解到包身工的生活惨状,也对包身工制度进行了追根溯源的思考。

✎　运用**镜头语言**来表现社会生活,通过主次分明、点面结合的多角度叙述,全面展现了包身工的苦难生活。作品把包身工的生活浓缩为一天的三个场景:**起床、早餐、上工**,全景式地描绘包身工的群像,粗劣不足的饮食、肮脏拥挤的居住环境、恶劣的劳动条件、沉重的劳动、"野兽一般"的拿莫温和荡管的打骂、虐待和摧残,显示出他们作为人形机器的共同命运。

✎ 对有典型意义的人物和生活细节,作**特写镜头式的具体描绘**,如作者着重刻画了**芦柴棒**、**小福子**和**不知姓名的小姑娘**这三个人物被殴打、被侮辱的细节,形象地描绘出地狱一般的包身工世界。结尾时,作者为了形象地说明包身工的处境,引用了**船户养墨鸭捕鱼**的事。

✎ 由于作品将鲜明的形象描写和细密的逻辑分析糅合在一起,比较成功地解决了新闻的真实性和具体生动的文学性之间的矛盾问题。

📖 知识解读

本节内容一般考查客观题。考生需掌握本文将包身工群像和个别典型相结合的人物描写特点,以及本文将具体的场景描写和抽象的议论分析、调查统计相结合的表达方式。

◆【多选题】

(2017年4月全国)报告文学《包身工》中着重描绘的包身工形象有(　　)。

A. 芦柴棒　　　　　　B. 小福子　　　　　　C. 春桃

D. 不知姓名的小姑娘　E. 虎姐

【答案与解析】

ABD。报告文学《包身工》着重刻画了芦柴棒、小福子和不知姓名的小姑娘这三个人物被殴打、被侮辱的细节,形象地描绘出地狱一般的包身工世界。

◆【论述题】

(2016年4月全国)分析夏衍报告文学《包身工》的主题思想。

【答案与解析】

(1)真实地再现了包身工的非人生活和惨绝人寰的遭遇,血泪控诉了日本纱厂资本家和中国带工老板相互勾结,敲骨吸髓般残酷无情压榨劳动人民血汗的滔天罪行。

(2)深刻揭露了包身工制度是帝国主义殖民者与中国封建势力相结合的产物。

🗡 牛刀小试

◆【单选题】

1. 报告文学《包身工》把包身工的生活浓缩为一天中的三个场景,它们是(　　)。

　　A. 起床、上工、下工　　　　　　B. 起床、早餐、上工

　　C. 早餐、上工、下工　　　　　　D. 上工、午餐、下工

【答案与解析】

B。作品把包身工的生活浓缩为一天的三个场景:起床、早餐、上工,全景式地描绘出包身工的群像:粗劣不足的饮食、肮脏拥挤的居住环境、恶劣的劳动条件、沉重的劳动、"野兽一般"的拿莫温和荡管的打骂、虐待和摧残,显示出他们作为人形机器的共同命运。

2.《包身工》的体裁属于(　　)。

A. 抒情散文   B. 杂文

C. 小说   D. 报告文学

【答案与解析】

D。《包身工》写于1936年,是夏衍经过多年酝酿,又在上海杨树浦日本纱厂区进行了两个多月的实地调查,掌握了大量触目惊心的素材以后写就的报告文学作品。

第十一节　囚　绿　记

本 节 内 容 提 要

　　《囚绿记》是现代作家陆蠡于1938年创作的一篇散文。此文讲述了作者与常春藤绿枝条的一段"交往"经历,描绘了绿枝条的生命状态和"性格特点",也写出了作者的生存状况和真挚心愿,含蓄地揭示了华北地区人民面临日本帝国主义侵略的苦难命运。绿的品格和性格象征着作者和广大人民坚贞不屈的民族气节。

知识点1

■ 作家简介及作品 ☆

作者	**陆蠡**,散文家、现代作家、革命家、翻译家。散文以蕴藉婉约见长,清新的笔调中渗透出哲理和智慧的光芒。
作品	散文集《海星》《竹刀》《囚绿记》等。

知识点2

■ 思想内容 ☆ ☆

　　文章层次分明,逐层深化,与"见绿—恋绿—囚绿—释绿—念绿"的叙事线索相应,以自我心理剖白的形式,摹状了"我"与"绿友"之间跌宕起伏、摇曳多姿的情感律动:见绿之前心灵的焦渴、干涸;恋绿的满心欢喜、自得,又有因"绿友"倔强而被违忤后的恼怒,更有对"绿囚"的敬意和怀念。

　　作者怀念一年前在北平时所住公寓窗外的一树常春藤,因为喜欢绿色,留恋绿色,便将常春藤从窗外牵进房间囚系住它,但他又发现常春藤有一种决不改变的品性,固执地朝着窗外的方向。作者对"永远向着阳光生长""永不屈服于黑暗"的"绿囚"的敬意体现了对所有生命的理解与尊重,抒发了**对生活的热爱和对光明的追求**。

联系到北平沦陷和抗日烽火的时代背景,作者在绿中凝聚了自己的情感和民族精神,绿的品格和性格可以认为在国难当头时作者和广大中国人民英勇不屈的民族气节。

■ 知识解读

本节内容一般考查客观题。考生需掌握本篇的行文线索及主题意蕴。

■ 真题小练

◀【单选题】

1.(2017 年 4 月全国)散文《囚绿记》中作者深切怀念的是(　　)。

    A. 沦陷时期的北平　　　　　　　B. 抗战时期的重庆

    C. 孤岛时期的上海　　　　　　　D. 抗战时期的延安

【答案与解析】

A。散文《囚绿记》中,作者怀念一年前在北平时所住公寓窗外的一树常春藤,因为喜欢绿色,留恋绿色,便将常春藤从窗外牵进房间囚系住它,但他又发现常春藤有一种决不改变的品性,固执地朝着窗外的方向,"永远向着阳光生长""永不屈服于黑暗"。联系到北平沦陷和抗日烽火的特定时代背景,作者在绿中凝聚了自己的情感和民族精神。

2.(2016 年 4 月全国)散文《囚绿记》表现了"绿"的"囚"与"释"的对立,借此抒发的人生感悟是(　　)。

    A. 对资本家残酷剥削工人的谴责

    B. 对劳动者的崇高敬意

    C. 对生活的热爱和对光明的追求

    D. 对现代人浮躁生活状态的鄙夷

【答案与解析】

C。文中,对"永远向着阳光生长""永不屈服于黑暗"的"绿囚"的敬意体现了对所有生命的理解和尊重,抒发了对生活的热爱和对光明的追求。

◀【多选题】

(2016 年 10 月全国)《囚绿记》以"见绿—恋绿—囚绿—释绿—念绿"为叙事线索,所表现的作者思想情感有(　　)。

    A. 因对常春藤的理解与尊重而尊重和善待其他生命

    B. 抒发出绿中凝聚的民族精神

    C. 感念于常春藤永远向着阳光生长而热爱生活

    D. 感念于常春藤"不屈于黑暗"而追求光明

    E. 以"爱"的名义制造束缚的牢笼

【答案与解析】

ABCD。作者怀念一年前在北平时所住公寓窗外的一树常春藤,因为喜欢绿色,留恋绿色,便将常春藤从窗外牵进房间囚系住它,但他又发现常春藤有一种决不改变的品性,固执地朝着窗外的方向,"永远向着阳光生长""永不屈服于黑暗"。由此表达了一种深层的人生叹谓:不能为了自我情感的需求以"爱"的名义制造束缚的牢笼,否则,这种自私的爱恋和占有就是对美好事物的亵渎和扼杀。对"绿囚"的敬意体现了对所有生命的理解和尊重,抒发了对生活的热爱和对光明的追求。作者在绿中凝聚了自己的情感和民族精神,绿的品格和性格可以认同为在国难当头时作者和广大中国人民英勇不屈的民族气节。

第十二节 蛇 与 塔

本节内容提要

《蛇与塔》是一篇**杂文**,对民间传说《白蛇传》做了推陈出新的解释,辩证地评析了各种观点。

知识点1

■ **作家简介及作品** ☆

作者	**聂绀弩**,师承鲁迅"野草"杂文作家群中的杰出代表,其旧体诗创作亦自成一格。
作品	杂文集《历史的奥秘》《蛇与塔》《早醒记》《血书》《聂绀弩杂文集》和诗集《散宜生诗集》等。

知识点2

■ **思想内容** ☆☆☆

表达了对被封建制度压迫的女性的同情,并对民间文化和底层人民的正义感和反专制反暴政的智慧与力量进行了高度的褒扬。

对《白蛇传》中封建意识形态的辨析:把追求美好生活但遭到镇压的女性比喻为"塔"下的"蛇";"瞒和骗"的大团圆结局模式;把雷峰塔的倒掉解读为"避邪""偷砖"。

新意:一是认为状元公许仕林祭塔这种大团圆结局,是《白蛇传》在流传过程中老百姓对白蛇表示"同情"和"慰问"而增添的情节,从而满足了老百姓同情弱者和含冤者的心理要求；二是认为"偷砖"的"本意"是"**要塔倒，要白蛇恢复自由**"，这是老百姓不满意"白娘子永镇于雷峰塔"的悲剧结局而对白娘子进行的解救。

知识点 3

■ **艺术特色** ☆

✎ 文章写得明白晓畅，**从容不迫，精到又幽默**；对评论对象稍加推演点染，点到即止，不枝不蔓，颇具风姿。结尾一句遒劲有力，发人深思。

■ **知识解读**

本节内容一般考查客观题。考生需掌握本文的语言特点，并理解本文是如何在古老的传说中翻出新意，提出自己的新观点的。

■ **真题小练**

◆ 【单选题】

1.（2017 年 4 月全国）杂文《蛇与塔》的语言特色是（　　）。

    A. 从容之中有幽默　　　　　　B. 铿锵之中有幽默

    C. 辛辣的讽刺　　　　　　　　D. 优雅的抒情

【答案与解析】

A。《蛇与塔》写得明白晓畅，从容不迫，精到又幽默；对评论对象稍加推演点染，点到即止，不枝不蔓，颇具风姿。

2.（2015 年 4 月全国）《蛇与塔》的文体是（　　）。

    A. 杂文　　　　B. 抒情散文　　　　C. 新闻特写　　　　D. 短篇小说

【答案与解析】

A。《蛇与塔》的文体是杂文。其作者聂绀弩是师承鲁迅"野草"杂文作家群中的杰出代表。

◆ 【多选题】

（2015 年 10 月全国）杂文《蛇与塔》论及多种关于白蛇与雷峰塔的民间传说及其看法，其中给予辩证分析的有（　　）。

    A. 把追求美好生活但遭到镇压的女性比喻为"塔"下的"蛇"

    B. 许仕林中状元、衣锦荣归的大团圆结局

    C. 把雷峰塔的倒掉解读为"避邪"

    D. 把雷峰塔的倒掉解读为"偷砖"

    E. 把雷峰塔的建造解读为"祈福"

【答案与解析】

ABCD。《蛇与塔》透过现象看到本质，对《白蛇传》故事中承载的封建意识形态做了透辟

辨析：把追求美好生活但遭到镇压的女性比喻为"塔"底下的"蛇"；"瞒和骗"的大团圆结局模式；把雷峰塔的倒掉解读为"避邪""偷砖"。

■ 牛刀小试

◆【单选题】

1. 聂绀弩在《蛇与塔》中认为"偷砖者"的本意是(　　)。

    A. 要塔倒,让白蛇恢复自由　　　　B. 赏玩

    C. 卖钱　　　　　　　　　　　　D. 造墙

【答案与解析】

A。作者认为"偷砖"的"本意"是"要塔倒,要白蛇恢复自由",这是老百姓不满意"白娘子永镇于雷峰塔"的悲剧结局而对白娘子进行的解救。

2. 聂绀弩创作的有关白蛇和雷峰塔的杂文是(　　)。

    A.《论雷峰塔的倒掉》　　　　　B.《再论雷峰塔的倒掉》

    C.《蛇与塔》　　　　　　　　　D.《山之子》

【答案与解析】

C。聂绀弩,是师承鲁迅"野草"杂文作家群中的杰出代表,其旧体诗创作亦自成一格。代表作有杂文集《历史的奥秘》《蛇与塔》《早醒记》《血书》《聂绀弩杂文集》和诗集《散宜生诗集》等。《蛇与塔》是有关白蛇和雷峰塔的杂文。

第十三节　活宝们在受难——空袭下的英国家畜

本节内容提要

1939—1946 年,萧乾赴英国伦敦大学任教,兼任《大公报》驻英记者。作为中国唯一经历欧战全过程的人,他写下了几十万字的通讯作品,《活宝们在受难——空袭下的英国家畜》就是其中一篇。

知识点 1

■ 作家简介及作品☆

| 作者 | 萧乾是京派作家的代表人物。 |

作品	主要作品有译作《好兵帅克》《莎士比亚戏剧故事集》《尤利西斯》,短篇小说集《篱下集》《栗子》,报告文学集《人生采访》,以及《八十自省》《未带地图的旅人——萧乾回忆录》等。

知识点2

◼ 思想内容 ☆☆☆

作者以文艺笔法写的**新闻报道**,没有直接报道战争,而是以小见大,报道战时英国社会的一个侧面,通过写猫狗等家畜在战争中的遭遇、表现,细腻地展现了战时英国的面貌。

把战时英国人民的勇敢、坚韧、乐观、幽默表现得富有立体感,传达着一种战争特殊氛围里的民俗世态、文化底蕴和精神体验。

知识点3

◼ 艺术特色 ☆

✎ 写家畜,赋予动物人格化的审美视角,赋予家畜诸如**机智**(有些狼犬能辨别敌机还是英机)、**沉着**(鸟的数目并未因战争而减少)、**有序**(众兽纪律绝佳,无丝毫恐怖状态)、**忠诚**(一只猫独行二百英里找到它的主人)等人的个性和情感,有一种诗意化的夸张,但都显得很真实,并且使人、家畜两相映衬,在诙谐风趣的氛围中表现出了英国人民面对战争时的镇定与乐观。

◼ 知识解读

本节内容一般考查客观题。考生需掌握本篇的主题意蕴,以及作者所采用的拟人化手法及其对表现主题的作用。

◼ 真题小练

◆ 【单选题】

(2015年4月全国)报告文学《活宝们在受难——空袭下的英国家畜》赋予家畜的个性和情感有(　　)。

　A. 机智　　　　　B. 沉着　　　　　C. 散漫　　　　　D. 忠诚

　E. 有序

【答案与解析】

ABDE。作者写家畜,赋予动物人格化的审美视角,如机智(有些狼犬能辨别敌机还是英机)、沉着(鸟的数目并未因战争而减少)、有序(众兽纪律绝佳,无丝毫恐怖状态)、忠诚(一只猫独行二百英里找到它的主人)等人的个性和情感,有一种诗意化的夸张,但都显得很真实,并且使人、家畜两相映衬,在诙谐风趣的氛围中表现了英国人民面对战争的镇定与乐观。

◆【简析题】

（2016年10月全国）简析萧乾新闻特写《活宝们在受难——空袭下的英国家畜》的主题意蕴。

【答案与解析】

（1）作者以文艺笔法写的新闻报道，没有直接报道战争，而是以小见大，报道战时英国社会的一个侧面，通过写猫狗等家畜在战争中的遭遇、表现，细腻地展现了战时英国的面貌。

（2）把战时英国人民的勇敢、坚韧、乐观、幽默表现得富有立体感，传达着一种战争特殊氛围里的民俗世态、文化底蕴和精神体验。

■ 牛刀小试

◆【多选题】

萧乾的短篇小说有（　　　）。

    A.《篱下集》   B.《人生采访》   C.《栗子》   D.《八十自省》

    E.《未带地图的旅人——萧乾回忆录》

【答案与解析】

AC。萧乾，京派作家代表人物。主要作品有短篇小说集《篱下集》《栗子》，报告文学集《人生采访》，以及《八十自省》《未带地图的旅人——萧乾回忆录》等。

第四章　戏剧（精读篇目）

```
                              《雷雨》
                          ┌──
                          │   《上海屋檐下》
        戏剧（精读篇目）───┤
                          │   《屈原》
                          └──
                              《白毛女》
```

第一节 雷 雨

本节内容提要

> 《雷雨》是剧作家曹禺创作的一部话剧,发表于1934年7月的《文学季刊》,被称为"中国现代第一出真正的悲剧"。此剧以1925年前后的中国社会为背景,描写了一个带有浓厚封建色彩的资产阶级家庭的悲剧。

知识点1

■ 作家简介及作品 ☆

作者	曹禺,中国现代话剧的革新者和杰出代表,他的创作使话剧完全中国化,并逐步走向成熟。
作品	剧本《雷雨》《日出》《原野》《北京人》等。

知识点2

■ 人物形象 ☆ ☆

周朴园	**形象:** 周朴园是一个非常复杂的人物。一方面,作品通过他与繁漪的关系、处理罢工的手段的描写,揭示了他的专制、冷酷;另一方面,他与侍萍的关系则揭示了他的婚姻悲剧的问题。周朴园的婚姻并不幸福,正是出于自己内心的爱情需要,他才会持之以恒地维护着旧的生活习惯。在周朴园、鲁妈(侍萍)相会的那一幕中,现实的社会冲突与男女之间真挚的爱情交织在一起,内涵非常丰富。 **特点:** ① 周朴园是《雷雨》一剧的主要人物,周公馆的主人,他出身于封建大家庭,留学德国,回国后成了矿上的董事长,是一个带有浓厚封建意识的资本家。 ② 在他身上,既有资本家的自私、冷酷、残忍、虚伪的特质,又有封建家长的专横、暴虐的本性。他是周、鲁两家悲剧的罪魁祸首。

周朴园	③ 周朴园这一形象反映了中国封建大家庭的黑暗与罪恶,揭示了中国早期资产阶级的封建性特点,周朴园的失败预示了旧制度的崩溃。 **周朴园对整个剧情展开的推进作用:** ① 周朴园是《雷雨》戏剧矛盾的中心(中心人物),全剧八个人物,各有其独特的思想感情与经历,但他们的命运又都和周朴园相牵连。 ② 在众多的情节线索中,周朴园与蘩漪的冲突是一条**明线**,周朴园和鲁侍萍的关系则是一条**暗线**。这两条线索,同时并存,彼此交织,互为影响,共同推进了剧情的展开,使剧情紧张曲折,引人入胜。
周冲	在话剧《雷雨》中,最后和四凤触电而死。
周萍	周萍是周朴园与侍萍的儿子,侍萍被周朴园遗弃后与鲁贵成亲,四凤是鲁贵与侍萍的女儿,所以周萍和四凤是同母异父的兄妹。周萍最后开枪自杀。
蘩漪	周朴园家庭统治的被侮辱和被损害者,她对专制家庭的疯狂反抗表达了人性欲望的大爆发,但从一开始,这种反抗就带有"罪"的因素,最终是通过邪恶行为来维护自己和周萍之间的乱伦之爱,也毁灭了所有无辜的人。蘩漪这个"雷雨"式的人物显示了曹禺对人性的恶的力量的拷问。

知识点 3

思想内容☆

以 20 世纪 20 年代中国城市社会为背景,在一天之内集中展现了周、鲁两家前后三十年复杂的人物关系和尖锐的矛盾冲突,揭露了旧中国旧家庭种种黑暗罪恶的现象,凸显作者对命运、人性、情感、阶级矛盾等一系列问题的思考。

知识点 4

结构特点☆☆

✎ 结构严密,集中紧张。将现在进行的事件和过去发生的事件巧妙地交织在一起,并以过去的戏推动现在的戏。

✎ 时间集中,都发生在一天,地点集中,几乎都发生在周家客厅。

✎ 剧本巧妙地以**明线**、**暗线**交织布局,明线是周朴园与蘩漪的矛盾,暗线是周朴园与鲁侍萍的矛盾,以两条线索推动剧情。

知识点 5

艺术成就

✎ **人物形象的成功塑造。**《雷雨》中成功地塑造了周朴园、周萍、鲁四凤、鲁贵、蘩漪、鲁侍萍、周冲、鲁大海等众多性格鲜明的人物形象。

✎ **明暗双线,纵横交错,引人入胜。**《雷雨》以周朴园为中心,在错综复杂的尖锐冲突中展开剧情。全剧八人,各有其独特的思想感情和经历,但他们的命运又都和周朴园相牵连。在众多的矛盾冲突线中,周朴园与繁漪的冲突是一条明线,周朴园和鲁侍萍的关系则是一条暗线。起先是明线牵动了暗线,明线占主导,最后是暗线决定了明线,暗线占主导地位。两条线索,同时并存,彼此交织,互为影响,互相钳制,纵横交错,使情节曲折紧张,引人入胜。

✎ **强烈的戏剧情境。**《雷雨》成功地吸取了外国优秀剧作的丰富经验。不是渐次展开剧情,而是在后果的猝然爆发中交代复杂的前因,因而创造了一种紧张、强烈的戏剧情境,出色地创造了具有中国特色、戏剧性强、爆发力大的剧作。

✎ **语言简洁易懂,内涵丰富,具有人物的个性色彩。**《雷雨》的语言从普通话提炼而成,听来简洁易懂,但又含蓄蕴藉,具有丰富的潜台词。每个人物的语言都有鲜明的个性特色,符合各自的身份、出身、地位、教养和性格气质,也符合人物在规定的戏剧情境中想说的充满个性和情绪色彩的话。

■ 知识解读

本节内容一般考查主观题。建议考生掌握剧本尖锐复杂的矛盾及其性质,繁漪、侍萍和周朴园的形象,剧本的结构特色及剧本富有个性特征和丰富内涵的语言。

■ 真题小练

◆ 【单选题】

(2016 年 4 月全国)话剧《雷雨》中彼此交织的明暗两条线索分别是(　　)。

A. 周朴园和繁漪的冲突是明线,周朴园和鲁侍萍的关系是暗线

B. 周萍和繁漪的冲突是明线,周朴园和鲁侍萍的关系是暗线

C. 周朴园和繁漪的冲突是明线,鲁贵和鲁侍萍的关系是暗线

D. 周萍和繁漪的冲突是明线,四凤和繁漪的关系是暗线

【答案与解析】

A。《雷雨》以周朴园为中心,把八个人物之间的情爱、血缘和亲属关系作为轴心,将三十年间产生的各种矛盾交织成一张错综复杂的网。在众多情节线索中,以周朴园和繁漪的冲突为明线,周朴园和鲁侍萍的关系为暗线,将"现在的戏剧"与"过去的戏剧"巧妙地交织在一起,构成一个完整而严密的整体。

◆ 【多选题】

(2019 年 10 月全国)下列属于曹禺的剧作有(　　)。

A.《北京人》　　　B.《芳草天涯》　　　C.《原野》　　　D.《日出》

E.《雷雨》

【答案与解析】

ACDE。曹禺，中国现代话剧的革新者和杰出代表，他的创作使话剧这种外来的艺术形式完全中国化，并逐步走向成熟。主要作品有话剧剧本《雷雨》《日出》《原野》《北京人》等。

◆【论述题】

(2018 年 4 月全国)结合作品分析曹禺话剧《雷雨》中的周朴园和蘩漪的形象。

【答案与解析】

① 周朴园是非常复杂的人物。一方面，作品通过他与蘩漪的关系、处理罢工的手段的描写，揭示了他的专制、冷酷；另一方面，他与侍萍的关系则揭示了他的婚姻悲剧的根源。周朴园的婚姻并不幸福，正是出于自己内心的爱情需要，他才会持之以恒地维护着旧的生活习惯。在周朴园、鲁妈(侍萍)相会的那一幕中，现实的社会冲突与男女之间真挚的爱情交织在一起，内涵非常丰富。

② 蘩漪是周朴园家庭统治的被侮辱和被损害者，她对专制家庭的疯狂反抗表达了人性欲望的大爆发。但从一开始，这种反抗就带有"罪"的因素，最终是通过邪恶行为来维护自己和周萍之间的乱伦之爱，也毁灭了所有无辜的人。蘩漪这个"雷雨"式的人物显示了曹禺对人性的恶的力量的拷问。

■ **牛刀小试**

◆【单选题】

话剧《雷雨》中，矿主周朴园的儿子周萍和管家鲁贵的女儿四凤之间的关系是(　　　)。

A. 同父同母的兄妹　　　　　　　B. 同父异母的姐弟

C. 同母异父的兄妹　　　　　　　D. 同母异父的姐弟

【答案与解析】

C。周萍是周朴园与侍萍的儿子，侍萍被周朴园遗弃后与鲁贵成亲，四凤是鲁贵与侍萍的女儿，所以周萍和四凤是同母异父的兄妹。

◆【多选题】

下列人物中，属于曹禺话剧《雷雨》的有(　　　)。

A. 周冲　　　　　B. 周萍　　　　　C. 鲁侍萍　　　　　D. 鲁大海

E. 鲁贵

【答案与解析】

ABCDE。四幕剧《雷雨》以 20 世纪 20 年代中国城市社会为背景，在一天之内集中展现了周、鲁两家前后三十年复杂的人物关系和尖锐的矛盾冲突，揭露了旧中国旧家庭种种黑暗罪恶的现象，凸显了作者对命运、人性、情感、阶级矛盾等一系列问题的思考。人物有周朴园、周萍、鲁四凤、鲁贵、蘩漪、鲁侍萍、周冲、鲁大海。

第二节 上海屋檐下

本节内容提要

夏衍的三幕悲喜剧《上海屋檐下》创作于 1937 年 3、4 月间（抗日战争初期），其中的艺术形象包括匡复（投身抗日救国洪流）、杨彩玉、林志成、黄家楣、李陵碑、施小宝、赵振宇、赵师母等。

知识点 1

作家简介及作品☆

作者	夏衍，左翼作家联盟和左翼戏剧家联盟成员。
作品	《上海屋檐下》《法西斯细菌》《芳草天涯》《包身工》《秋瑾传》等。

知识点 2

思想内容☆

描写了一群生活在上海这个畸形都市的底层市民的悲惨遭遇和他们的喜怒哀乐，揭露了抗战爆发前国民党残酷统治下的黑暗现实。剧本着重描写的匡复、杨彩玉、林志成之间的复杂经历和爱情纠葛，把革命者的话题拉到日常生活空间来，并且放置在一个复杂的关系中，展示他们面临的革命、生存、情感、伦理等诸多困境。以"轰轰然的远雷之声"和孩子们的歌声结尾，显示了人们冲破灰暗阴霾走向光明未来的前景，具有鲜明的时代感和政治倾向性。

《上海屋檐下》是一幕**悲喜剧**。底层市民悲哀而苦难的生活营造了浓郁的悲剧氛围。作品还有意识地用阴晴不定、沉闷压抑的**黄梅天气**来暗示和影射当时令人窒息的政治气氛，加重了剧本的悲剧力量。

知识点 3

艺术特点☆☆☆

- 《上海屋檐下》采用**横截面**的描写手法，即西洋戏剧中"人像展览式"的戏剧结构。

- 剧本巧妙地截取**上海弄堂**房子的一个横截面，在一天时间里，同时展现了经历不同、命运不一、性格各异的五户住家（杨彩玉、林志成一家；施小宝一家；李陵碑一家；黄家楣一家；赵振宇一家）十四个人的生活，生动刻画了半殖民地半封建社会都市小市民和小资产阶级知识分子的形象。

✎ 五户间的生活经历无血缘联系、历史恩怨和现实矛盾，他们的故事时而齐头并进，时而交叉进行。同时又以林志成一家为中心，以匡复、彩玉、志成三人间的感情纠葛贯穿始终。而将其他故事穿插其间，使丰富多彩、悲喜交集的剧情，在严密的布局中，井然有序又波澜起伏地发展，并推向高潮。

知识解读

本节内容一般考查客观题。考生需掌握此剧的艺术特点。

真题小练

◆【单选题】

（2017 年 10 月全国）话剧《上海屋檐下》以"轰轰然的远雷之声"和孩子们的歌声结尾，所表达的意蕴是（　　）。

A. 对宇宙中神秘力量不可言喻的惧畏

B. 人们冲破灰暗阴霾走向光明未来的坚定信念

C. 对平淡世俗生活的向往

D. 对解放区战斗生活的向往

【答案与解析】

B。话剧《上海屋檐下》以"轰轰然的远雷之声"和孩子们的歌声结尾，显示了人们冲破灰暗阴霾走向光明未来的前景，具有鲜明的时代感和政治倾向性。

◆【多选题】

（2015 年 10 月全国）话剧《上海屋檐下》采用横截面的方式，把境遇不同的几户人家的一天的生活情景放在同一舞台画面中，这些人家有（　　）。

A. 杨彩玉、林志成一家　　　　　　B. 施小宝一家

C. 李陵碑一家　　　　　　　　　　D. 黄家楣一家

E. 赵振宇一家

【答案与解析】

ABCDE。剧本巧妙地截取了上海弄堂房子的一个横截面，在一天的时间里，同时展现了经历不同、命运不一、性格各异的五户住家十四个人的生活，生动地刻画了半殖民地半封建社会都市小市民和小资产阶级知识分子的形象。题中的五个选项就是这五家。

◆【简析题】

（2011 年 4 月全国）简析话剧《上海屋檐下》的结构艺术特点。

【答案与解析】

（1）《上海屋檐下》采用横截面的描写手法,即西洋戏剧中"人像展览式"的戏剧结构。

（2）剧本巧妙地截取上海弄堂房子的一个横截面,在一天时间里,同时展现了经历不同、命运不一、性格各异的五户住家十四个人的生活,生动刻画了半殖民地半封建社会都市小市民和小资产阶级知识分子的形象。

（3）五户间的生活经历无血缘联系、历史恩怨和现实矛盾,他们的故事时而齐头并进,时而交叉进行。同时又以林志成一家为中心,以匡复、彩玉、志成三人间的感情纠葛贯穿始终。而将其他故事穿插其间,使丰富多彩、悲喜交集的剧情,在严密的布局中,井然有序又波澜起伏地发展,并推向高潮。

■ 牛刀小试

◆【单选题】

1. 话剧《上海屋檐下》的结构方式是(   )。

A. 陡转式   B. 蛛网式   C. 横截面式   D. 明暗双线式

【答案与解析】

C。《上海屋檐下》剧本采用横截面的方式,把上海弄堂房子从上到下切开,在一天的时间里,把境遇不同、性格各异的五户人家放置在同一舞台画面中。

2. 话剧《上海屋檐下》中,暗示和影射当时令人窒息的政治气氛的自然景象是(   )。

A. 雷雨天气   B. 大风雪天气   C. 黄梅天气   D. 三伏天气

【答案与解析】

C。《上海屋檐下》是一幕悲喜剧,底层市民悲哀而苦难的生活营造了浓郁的悲剧氛围,作品还有意识地用阴晴不定、沉闷压抑的黄梅天气来暗示和影射当时令人窒息的政治气氛,加重了剧本的悲剧力量。

第三节　屈　原

本 节 内 容 提 要

历史剧《屈原》创作于1942年1月,是一出富有浪漫主义色彩的诗剧,被公认为是郭沫若历史剧中成就最高、影响最大的一部。

知识点 1

作家简介及作品☆

作者	**郭沫若**,著名诗人、剧作家、历史学家、古文字学家、社会活动家和革命家,创造社主要发起人之一。
作品	诗集《女神》《星空》《恢复》等,历史剧《屈原》《虎符》《蔡文姬》等。

知识点 2

人物形象☆

靳尚	逼迫太卜郑詹尹送毒酒给屈原喝。
婵娟	《屈原》中虚构出来的道义美的化身,是屈原高洁精神的另一体现。

知识点 3

思想内容☆☆

思 想 主 题

☛ 以借古鉴今的方式,体现了鲜明的"坚决抗日,反对投降,坚持团结,反对分裂"的时代主题。

☛ 塑造了不畏强暴、至死不屈、坚决捍卫祖国利益的伟大的政治家和爱国诗人屈原的光辉形象。

☛ 愤怒地揭露和鞭笞了张仪、南后等奸佞卖国求荣、诬陷忠良的无耻和阴险嘴脸。

☛ 剧本对现实政治形势有着强烈的影射和讽喻意义。

内　　容

☛ 《橘颂》作为贯穿全剧的主旋律,前后四次出现,渲染人物的感情色彩。

☛ 第五幕第二场中出现的屈原抒情独白《雷电颂》是全剧的高潮,气势雄浑,格调崇高,是屈原不断酝酿的悲愤情绪的爆发。所以说,该剧作是一部具有崇高美和悲壮美的诗篇。

知识点 4

现实意义☆☆☆

✎ 历史剧《屈原》创作于 1942 年 1 月,当时作者在大后方重庆领导文艺界抗日活动,剧作本着借古鉴今的创作目的,"借古人的骸骨,另行吹嘘些生命进去",把历史的形象升华到抗日战争的精神制高点上,体现了鲜明的"坚决抗日,反对投降,坚持团结,反对分裂"的时代主题。

- 剧作把历史形象升华到抗日战争的制高点上,凸显了"历史的精神"和"时代的愤怒"。

知识点 5

■ 艺术特色 ☆☆

- 戏剧结构十分紧凑,把屈原坎坷的一生,集中在一天的时间里来表现。**结构上**,作者把矛盾的激化和高潮、结局压缩在从清晨到夜半过后的一天之内,并在结构上**采用陡转法**,用惊心动魄的文字描绘屈原从政治得志到受迫害的悲剧,剧情发展迅速,人物性格不断深化。**冲突上**,戏剧冲突在强烈的政治功利性内容中融入了民间的文化形态,在以屈原为代表的联齐抗秦的爱国路线和南后、靳尚一伙的降秦卖国路线的戏剧冲突中,内蕴忠奸对立、邪不压正、奸妃祸国、小人播乱的民间隐形结构,使剧作更好地契合了抗战的时代主题和民间的趣味。

- 剧本以迫害与反迫害的斗争作为贯穿全剧的线索,使全剧充满了崇高的悲剧精神与磅礴的正气。

- 剧本不拘泥于历史的事实,舍弃了人物琐碎的生活细节,大胆地凸显屈原的"历史精神",创造了历史真实与艺术虚构高度统一的艺术形象。

- 具有浓郁的诗意,不时穿插抒情诗与民歌,渲染气氛,烘托人物;人物的台词是诗化了的口语,有节奏的散文。

- 以**"失事求似"**为历史剧创作精神。

■ 知识解读

本节内容一般考查主观题。考生需联系创作背景,理解剧本的现实意义,掌握剧本的浪漫主义诗句的特色和婵娟的形象。

■ 真题小练

◆【单选题】

1.(2017 年 10 月全国)话剧《屈原》的结构特点是( )。

　A. 采用横截面式的结构方式

　B. 在戏剧冲突中融入忠奸对立、邪不压正等民间隐形结构

　C. 冰糖葫芦式的一人多事

　D. 以散文笔法连缀若干生活片断

【答案与解析】

B。话剧《屈原》的结构特点是:剧作在以屈原为代表的联齐抗秦的爱国路线和南后、靳

尚一伙的降秦卖国路线的戏剧冲突中,内蕴忠奸对立、邪不压正、奸妃祸国、小人播乱的民间隐形结构,使剧作更好地契合了抗战的时代主题和民间的趣味。

2. (2017年4月全国)话剧《屈原》中逼迫太卜郑詹尹送毒酒给屈原喝的人物形象是(   )。

    A. 张仪   B. 上官靳尚   C. 南后   D. 宋玉

【答案与解析】

B。话剧《屈原》中毒死屈原是南后下的密令,而逼迫太卜郑詹尹送毒酒给屈原喝的人物形象是上官靳尚。

◆【简析题】

(2018年4月全国)联系创作背景简析郭沫若话剧《屈原》的现实意义。

【答案与解析】

(1)历史剧《屈原》创作于1942年1月,当时作者在大后方重庆领导文艺界抗日活动,剧作本着借古鉴今的创作目的。(2)剧作把历史形象升华到抗日战争的制高点上,凸显了"历史的精神"和"时代的愤怒"。(3)表达了"坚决抗日,反对投降,坚持团结,反对分裂"的时代主题。

■ 牛刀小试

◆【单选题】

话剧《屈原》中虚构出来的道义美的化身是(   )。

    A. 南后   B. 婵娟   C. 郑詹尹   D. 张仪

【答案与解析】

B。婵娟是作者虚构的人物,是道义美的化身,是屈原高洁精神的另一体现。她是一个纯洁可爱、天真稚气的少女。她谦恭好学,深明大义。她热爱屈原,景仰屈原的品德,遵照屈原的教导做人,"生得光明,死得磊落",具有不畏权贵的骨气和敢于斗争的精神。她的思想品德,是屈原精神的继承,屈原精神的活化。

◆【多选题】

下列对郭沫若《屈原》的判断正确的有(   )。

    A. 是一出富有浪漫主义色彩的诗剧

    B. 是严格按史实塑造人物的五幕历史剧

    C. 作品把屈原的一生浓缩在三天时间里加以表现

    D. 婵娟是作者虚构的人物形象,对屈原形象起补充、烘托作用

    E. 抒情独白《雷电颂》气势磅礴,贯穿全剧,为作品增添了诗意光彩

【答案与解析】

AD。《屈原》是一出富有强烈浪漫主义色彩的诗剧。首先,作者以"失事求似"为历史剧创作精神,"在大关节目"上不违背历史真实的基础上,进行合理的虚构和加工,大力凸显屈原的"历史的精神"和"时代的愤怒",把一个忧国忧民的古代诗人塑造成了一个同各种分裂势力进行坚决斗争的政治家。婵娟是作者虚构的人物,是道义美的化身,是屈原高洁精神的另一体现。其次,全剧奔涌着人物激越的感情波澜,具有强烈的抒情性,又穿插了相当数量的抒情诗和民歌,以诗化的语言来表现人物性格。如第五幕第二场中出现的屈原抒情独白《雷电颂》是全剧的高潮,气势雄浑,格调崇高,是屈原不断酝酿的悲愤情绪的爆发。

此外,《屈原》的戏剧结构集中而紧凑。作者把矛盾的激化和高潮、结局压缩在从清晨到夜半过后的一天之内。

第四节 白 毛 女

本 节 内 容 提 要

《白毛女》是1942年延安文艺座谈会之后延安鲁迅艺术学院集体创作的歌剧,它根据流传在晋察冀边区的民间传说"白毛仙姑"改编而成,是我国现代文学史上最早出现的一部大型民族新歌剧。

知识点 1

作家简介及作品☆

作者	贺敬之	丁 毅
作品	《回延安》《放声歌唱》《雷锋之歌》等	《庆参军》等。

知识点 2

思想内容 ☆☆☆

塑造了具有不屈的反抗意志和复仇愿望的喜儿形象,激发了人们的反抗精神。

通过杨白劳、喜儿父女两代人的悲惨遭遇和喜儿在八路军的帮助下真正获得翻身解放的故事,揭示农民与地主两个阶级之间尖锐的矛盾,控诉地主剥削的罪恶,宣泄贫苦民众对地主的仇恨,并通过描叙民众在新旧社会里不同的遭遇,形象地表现了"旧社会把人逼成'鬼',新社会把'鬼'变成人"的主题。

知识点 3

■ 主题的实现 ☆☆☆

✎ 主题是通过把阶级斗争和政治革命故事充分民间化、伦理化来实现的。

✎ 剧本将民间文化资源纳入到新文化的视野,贯穿了旧社会民间温情、日常伦理秩序被地主阶级破坏和新社会民间伦理、民间秩序在阶级斗争中重新建立的结构原则。

✎ 对民间传说进行政治性阐释,将之提升为一种言说"阶级""解放""革命"的宏大叙事。"白毛仙姑"本质上是无辜女子受难的悲剧模式。剧本在此基础上加以提炼和深化,塑造了**喜儿、杨白劳、黄世仁、穆仁智（后两位是压迫阶级人物）**等典型人物,并将故事纳入了阶级压迫和阶级反抗的叙事框架中。尤其在喜儿形象的塑造上,以充沛的激情和浪漫主义的手法,在创作中删去有损喜儿形象的内容,不断加强喜儿的反抗性,使这一形象变成我国农民在恶势力下不屈的反抗意志和复仇愿望的象征,有力地激发了人民的反抗精神。

知识点 4

■ 艺术特色 ☆

✎ 融诗、歌、舞三者于一体的民族新歌剧,对中国歌剧走上民族化道路具有典范意义。

✎ 在音乐创作上,既学习和继承了**传统地方戏曲、北方民歌**和**小调**的营养,又借鉴了**西洋歌剧**注重表现人物性格的一些处理手法,充分利用音乐元素来展示人物形象。

✎ 语言通俗上口,精确洗练,适宜吟诵,具有浓厚的感情色彩和民族诗歌的韵味。

■ 知识解读

本节内容一般考查客观题、主观题。考生需掌握此剧中塑造的主要人物形象及此剧的主题思想和艺术特色。

■ 真题小练

◆【单选题】

(2016 年 10 月全国)形象地表现了"旧社会把人逼成'鬼',新社会把'鬼'变成人"这一主题的作品是( )。

A.《北京人》 B.《升官图》 C.《上海屋檐下》 D.《白毛女》

【答案与解析】

D。剧本《白毛女》通过杨白劳、喜儿父女两代人的悲惨遭遇和喜儿在八路军的帮助下真正获得翻身解放的故事,揭示农民与地主两个阶级之间尖锐的矛盾,控诉地主剥削的罪恶,宣泄贫苦民众对地主的仇恨,并通过描叙民众在新旧社会里不同的遭遇,形象地表现了"旧社会把人逼成'鬼',新社会把'鬼'变成人"的主题。

◆【多选题】

(2017年10月全国)歌剧《白毛女》中塑造的主要人物形象有( )。

A. 杨白劳   B. 黄世仁   C. 穆仁智   D. 喜儿

E. 鲁贵

【答案与解析】

ABCD。歌剧《白毛女》中塑造的主要人物形象有:杨白劳、黄世仁、穆仁智、喜儿。鲁贵是话剧《雷雨》中的人物。

◆【论述题】

(2014年10月全国)试论歌剧《白毛女》的主题思想和艺术特色。

【答案与解析】

主题思想:

(1)塑造了具有不屈的反抗意志和复仇愿望的喜儿形象,激发了人们的反抗精神。

(2)剧本通过杨白劳、喜儿父女两代人的悲惨遭遇和喜儿在八路军的帮助下翻身解放的故事,形象地体现了"旧社会把人逼成'鬼',新社会把'鬼'变成人"的主题。

艺术特色:

(1)《白毛女》是融诗、歌、舞三者于一体的民族新歌剧,对中国歌剧走上民族化道路具有典范意义。

(2)运用传统地方戏曲、北方民歌和小调、西洋歌剧等多种音乐元素展示人物形象。

(3)语言通俗上口,精确洗练,适宜吟诵,具有浓厚的感情色彩和民族诗歌的韵味。

■ 牛刀小试

◆【单选题】

歌剧《白毛女》塑造的压迫阶级的人物形象有( )。

A. 黄世仁和穆仁智   B. 穆仁智和大春

C. 黄世仁和杨白劳   D. 杨白劳和大春

【答案与解析】

A。黄世仁和穆仁智是《白毛女》中压迫阶级的人物形象。黄世仁是地主恶霸,穆仁智是黄世仁的狗腿子。

◆【多选题】

歌剧《白毛女》在音乐表现方面所吸取的中外艺术形式有（　　）。

A. 传统地方戏曲　　B. 北方民歌　　　C. 北方小调　　　D. 西洋歌剧

E. 花鼓戏

【答案与解析】

ABCD。《白毛女》在音乐创作上，既学习和继承了传统地方戏曲、北方民歌和小调的营养，又借鉴了西洋歌剧注重表现人物性格的一些处理手法，充分利用音乐元素来展示人物形象。

第五章　小说（泛读篇目）

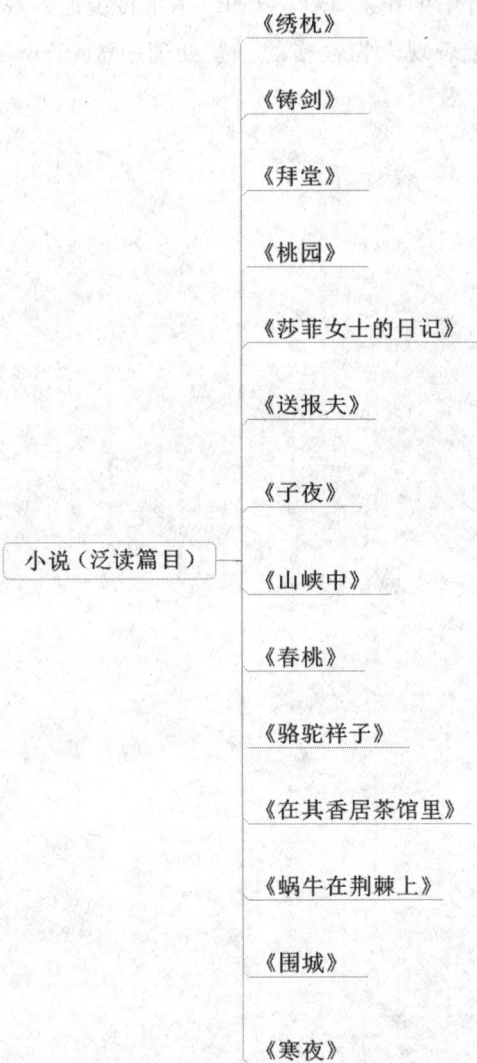

小说（泛读篇目）

- 《绣枕》
- 《铸剑》
- 《拜堂》
- 《桃园》
- 《莎菲女士的日记》
- 《送报夫》
- 《子夜》
- 《山峡中》
- 《春桃》
- 《骆驼祥子》
- 《在其香居茶馆里》
- 《蜗牛在荆棘上》
- 《围城》
- 《寒夜》

第一节　绣　　枕

本节内容提要

《绣枕》发表于 1925 年,虽然字数不多,却是中国第一篇依靠着一个充满戏剧性的讽刺的象征来维持气氛的小说。

知识点 1

作家简介及作品 ☆☆

作者	**凌叔华**,在文学创作和绘画方面有优异成就。
作品	代表作有《酒后》《绣枕》等。鲁迅评论其《绣枕》"很谨慎的,适可而止的描写了旧家庭中的婉顺的女性"。

知识点 2

人物形象 ☆☆

大小姐	**心理活动**: (1) 小说以"绣枕"为中心,重点描写了两个场景,表现了大小姐渴望幸福生活却不可得,从而使得她的求亲具有讽刺意味。①大小姐冒着酷暑满怀希望地绣靠枕,小妞想看一看而不能,表现了大小姐对婚姻和爱情的渴望与珍重;②小妞不仅得到了靠枕,而且还向大小姐讲述靠枕的命运,大小姐只得无可奈何地听着。 (2) 大小姐在绣靠枕的过程中流露出对爱情和婚姻的纯真的向往,在凝聚了感情和希望的靠枕被轻易糟蹋遗弃后产生了难言的哀伤。 **性格特点**: 大小姐是一位生活在旧家庭中的性情温和、心灵手巧的女性。

知识点 3

思想内容 ☆☆☆

主要内容:大小姐冒着暑热,用四十多种线绣了一对凤凰和翠鸟靠枕,想以此**求得与白**

总长家的亲事,但靠枕送到白家的第一天就**被醉客和牌客弄脏**,落到下人的手中,亲事自然告吹。

思想主题:①表现了大小姐渴望幸福生活却不可得,从而使得她的求亲具有讽刺意味。②表现了旧家庭中女性生存空间的逼仄。

知识点 4

■ 艺术特色☆

✐ 布局精巧,以绣枕为中心,重点描写两个场景:大小姐冒着暑热绣靠枕的情景和小妞向大小姐转述绣枕命运的情景。第一个场景中,大小姐满怀希望地绣靠枕,小妞想看一看而不能;第二个场景中,小妞不仅得到了靠枕,而且还向大小姐讲述靠枕的命运,大小姐只得无可奈何地听着。

✐ 小说统一中有变化,剪裁得当,布局精巧,整个作品如一件精巧的艺术品。

✐ 小说擅长揭示人物隐秘、曲折的内心世界,语言简洁婉雅,不张扬,不直露。

■ 知识解读

本节内容一般考查客观题。考生需掌握小说主人公大小姐的性格和心理;掌握作品如何围绕"绣枕",通过两个场景的对照表现主人公的境遇。

■ 真题小练

◆【单选题】

(2019 年 10 月全国)小说《绣枕》中冒着酷暑绣靠枕的人物是(　　　)。

A. 张妈　　　　　B. 吴妈　　　　　C. 大小姐　　　　　D. 小妞儿

【答案与解析】

C。小说《绣枕》中,大小姐精心绣制的"绣枕"最后的下落是:被醉客和牌客弄脏,落入下人手中。因此绣靠枕的人物是大小姐。

◆【多选题】

(2014 年 4 月全国)凌叔华的《绣枕》中重点描述的两个场景是(　　　)。

A. 大小姐冒着酷暑绣靠枕的情景

B. 二姑姑和兰花晚上窥房的情景

C. 喜燕堂新娘阿淑追忆自己不如意婚事的情景

D. 小妞儿向大小姐转述绣枕命运的情景

E. 大小姐梦中的情景

【答案与解析】

AD。小说以"绣枕"为中心,重点描写了两个场景:第一个场景中,大小姐冒着酷暑满怀希望地绣靠枕,小妞想看一看而不能;第二个场景中,小妞不仅得到了靠枕,而且还向大小姐讲述靠枕的命运,大小姐只得无可奈何地听着。

◢【简析题】

(2017 年 10 月全国)简析凌叔华小说《绣枕》中主人公大小姐的心理活动及性格特点。

【答案与解析】

(1) 主人公大小姐是一位旧家庭中的性情温和、心灵手巧的女性。

(2) 小说以"绣枕"为中心,重点描写了两个场景,表现了大小姐渴望幸福生活却不可得,从而使得她的求亲具有讽刺意味。①大小姐冒着酷暑满怀希望地绣靠枕,小妞想看一看而不能,表现了大小姐对婚姻和爱情的渴望与珍重;②小妞不仅得到了靠枕,而且还向大小姐讲述靠枕的命运,大小姐只得无可奈何地听着。

(3) 大小姐在绣靠枕过程中流露出对爱情和婚姻的纯真的向往,在凝聚了感情和希望的靠枕被轻易糟蹋遗弃后产生了难言的哀伤。

■ **牛刀小试**

◢【单选题】

1. 小说《绣枕》中,大小姐精心绣出凤凰和翠鸟,其用意是(　　　)。

A. 赠予友人　　　　　　　　B. 求得亲事

C. 作为婚庆贺礼　　　　　　D. 用于出售

【答案与解析】

B。大小姐精心绣凤凰和翠鸟是希望求得与白总长家的亲事,但靠枕送到白家的第一天就被醉客和牌客弄脏,落到下人的手中,亲事自然告吹。

2. 小说《绣枕》以"绣枕"为中心所表达的思想意蕴是(　　　)。

A. 揭露了工厂主对女工的剥削压榨

B. 表现了大小姐渴望爱情而不得的落寞

C. 批判了旧礼教对儿童天性的戕害

D. 叙写了封建家长对自由恋爱的扼杀

【答案与解析】

B。小说《绣枕》的主人公大小姐是一位性情温和、心灵手巧的女性。小说写大小姐冒着暑热、用四十多种线绣了一对凤凰和翠鸟靠枕,想以此求得与白总长家的亲事,但靠枕送到白家的第一天就被醉客和牌客弄脏,落到下人的手中,亲事自然告吹。小说一方面表现了大小姐渴望幸福生活却不可得,从而使得她的求亲具有讽刺意味,另一方面也表现了旧家庭中女性生存空间的逼仄。小说《绣枕》以"绣枕"为中心表现了大小姐渴望爱情而不得的落寞的思想意蕴。

第二节 铸 剑

本节内容提要

《铸剑》是鲁迅历史小说的代表,根据干宝《搜神记》中的《三王墓》改写,写于1926年。1936年1月,收入文化生活出版社出版的《故事新编》。

知识点1

作家简介及作品☆☆

作者	鲁迅,"五四"新文化运动主将,中国现代文学的奠基人。
作品	短篇小说《狂人日记》是**中国第一篇现代白话文小说**。小说集《呐喊》和《彷徨》是中国现代小说的奠基之作。小说集《故事新编》,散文诗集《野草》,散文集《朝花夕拾》,杂文集《坟》《热风》《华盖集》《二心集》《伪自由书》《且介亭杂文》等。

知识点2

思想内容☆☆☆

小说借用神话故事题材重点刻画了眉间尺和黑衣人两个形象,描写了他们共同复仇的故事。

眉间尺在复仇的过程中,由单纯幼稚逐步变得成熟,从犹豫走向坚定。黑衣人(名为宴之敖者)以"黑"的颜色给人铁一般的刚强果断的印象。面对狡诈凶残的对手,他们毫不畏惧,在黑衣人机智的安排下,终于完成复仇大业,谱写了一曲向凶残的统治者复仇的赞歌。而大臣和民众葬王的荒诞场景,则表现了庸众的自私和麻木,同时也给眉间尺和黑衣人复仇的意义留下了更多思考的空间。

知识点3

艺术特色☆

✎ **以眉间尺为父亲复仇为中心线索**,借用中国古代神话故事的材料,对其进行大胆的艺术加工,情节起伏跌宕,引人入胜,体现了作者非凡的艺术想象力和表现力。

✎ 融合多种风格的表现形式,眉间尺杀鼠一节具有童话般的色彩;眉间尺献头献剑、三头决斗等场景则有着浓烈的神话传奇色彩;葬王场面又带有荒诞色彩。

✎ 语言精练凝神,富有表现力。

知识点 4

▣ 精选片段☆

"唉,孩子,你再不要提这些受了污辱的名称。"他严冷地说,"仗义,同情,那些东西,先前曾经干净过,现在却都成了放鬼债的资本。我的心里全没有你所谓的那些。我只不过要给你报仇!"

▣ 知识解读

本节内容一般考查客观题。考生需掌握这篇历史小说的复仇意义和本篇的结构与艺术特点。

▣ 真题小练

◈ 【单选题】

1. (2017 年 10 月全国)小说《铸剑》叙事的核心线索是(　　)。

　　A. 黑衣人为眉间尺复仇　　　　　　　B. 眉间尺为黑衣人复仇

　　C. 眉间尺为父亲复仇　　　　　　　　D. 黑衣人为王复仇

【答案与解析】

C。《铸剑》选自《故事新编》,小说以眉间尺为父亲复仇为中心线索,借用中国古代神话故事的材料,大胆进行艺术加工,情节跌宕起伏,引人入胜。

2. (2015 年 4 月全国)在小说《铸剑》中,黑衣人自称替眉间尺复仇的缘由是(　　)。

　　A. 同情眉间尺　　　　　　　　　　　B. 行侠仗义

　　C. 认识眉间尺的父亲　　　　　　　　D. 只不过要给眉间尺报仇

【答案与解析】

D。在小说《铸剑》中,黑衣人自称替眉间尺复仇的缘由是:只不过要给眉间尺报仇。原文:"唉,孩子,你再不要提这些受了污辱的名称。"他严冷地说,"仗义,同情,那些东西,先前曾经干净过,现在却都成了放鬼债的资本。我的心里全没有你所谓的那些。我只不过要给你报仇!"

3. (2014 年 10 月全国)《铸剑》中替眉间尺报仇的黑衣人是(　　)。

　　A. 宴之敖者　　　　B. 王胡　　　　C. 邢幺吵吵　　　　D. 水生

【答案与解析】

A。黑衣人剑眉大眼,神情刚毅,名为宴之敖者。

■ 牛刀小试

◆【单选题】

1. 鲁迅的《铸剑》借用神话故事重点刻画了两个形象,描写了他们共同的复仇经历。他们是(   )。

    A. 汪二和齐二爷   B. 眉间尺和黑衣人

    C. 杨白劳和喜儿   D. 鬼冬哥和小黑牛

【答案与解析】

B。鲁迅《铸剑》借用神话故事题材重点刻画了眉间尺和黑衣人两个形象,描写了他们共同复仇的故事。

2. 下列小说中,用古代传说故事改编而成的是(   )。

    A.《拜堂》   B.《铸剑》   C.《金锁记》   D.《围城》

【答案与解析】

B。小说《铸剑》借用中国古代神话故事的材料,大胆进行艺术加工,情节跌宕起伏,引人入胜,体现了作者非凡的艺术想象力和表现力。

第三节　拜　　堂

本节内容提要

> 《拜堂》写于1927年,是台静农的代表作,讲述的是汪大嫂和小叔子汪二拜堂成亲的辛酸故事。

知识点1

■ 作家简介及作品 ☆☆

作者	**台静农**,著名作家、文学评论家、书法家。
作品	短篇小说集《地之子》。他的小说风格朴实,多取材于乡村的贫苦生活。

📢 知识点 2

📣 **思想内容** ☆

表现了汪大嫂和汪二拜堂成亲过程中的负罪感,他们都把它看作是"丑事",表明了封建礼教在他们精神意识上烙上的深深创伤。

表现了他们在艰苦的现实环境中顽强挣扎的生存力量,"将来日子长,哈要过活的"这个句子构成了整个叙事的内在线索,同时也给予偷偷摸摸的拜堂一种坚定的力量。

田大娘和赵二嫂坦然的相助以及体贴的安慰给冷清的拜堂带来了一丝温暖。

📢 知识点 3

📣 **艺术特色** ☆

✎ 选材精当,剪裁合宜,叙事冷静,风格朴实。围绕着汪大嫂与汪二的拜堂,着重写了汪二买拜堂用品、汪大嫂邀请牵亲人、子夜拜堂等场面(场景展示)以及两人的心理动态,刻画了一对苦命人在艰难环境中挣扎着生存的意志。

✎ 善于**营造气氛和描写细节**表现人物心理。三个女人半夜走在黑路上,残烛的微光、柳条在夜风中摆动、荻柴沙沙地响,构成的阴森可怕的环境烘托了汪大嫂拜堂前惊恐的心理。拜堂时赵二嫂提到她的亡夫汪大,令她全身颤动抽搐,表明了她当时内心的痛苦和挣扎。

📣 **知识解读**

本节内容一般考查客观题。考生需掌握这篇小说的主要思想内涵以及通过气氛营造、细节描写表现人物心理的特点。

📣 **真题小练**

◆【单选题】

1.(2015 年 10 月全国)小说《拜堂》表现汪大嫂与汪二拜堂前后的惊恐和痛苦所运用的手法是(   )。

    A. 环境描写与心理独白   B. 语言描写与肖像刻画

    C. 心理独白与动作描写   D. 细节描写与气氛营造

【答案与解析】

D。作者在小说中以白描手法、简洁传神的笔墨描绘了一个个悲凉凄楚的情景。抓住一些细节描绘场景,同时又注意人物心态的刻画,营造、渲染了一种凄婉悲凉的气氛,使喜事中透出深深的悲剧意味,形成沉郁冷寂的艺术格调。

2.(2014 年 10 月全国)以"将来日子长,哈要过活的"构成小说叙事内在线索的作品是(   )。

    A.《拜堂》   B.《桃园》   C.《断魂枪》   D.《潘先生在难中》

【答案与解析】

A。台静农的《拜堂》中"将来日子长,哈要过活的"这个句子构成整个叙事的内在线索,同时也给予偷偷摸摸的拜堂一种坚定的力量。

3.(2005 年 4 月全国)下列以场景展示为主要结构方式的小说是( )。

　　A.《桃园》　　　　B.《狂人日记》　　　　C.《拜堂》　　　　D.《春桃》

【答案与解析】

C。《拜堂》选材精当,剪裁合宜,叙事冷静,风格朴实。围绕着汪大嫂与汪二的拜堂,着重写了汪二买拜堂用品、汪大嫂邀请牵亲人、子夜拜堂等场面以及两人的心理动态,刻画了一对苦命人在艰难环境中挣扎着生存的意志。

▣ 牛刀小试

◆【单选题】

《拜堂》的作者是( )。

A. 郁达夫　　　　B. 台静农　　　　C. 废名　　　　D. 许地山

【答案与解析】

B。《拜堂》写于1927 年,是台静农的代表作,讲述的是汪大嫂和小叔子汪二拜堂成亲的辛酸故事。

第四节　桃　园

本 节 内 容 提 要

《桃园》写于1927 年。小说以桃园主人王老大和女儿阿毛相依为命的生活片断为中心,描写了父女各自不同的内心世界。

📢 知识点 1

▣ 作家简介及作品☆

作者	废名,原名冯文炳,现代小说家。
作品	短篇小说集《竹林的故事》,长篇小说《桥》《莫须有先生传》等。

知识点 2

■ 思想内容 ☆☆

以桃园主人王老大和女儿阿毛相依为命的生活片断为中心,描写了父女各自不同的内心世界。王老大以种桃为业,嗜酒成瘾。小说表现了他老伴去世后的孤寂和面对女儿生病的无奈,伴随这种孤寂与无奈的是他内心的躁动不安。他听了女儿"桃子好吃"的感叹后为女儿买**玻璃桃子**的故事,显示了他可笑糊涂中对女儿的怜爱与关怀。他的女儿阿毛生病在家,小说描写她内心意识的变化过程,表现了**她善良、爱美、幻想的少女情怀**,同时也表现了她对母亲在世时父母争吵的不解和困惑。

知识点 3

■ 艺术特色 ☆☆

✎ **重在暗示和表现人物的心态与情绪**。

故事简单,只是生活片断的连接,结构似散文,语言近诗歌,不以刻画人物性格为主,重在暗示人物特定语境中的情绪,具有散文化和诗化的特色。

☛ 用类似于意识流的表现手法写阿毛的心理活动,表现了少女丰富的内心世界。

✎ **语言富有童趣,追求诗歌的意境**。

"爸爸,我们桃园两个日头。""这一棵一棵的树是阿毛一手抱大的!""王老大一门闩把月光都闩出去了",这样富有童趣和诗性的句子文中比比皆是,增添了小说诗化的色彩。

■ 知识解读

本节内容一般考查客观题。考生需掌握小说的意蕴和现代派表现手法。

■ 真题小练

◆【单选题】

1. (2016 年 10 月全国)小说《桃园》的艺术特色主要是(　　　)。

　　A. 视角灵活多变　　　　　　　　　B. 故事结构环环紧扣

　　C. 明暗线索交织　　　　　　　　　D. 散文化和诗化

【答案与解析】

D。小说《桃园》的故事非常简单,情节几乎淡到没有,只是生活片断的连接,结构似散文,语言近诗歌,显示了废名小说散文化和诗化的特色。

2. (2015 年 10 月全国)小说《桃园》中,种桃人王老大给生病的女儿买的物品是(　　　)。

　　A. 红头绳　　　　B. 绣枕　　　　C. 玻璃桃子　　　　D. 绒线鞋

【答案与解析】

C。王老大给他生病的女儿阿毛买的是玻璃桃子,显示了他可笑糊涂中对女儿的怜爱与关怀。

◆【简析题】

1.(2018年4月全国)简析废名小说《桃园》的主题意蕴。

【答案与解析】

小说以桃园主人王老大和女儿阿毛相依为命的生活片断为中心,描写了父女各自不同的内心世界。王老大以种桃为业,嗜酒成瘾。小说表现了他老伴去世后的孤寂和面对女儿生病的无奈,伴随这种孤寂与无奈的是他内心的躁动不安。他听了女儿"桃子好吃"的感叹后为女儿买玻璃桃子的故事,显示了他可笑糊涂中对女儿的怜爱与关怀。他的女儿阿毛生病在家,小说描写她内心意识的变化过程,表现了她善良、爱美、幻想的少女情怀,同时也表现了她对母亲在世时父母争吵的不解和困惑。《桃园》写平凡人的平凡生活,重在暗示和表现人物的心态与情绪。

■ 牛刀小试

◆【单选题】

1.小说《桃园》的作者是( )。

　　A. 冯文炳　　　　　　　　　　B. 许地山

　　C. 萧红　　　　　　　　　　　D. 路翎

【答案与解析】

A。小说《桃园》的作者是废名,原名冯文炳,湖北黄梅人,代表作有短篇小说集《竹林的故事》,长篇小说《桥》《莫须有先生传》等。

2.废名小说《桃园》中王阿毛的性格特征是( )。

　　A. 虽然有病,但依然充满爱的向往

　　B. 健康活泼,充满青春朝气

　　C. 身体病弱,心情忧郁

　　D. 心直口快,疾恶如仇

【答案与解析】

A。阿毛生病在家,小说描写她内心意识的变化过程,表现了她善良、爱美、幻想的少女情怀,同时也表现了她对母亲在世时父母争吵的不解和困惑。故阿毛虽然有病,但依然充满爱的向往。只有A项解释合理。

第五节 莎菲女士的日记

本节内容提要

《莎菲女士的日记》发表于 1928 年，它是一篇日记体裁的小说，描写了"五四"运动后几年北京城里的几个青年的生活。

知识点 1

作家简介及作品 ☆

作者	丁玲，著名作家、社会活动家。
作品	代表作有小说《莎菲女士的日记》《我在霞村的时候》《太阳照在桑干河上》等。

知识点 2

人物形象 ☆☆

莎菲	莎菲是 20 世纪 20 年代在"五四"个性解放思想感召下成长起来的知识女性。莎菲把**苇弟**当作朋友而不是恋人，表现她渴望有人理解自己、关心自己的愿望；她对**凌吉士**态度是矛盾的，喜欢他丰仪的外表而鄙视他卑劣的灵魂，表现了莎菲追求灵肉统一的爱情理想。

知识点 3

思想内容 ☆☆

写了莎菲面对凌吉士的**灵肉分裂**时所引起的焦虑，是中国文学史上第一次对女性焦虑的艺术表达，拓展了"五四"时期人性解放的主题。

知识点 4

艺术特色 ☆☆☆

✎ 采用日记的形式和第一人称的叙事视角，有利于剖析主人公的内心世界。

✎ **心理描写**（最突出），特点：从风格上，热烈大胆而又细腻真实；从方式上，着重写莎菲以现实生活为基础的心理的变化过程；从内容上，激扬的直抒胸臆与严肃的自我解剖相结合,塑造了丰满的主人公形象。

■ 知识解读

本节内容一般考查客观题。考生需掌握莎菲女士的性格及其形象的意义,了解本文在揭示人物心理方面的特点。

■ 真题小练

◆【单选题】

1. (2016 年 10 月全国)小说《莎菲女士的日记》中的莎菲形象是(　　　)。

    A. 20 世纪 20 年代受"五四"个性解放思想影响成长起来的知识女性

    B. 20 世纪 30 年代活跃于上海的东北女作家

    C. 20 世纪 40 年代任职于重庆某银行的女职员

    D. 20 世纪 40 年代任教于三间大学的女教师

【答案与解析】

A。《莎菲女士的日记》发表于 1928 年,主人公莎菲是 20 世纪 20 年代在"五四"个性解放思想感召下成长起来的知识女性。莎菲是"五四"浪潮中的性格倔强、个性大胆而又行为叛逆的女性,她痛恨和蔑视一切,不满现状,不满平庸,反感传统习俗和社会偏见,尤其是对女性的歧视,渴望有人理解自己、关心自己,却没有找到正确的道路。患了肺病后,她便放纵自己的感情,追求南洋华侨,却又鄙视他卑劣的灵魂,终于陷入痛苦的挣扎之中。

2. (2016 年 4 月全国)小说《莎菲女士的日记》最突出的表现手法是(　　　)。

    A. 肖像描写　　　　B. 心理描写　　　　C. 语言描写　　　　D. 环境描写

【答案与解析】

B。《莎菲女士的日记》是丁玲的代表作,小说最突出的艺术特色是心理描写,从风格上看,热烈大胆而又细腻真实;从方式上看,着重写莎菲以现实生活为基础的心理的变化过程;从内容上看,激扬的直抒胸臆与严肃的自我解剖相结合,塑造了丰满的主人公形象。

◆【多选题】

(2015 年 10 月全国)在丁玲小说《莎菲女士的日记》中,先后与主人公莎菲发生感情纠葛的人物有(　　　)。

    A. 苇弟　　　　B. 凌吉士　　　　C. 程仁　　　　D. 鬼冬哥

    E. 李茂

【答案与解析】

AB。《莎菲女士的日记》发表于 1928 年,小说主人公莎菲是 20 世纪 20 年代在"五四"个性解放思想感召下成长起来的知识女性。莎菲把苇弟当作朋友而不是恋人,表现了她渴望有人理解自己、关心自己的愿望;她对凌吉士态度是矛盾的,喜欢他丰仪的外表而鄙视他卑劣的灵魂,表现了莎菲追求灵肉统一的爱情理想。因此,《莎菲女士的日记》中,先后与主人公莎菲发生感情纠葛的是苇弟和凌吉士。

◼ 牛刀小试

◆【单选题】

1. 在《莎菲女士的日记》中,莎菲女士喜欢其丰仪的外表却又鄙视其卑劣的灵魂,那个人是(　　)。

　　A. 苇弟　　　　　B. 汪文宣　　　　　C. 凌吉士　　　　　D. 吴荪甫

【答案与解析】

C。莎菲女士患了肺病后,便放纵自己的感情,追求南洋华侨凌吉士。她对凌吉士的态度是矛盾的,喜欢他丰仪的外表,却又鄙视他卑劣的灵魂,终于陷入痛苦的挣扎之中。

2. 下列小说作品中,由女性作家创作的是(　　)。

　　A.《铸剑》　　　　　　　　　　B.《莎菲女士的日记》

　　C.《丈夫》　　　　　　　　　　D.《骆驼祥子》

【答案与解析】

B。《莎菲女士的日记》的作者是丁玲,小说发表于 1928 年,主人公莎菲是 20 世纪 20 年代在"五四"个性解放思想感召下成长起来的知识女性。《铸剑》的作者是鲁迅,《丈夫》的作者是沈从文,《骆驼祥子》的作者是老舍。

第六节　送　报　夫

本节内容提要

　　《送报夫》写于 1932 年,全文发表于 1934 年日本的《文学评论》,原文用日文写成,最早由胡风翻译成中文。

知识点 1

◼ 作家简介及作品☆

| 作者 | 杨逵,原名杨贵,台湾小说家。他一生入狱十多次,人称"压不扁的玫瑰"。 |
| 作品 | 代表作有小说《送报夫》《灵籤》《水牛》等。 |

知识点 2

思想内容 ☆☆

主 要 内 容

以第一人称视角讲述了"我"一家在台湾(处于日本殖民统治下)的悲惨遭遇以及"我"在日本做送报夫受到剥削的故事。因为日本殖民政府要办工厂,"我"的一家被迫出卖土地,结果父亲抑郁而死,"我"远走日本谋生,母亲变卖房子后上吊而死,真正的家破人亡、背井离乡。这是**殖民时代所谓的"现代性"给台湾人民带来的灾难**。然而当"我"流落到日本做送报夫后,同样遭受了老板残酷而狡诈的剥削。

主 题 意 蕴

小说表现了日据时期台湾普通民众的艰难生存处境,揭示了日本殖民统治和资本剥削是造成这一处境的根本原因。结尾叙写"我"接受社会主义思想后鼓动派报所送报夫罢工,争取了应有的权利,惩治了老板,显示出20世纪30年代左翼思潮对作者的影响。

知识点 3

艺术特色 ☆☆☆

✎ 采用第一人称叙事,以"我"被迫漂流日本谋生为叙事的明线和主线,又通过回忆的方式交代"我"的一家在台湾的悲惨遭遇以及借用母亲的书信叙写了"我"离开台湾后母亲的痛苦选择和悲惨结局,拓展了表现的空间,深化了主题,结构颇具匠心。

✎ 冷峻、写实的现实主义风格,表现在细致、生动地描写了派报所非人的生活环境,精细地处理了哭泣少年的无奈、田中君的善良坚韧以及老板的残忍狡诈的人物刻画。

知识解读

本节内容一般考查客观题。考生应结合时代背景理解作品的主题,此外,需掌握本篇在叙事结构与表现手法上的特点。

真题小练

【单选题】

1. (2018 年 4 月全国)小说《送报夫》中的"我"背井离乡,不得不忍受老板残酷盘剥的根本原因是( )。

    A. 闹土匪   B. 日本殖民统治   C. 抓壮丁   D. 被骗签"卖身契"

【答案与解析】

B。杨逵的《送报夫》讲述了"我"一家在台湾的悲惨遭遇,因为日本殖民政府要办工厂,"我"的一家被迫出卖土地,结果父亲抑郁而死,"我"远走日本谋生,母亲变卖房子后上吊而死,真正的家破人亡、背井离乡,以及"我"在日本做送报夫受到剥削的故事,表现了日据时期台湾普通民众的艰难生存处境,揭示了日本殖民统治和资本剥削是造成这一处境的根本原因。

2.(2015年4月全国)描述了殖民时代所谓的"现代性"给台湾人民带来灾难的作品是(   )。

  A. 杨逵的《送报夫》   B. 何其芳的《雨前》

  C. 萧红的《生死场》   D. 夏衍的《法西斯细菌》

【答案与解析】

A。杨逵的《送报夫》讲述了"我"一家在台湾的悲惨遭遇,因为日本殖民政府要办工厂,"我"的一家被迫出卖土地,结果父亲抑郁而死,"我"远走日本谋生,母亲变卖房子后上吊而死,真正的家破人亡、背井离乡。这是殖民时代所谓的"现代性"给台湾人民带来的灾难。

◆【简析题】

(2016年10月全国)简析杨逵小说《送报夫》的艺术特征。

【答案与解析】

(1)采用第一人称叙事,以"我"被迫漂流日本谋生为叙事的明线和主线,又通过回忆的方式交代"我"的一家在台湾的悲惨遭遇以及借用母亲的书信叙写了"我"离开台湾后母亲的痛苦选择和悲惨结局,拓展了表现的空间,深化了主题。小说的结构看似平铺直叙,其实颇具匠心。

(2)冷峻、写实的现实主义风格,表现在细致、生动地描写了派报所非人的生活环境,精细地处理了哭泣少年的无奈、田中君的善良坚韧以及老板的残忍狡诈的人物刻画。

■ 牛刀小试

◆【单选题】

1. 一生入狱十多次,被人称为"压不扁的玫瑰",其代表作有小说《送报夫》《水牛》等,这个作家是(   )。

  A. 穆旦   B. 鲁藜   C. 陆蠡   D. 杨逵

【答案与解析】

D。杨逵代表作有小说《送报夫》《灵籤》《水牛》等,他一生入狱十多次,被人称为"压不扁的玫瑰"。

2.《送报夫》最早由(   )翻译成中文。

  A. 杨逵   B. 许地山   C. 胡风   D. 沙汀

【答案与解析】

C。《送报夫》写于1932年,全文发表于1934年日本的《文学评论》,原文用日文写成,最早由胡风翻译成中文。

第七节　子　夜

本 节 内 容 提 要

《子夜》,原名《夕阳》,中国现代长篇小说,以 1930 年 5—6 月间半封建半殖民地的旧上海为背景,以民族资本家吴荪甫为中心,描写了当时中国社会的各种矛盾和斗争。

知识点 1

作家简介及作品☆

作者	**茅盾**,文学研究会的发起人之一。
作品	《蚀》三部曲(《幻灭》《动摇》《追求》),农村三部曲(《春蚕》《秋收》《残冬》),长篇小说《子夜》等,茅盾的小说以反映社会问题、进行社会剖析见长。

知识点 2

人物形象☆☆☆

吴荪甫	吴荪甫是 20 世纪 30 年代初期中国**民族资本家**的艺术典型,上海滩的工业巨头,财力雄厚。主要性格及特征是精明能干,有雄心有魄力,富有冒险精神,是一个铁腕人物。在他和其他民族资本家的关系中,表现出心狠手辣、无情兼并的性格特点。最后在公债交易中一败涂地。
赵伯韬	赵伯韬是**买办资本家**,操纵着上海滩金融市场,**故意与吴荪甫作对**,想方设法扼杀中国民族工业;性格骄横狂妄、阴狠狡诈,生活糜烂,为人专横跋扈,充分暴露了买办资产阶级政治上的反动性、经济上的掠夺性和道德上的腐朽性。

知识点 3

■ **思想内容** ☆

主 要 内 容

小说以 20 世纪 30 年代的上海为人物活动舞台,以帝国主义的金融资本侵入中国、中国中原地区军阀混战以及中国共产党领导的农民起义为社会大背景,在广阔的历史画面上展现了中国民族资本家吴荪甫在多种矛盾冲突中的困境:在民族工业方面,他吞并丝厂,扩大规模,同时又瓦解、镇压工人们的反抗;在公债市场上,投资公债市场,与买办资本家赵伯韬一争高下;在农村,他在家乡双桥镇的当铺钱庄因为农民暴动受到损失;在家庭方面,丧事婚嫁等由他定夺。他的失败,是买办资本和民族金融资本勾结造成的。

知识点 4

■ **艺术特色** ☆

✎ 选取重大的社会题材,反映 30 年代初期上海错综复杂的社会关系,塑造了性格复杂的中国民族资本家吴荪甫的艺术形象,把重大的历史事件、广阔多样的社会生活与人物的命运有机地融为一个艺术整体,气势恢宏,场面壮大,波澜起伏。

✎ 表现方式上是一种以社会典型为中心、展开多种矛盾冲突来揭示社会本质的方法,对后来的社会主义现实主义文学创作产生过影响。《子夜》把吴荪甫放置在 30 年代初上海的社会背景下刻画,因而他的性格与命运都与时代、社会环境密切相关。吴荪甫作为上海工业界巨子,他发展民族工业的宏大理想、他的铁腕行动,不无传奇浪漫的色调,甚至夜游黄浦江等情节还带上了现代主义的颓废情调,反映了海派文学创作的特色。

■ **知识解读**

本节内容一般考查客观题。考生需掌握吴荪甫、赵伯韬的形象及其意义,作品的结构线索及其特点。

■ **真题小练**

◆ 【单选题】

1.（2019 年 10 月全国）小说《子夜》中吴荪甫这一人物形象的身份是（　　）。

    A. 封建地主   B. 小资产阶级知识分子

    C. 民族资本家   D. 买办资本家

【答案与解析】

C。吴荪甫是 20 世纪 30 年代初期中国民族资本家的艺术典型。他是上海滩上的工业巨头,财力雄厚。他的主要性格及特征是精明能干,有雄心有魄力,富有冒险精神,是一个铁腕人物。在他和其他民族资本家的关系中,表现出心狠手辣、无情兼并的性格特点。

2. (2014 年 10 月全国) 小说《子夜》中,导致吴荪甫失败的最重要的原因是(　　)。

    A. 买办资本和民族金融资本勾结　　　B. 家庭矛盾

    C. 军阀混战　　　　　　　　　　　　D. 共产党领导的农民起义

【答案与解析】

A。赵伯韬是买办资本家(代表买办资本),操纵着上海滩金融市场(和民族金融资本勾结),故意与吴荪甫作对,想方设法扼杀中国民族工业,最终导致了吴荪甫的失败。

◆【多选题】

(2014 年 10 月全国) 创作于 20 世纪 30 年代的作品有(　　)。

    A.《潘先生在难中》　　　　　　　　B.《子夜》

    C.《山峡中》　　　　　　　　　　　D.《骆驼祥子》

    E.《围城》

【答案与解析】

BCD。《山峡中》《子夜》《骆驼祥子》都是创作于 20 世纪 30 年代的作品。《潘先生在难中》创作于 20 世纪 20 年代,《围城》创作于 20 世纪 40 年代。

■ 牛刀小试

◆【单选题】

下列人物形象中,属于小说《子夜》的是(　　)。

    A. 兰花　　　　　B. 沙子龙　　　　　C. 赵伯韬　　　　　D. 赵玉林

【答案与解析】

C。《子夜》出版于 1933 年,是茅盾的代表作。小说讲述了中国民族资本家吴荪甫投资公债市场,与买办资本家赵伯韬一争高下的故事。

◆【简析题】

简析吴荪甫的性格特征。

【答案与解析】

(1) 吴荪甫形象是 20 世纪 30 年代初期中国民族资本家的艺术典型。

(2) 他是上海滩上的工业巨头,财力雄厚。

(3) 他的主要性格及特征是精明能干,有雄心有魄力,富有冒险精神,是一个铁腕人物。

(4) 在他和其他民族资本家的关系中,表现出心狠手辣、无情兼并的性格特点。

第八节　山　峡　中

本节内容提要

《山峡中》写于1933年,描写了以魏大爷为首的土匪团伙的真实生活。

知识点1

作家简介及作品☆

作者	艾芜,现当代作家。
作品	短篇小说集《南行记》、长篇小说《山野》《百炼成钢》等。

知识点2

人物形象☆☆

小黑牛	因身体病弱而被同伙残忍地抛入江中。
野猫子	土匪头子的女儿,从小失去母亲,跟随父亲在刀尖上过日子,**泼辣**、**凶狠**、**富有野性**,加上偷布时的**机敏狡猾**、怀抱小木人时的**善良温柔**、唱歌时的**天真**以及对无忧无虑生活的向往,使得这一形象十分丰满动人。

知识点3

思想内容☆☆

主要内容

以魏大爷为首的土匪团伙生活在险峻的山峡里,神出鬼没,言语粗俗,性格暴烈,心狠手辣,不惜把受伤的同伴小黑牛丢入江水以减轻负担。他们奉行"懦弱的人,一辈子只有给人踏着过日子"的人生哲学。这些土匪原来也是老实而苦恼的农民。作者批判魏大爷"说的话,是对的,做的事,却错了",对他们既有批判也有同情。通过对小黑牛遭遇的记述,作者提出了穷苦人的生活出路的问题,即离开土匪团伙去追求一种新的生活。

知识点 4

■ 艺术特色 ☆☆☆

✎ **第一人称视角**叙述土匪团伙的生活,在叙事方式和小说题材上别开生面,以真实生动、惊险传奇的土匪生活场景为珠,以"我"想离开土匪团伙的思绪为线,使得小说情节波澜起伏,同时利于从内外两个层面来描叙土匪生活。

✎ 善于描写自然景观,以此营造气氛、渲染情节、烘托人物。怒吼的江水、颓坏的庙宇,渲染了土匪们生存环境的险恶,烘托了他们在刀尖上过日子的惊险与艰难,富有浓郁的地域和传奇色彩。

■ 知识解读

本节内容一般考查客观题。考生需掌握小黑牛悲剧的社会原因、作品的思想主旨和野猫子的形象。

■ 真题小练

◆ **【单选题】**

1.(2019 年 10 月全国)小说《山峡中》中魏大爷和野猫子两个人物之间的关系是(   )。

    A. 兄妹关系   B. 朋友关系   C. 父女关系   D. 爷孙关系

【答案与解析】

C。《山峡中》描写了以魏大爷为首的土匪团伙的真实生活,他们生活在险峻的山峡里,神出鬼没,言语粗俗,性格暴烈,心狠手辣。野猫子是魏大爷的女儿。

2.(2014 年 10 月全国)《山峡中》的叙事视角是(   )。

    A. 第一人称叙事   B. 第二人称叙事

    C. 第三人称叙事   D. 第一人称和第三人称交替使用

【答案与解析】

A。《山峡中》采用第一人称的叙事视角展示了为生活所迫而沦为窃贼的人们的生活,正是社会的残酷、生活的残酷,扭曲了他们的性格,使他们变得野蛮、残忍和不义。

◆ **【多选题】**

(2017 年 4 月全国)下列选项,对小说《山峡中》中"野猫子"这一人物性格特征概括正确的有(   )。

    A. 机敏狡猾   B. 麻木孤僻   C. 善良温柔   D. 凶狠泼辣

    E. 愚昧蠢笨

【答案与解析】

ACD。野猫子是土匪头子的女儿,从小失去母亲,跟随着父亲在刀尖上过日子,泼辣、凶狠、富有野性,加上偷布时的机敏狡猾、怀抱小木人时的善良温柔、唱歌时的天真以及对无忧无虑生活的向往,使得这一形象十分丰满动人。

■ 牛刀小试

◆ **【单选题】**

艾芜小说《山峡中》主要描写的人群是(　　　　)。

A. 军人　　　　　　B. 工人　　　　　　C. 土匪　　　　　　D. 知识分子

【答案与解析】

C。小说以第一人称视角叙述土匪团伙的生活,在叙事方式和小说题材上别开生面,以真实生动、惊险传奇的土匪生活场景为珠,以"我"想离开土匪团伙的思绪为线。

◆ **【简析题】**

简析小说《山峡中》中的野猫子形象。

【答案与解析】

(1)她是土匪头子的女儿,从小失去母亲,跟随父亲在刀尖上过日子。

(2)她泼辣、凶狠、富有野性。

(3)她偷布时机敏狡猾。

(4)她怀抱小木人时善良温柔。

(5)她唱歌时天真地向往无忧无虑的生活。

(6)野猫子这一形象十分丰满动人。

第九节 春 桃

本 节 内 容 提 要

《春桃》写于1930年,表明许地山的创作已经淡化了早期的宗教色彩,转向现实主义风格。

知识点1

作家简介及作品☆

作者	**许地山**,笔名落花生,文学研究会的发起人之一。
作品	小说集《缀网劳蛛》和散文集《空山灵雨》。早期作品往往以缅甸等地为背景,具有浓郁的异域情调和宗教色彩。

知识点2

人物形象☆☆

春桃	春桃是20世纪30年代初期普通的农村妇女,以捡破烂为生,因战乱流离失所而从农村流落到城市。性格直率,具有坚韧自立、洁身自好的品格。对离散后失去双腿的丈夫有不弃之义,兼顾合伙人的情感,表现出春桃有情有义的人性美。
李茂	春桃的前夫,新婚次日就被迫与春桃离散。从胡子那里逃跑后当边防军和义勇军,在参加义勇军期间,因受伤锯掉双腿。

知识点3

艺术特色☆☆☆

✎ 人物和情节既有合理的现实基础,又不失传奇的浪漫色彩。

✎ 以典型的细节、个性化的语言塑造了春桃这一形象,反复写到春桃捡破烂回家后的净身洗脸,暗示了她情操上的洁身自好,并用**晚香玉**来烘托这一品格。当李茂与刘向高为谁留谁去的问题苦恼时,春桃的话干脆果断、合情合理,表明了她女性的自尊独立要求。

知识解读

本节内容一般考查客观题。考生需掌握春桃形象的性格特征。

真题小练

◆【单选题】

1.(2017年10月全国)小说《春桃》中,新婚次日就被迫与春桃离散的人是（　　）。

　　A. 李茂　　　　　　B. 团长　　　　　　C. 老吴　　　　　　D. 刘向高

【答案与解析】

A。小说《春桃》中,由于军阀混战,新婚次日春桃就被迫与丈夫李茂离散。

2. （2016年10月全国）小说《春桃》中,李茂从胡子那里逃跑后做过的事情是(　　)。

　　A. 当边防军和义勇军　　　　　　　B. 当土匪和义勇军

　　C. 养春蚕和拉人力车　　　　　　　D. 做雇工和捡垃圾

【答案与解析】

A。小说《春桃》中,李茂从胡子那里逃跑后做过的事情是当边防军和义勇军。

◆【简析题】　李茂逃到沈阳,边防军招兵,便应召;日本人占领沈阳后,加入义勇军。

（2014年10月全国）简析许地山小说《春桃》中春桃这一人物形象。

【答案与解析】

（1）春桃是因战乱流离失所而从农村流落到城市的普通劳动女性的形象。

（2）性格直率,具有坚韧自立、洁身自好的品格。

（3）对离散后失去双腿的丈夫有不弃之义,兼顾合伙人的情感,表现出春桃有情有义的人性美。

牛刀小试

◆【单选题】

1. 小说《春桃》的结尾,用以烘托春桃洁身自好的物象是(　　)。

　　A. 晚香玉　　　　B. 油灯　　　　C. 帽子　　　　D. 桃花

【答案与解析】

A。小说《春桃》的结尾,用以烘托春桃洁身自好的物象是晚香玉。

2. 《春桃》中曾经参加东北义勇军、因受伤锯掉双腿的人物是(　　)。

　　A. 小黑牛　　　　B. 春桃　　　　C. 刘向高　　　　D. 李茂

【答案与解析】

D。原文"院子都静了,只剩下阮香玉还在空气中游荡。"李茂是春桃的前夫,新婚次日就被迫与春桃离散。从胡子那里逃跑后当边防军和义勇军,在参加义勇军期间,因受伤锯掉双腿。

第十节　骆驼祥子

本节内容提要

《骆驼祥子》写于1935年,刻画了30年代北京人力车夫祥子（"骆驼"是祥子的外号）的悲剧命运。

📢 **知识点 1**

🔲 **作家简介及作品** ☆

作者	**老舍**,满族,原名舒庆春,字舍予。
作品	长篇小说《骆驼祥子》《四世同堂》,话剧《茶馆》等。他的作品多以老北京为背景,表现城市底层人们的生存困境,擅长运用北京方言。

📢 **知识点 2**

🔲 **人物形象** ☆ ☆

	形象:
祥子	祥子是旧北京二十世纪二三十年代的一个人力车夫,是半殖民地半封建旧中国城市个体劳动者的典型。他要强、勤俭、正义,对生活充满希望,向往买辆洋车,做个独立自主的劳动者,但三次努力均告失败,直至精神崩溃,走向堕落。

形象的意义:
☛ 充分展示了旧中国人力车夫的苦难遭遇,艺术地概括了二十世纪二三十年代中国城市个体劳动者的悲惨命运。
☛ 热情赞颂了祥子原有的美好品质,揭露和控诉了旧社会对人的肉体和灵魂的摧残、毁灭和罪恶。
☛ 祥子的悲剧也表明了在这样黑暗的旧制度下,个人主义的奋斗是不可能成功的。 |

📢 **知识点 3**

🔲 **思想内容** ☆ ☆

悲 剧 命 运

小说刻画了 20 世纪 30 年代北京人力车夫祥子的悲剧命运。其悲剧命运表现在三个方面:①**生存悲剧**。祥子用三年积攒的钱买了第一辆车,不幸在军阀混战中被士兵抢去。第二次买车的钱被暗探敲诈。**第三次用虎妞的钱买了车**,可是因虎妞难产而死又不得不把车卖掉。祥子买车三起三落的辛酸历程,表现了体面、好强、坚忍的祥子最终无法通过自己的诚实劳动获得独立生活的悲剧命运。②**爱情悲剧**。祥子所爱的女性是小福子,他与虎妞的结合出于虎妞的逼迫,祥子是被迫无奈的。虎妞的难产而死,**小福子的自杀,使得祥子对爱情彻底绝望**。③**人格悲剧**。祥子本来是一位诚实、善良、好强、坚韧的农村青年,有着美好的人生理想。可是在生存悲剧和爱情悲剧的双重打击下,他成了自私、懒惰、告密的行尸走肉。

主 题 意 蕴

通过祥子悲剧命运的描写,揭示了导致祥子悲剧命运的社会根源和个人因素。通过祥子周围人物以及人际关系的描写,真实地展现了那个黑暗社会的生活面目。军阀、暗探、车厂主们所代表的黑暗势力,无不对祥子残酷压迫,这是造成祥子悲剧的根本原因与社会根源。同时也批判了祥子自身的因素,这是造成祥子悲剧的次要原因。

知识点 4

艺术特色☆☆☆

✎ 采用现实主义的创作原则,在典型环境中塑造了城市底层人物祥子这一典型形象,在描写祥子悲剧命运的过程中鲜明地揭示了祥子悲剧的社会根源,体现了现实主义的深刻性与批判性。

✎ **以祥子买车的三起三落为中心线索**,线索分明,情节集中,结构严谨。

✎ 语言个性化,符合人物性格,又擅长采用北京方言,富有地方色彩,整部小说充满着**"京味"色调**。

知识解读

本节内容一般考查客观题。考生需掌握小说中祥子形象及其意义,作品的主题和创作的主要手法。

真题小练

◆【单选题】

1.（2017 年 10 月全国）小说《骆驼祥子》中祥子第三次买车用的钱是（　　　）。

　　A. 卖掉骆驼所得　　　　　　　　B. 虎妞的积蓄

　　C. 虎妞父亲的资助　　　　　　　D. 拉包月的积蓄

【答案与解析】

B。小说《骆驼祥子》中,祥子第三次买车用的虎妞的钱,可是因虎妞难产而死又不得不把车卖掉。

2.（2016 年 4 月全国）小说《骆驼祥子》情节发展的中心线索是（　　　）。

　　A. 祥子与曹先生的交往始末　　　B. 祥子买车的三起三落

　　C. 祥子与车行老板的矛盾冲突　　　D. 祥子与虎妞、小福子的爱情纠葛

【答案与解析】

B。《骆驼祥子》刻画了 20 世纪 30 年代北京人力车夫祥子的悲剧命运,以祥子买车的三起三落为中心线索,线索分明,情节集中,结构严谨。

3.（2015 年 4 月全国）下列小说中,"京味"色调鲜明的小说是（　　　）。

　　A.《骆驼祥子》　　B.《荷花淀》　　C.《呼兰河传》　　D.《桥》

【答案与解析】

A。《骆驼祥子》创作的主要手法：

第一,小说采用现实主义的创作原则,在典型环境中塑造了城市底层人物祥子这一典型形象,在描写祥子悲剧命运的过程中鲜明地揭示了祥子悲剧的社会根源,体现了现实主义的深刻性和批判性。

第二,小说以祥子买车的三起三落为中心线索,线索分明,情节集中,结构严谨。

第三,小说的语言个性化,符合人物性格,又擅长采用北京方言,富有地方色彩,整部小说充满着"京味"色调。

牛刀小试

【简析题】

简析《骆驼祥子》中祥子的形象及其意义。

【答案与解析】

（1）祥子是旧北京二十世纪二三十年代的一个人力车夫,是半殖民地半封建旧中国城市个体劳动者的典型。他要强、勤俭、正义,对生活充满希望,向往买辆洋车,做个独立自主的劳动者,但三次努力均告失败,直至精神崩溃,走向堕落。

（2）祥子形象的意义：

① 充分展示了旧中国人力车夫的苦难遭遇,艺术地概括了二十世纪二三十年代中国城市个体劳动者的悲惨命运。

② 热情赞颂了祥子原有的美好品质,揭露和控诉了旧社会对人的肉体和灵魂的摧残、毁灭和罪恶。

③ 祥子的悲剧也表明了在这样黑暗的旧制度下,个人主义的奋斗是不可能成功的。

第十一节　在其香居茶馆里

本 节 内 容 提 要

《在其香居茶馆里》写于 1940 年。作者运用民俗事象刻画人物形象和性格,真实而有力地呈现了风雨如磐、人兽间杂的中国乡镇社会形态。

📢 **知识点 1**

■ **作家简介及作品** ☆

作者	沙汀,擅长渲染场面气氛,捕捉人物细节,叙述富有幽默感。
作品	长篇小说《淘金记》《困兽记》《还乡记》。

📢 **知识点 2**

■ **思想内容** ☆☆

作品通过描写在其香居茶馆里地头蛇邢幺吵吵与联保主任方治国争吵相骂的闹剧,尖锐地讽刺了抗战时期国民党统治下**兵役制度的腐败**(地方豪绅邢幺吵吵的大哥与新县长勾结,邢幺吵吵的儿子被抓去当壮丁后又被放了)。

📢 **知识点 3**

■ **艺术特色** ☆☆☆

✎ 采用明暗两条线索交织的艺术手法。明线是方治国与邢幺吵吵围绕着邢家二儿子被抓的争辩扭打,暗线是邢家二儿子在县里的遭遇(新县长与邢幺吵吵的大哥的勾结)。叙事以明线为主,暗线为辅,结尾处明暗汇集,把故事推向高潮,荒唐的结局讽刺了人物的可笑、制度的腐败。

✎ **构思精巧,情节有张有弛,采用了抖包袱的喜剧性手法。**新县长要扫除兵役积弊的谣言,引出了方治国的告密,从而导致了方治国与邢幺吵吵的争斗。争斗先由邢幺吵吵的指桑骂槐、方治国的蓄势待发开始,继而两人当面对质、争执不下,帮会头子陈新老爷的出场调解缓和了气氛,但调解并不成功,实际是推波助澜,终于上演拳脚相加的好戏,最后蒋米贩子的消息使得回龙镇两个头面人物的扭打成为可笑的闹剧。

✎ **重在白描**。冷峻的笔调不动声色,让人物自身的言行与社会环境之间构成矛盾以显示其荒唐可笑,达到讽刺的效果。

📢 **知识点 4**

■ **精选片段** ☆

"老子这张嘴么,就这样:说是要说的,吃也是要吃的;说够了回去两杯甜酒一喝,倒下去就睡!……"(邢幺吵吵)

■ **知识解读**

本节内容一般考查客观题,考生需掌握本篇的思想和讽刺特色。

■ **真题小练**

◆【单选题】

1. (2017年10月全国)小说《在其香居茶馆里》通过描写一场吵骂闹剧尖锐讽刺国民党兵役制度的腐败,这场闹剧的两个主角是(   )。

    A. 邢幺吵吵与黄述泰　　　　　B. 方治国与邢幺吵吵

    C. 方治国与陈新老爷　　　　　D. 邢幺吵吵与陈新老爷

【答案与解析】

B。《在其香居茶馆里》通过描写在其香居茶馆里地头蛇邢幺吵吵与联保主任方治国争吵相骂的闹剧,尖锐地讽刺了抗战时期国民党统治下兵役制度的腐败。

2. (2015年4月全国)小说《在其香居茶馆里》中,与邢幺吵吵争吵的人物是(   )。

    A. 新县长　　　　　　　　　　B. 方治国

    C. 汪大嫂　　　　　　　　　　D. 汪二

【答案与解析】

B。小说《在其香居茶馆里》中,与邢幺吵吵争吵的人物是方治国。在其香居茶馆里地头蛇邢幺吵吵与联保主任方治国争吵相骂的闹剧,尖锐地讽刺了抗战时期国民党统治下兵役制度的腐败。

■ **牛刀小试**

◆【单选题】

1. 下列小说中,所写环境不是解放区的是(   )。

    A.《在其香居茶馆里》　　　　　B.《小二黑结婚》

    C.《荷花淀》　　　　　　　　　D.《太阳照在桑干河上》

【答案与解析】

A。《在其香居茶馆里》写于1940年,通过描写在其香居茶馆里地头蛇邢幺吵吵与联保主任方治国争吵相骂的闹剧,尖锐地讽刺了抗战时期国民党统治下兵役制度的腐败。

2. "老子这张嘴么,就这样:说是要说的,吃也是要吃的;说够了回去两杯甜酒一喝,倒下去就睡!……"《在其香居茶馆里》塑造的这个"精力充足,对这世界上任何物事都采取一种毫不在意的态度的典型男性"是(   )。

    A. 邢幺吵吵　　　B. 联保主任方治国　　　C. 张三监爷　　　D. 黄毛牛肉

【答案与解析】

A。《在其香居茶馆里》塑造的这个"精力充足,对这世界上任何物事都采取一种毫不在意的态度的典型男性"是邢幺吵吵。题干中的这番话便出自他之口。

第十二节　蜗牛在荆棘上

本 节 内 容 提 要

《蜗牛在荆棘上》是中篇小说,表现了主人公身处旧时代的痛苦与无聊,以悲剧性的基调凸显了一种原始的反抗和批判精神。

知识点 1

作家简介及作品 ☆

作者	路翎,"七月派"小说的代表作家之一。
作品	长篇小说《财主的儿女们》(上、下)、中篇小说《饥饿的郭素娥》和短篇小说集《朱桂花的故事》等。

知识点 2

人物形象 ☆☆

黄述泰	**黄述泰**是路翎笔下边缘者与漂泊者的典型形象。这些边缘者与漂泊者大都没有固定职业和家产,没有稳定经济和社会地位,有着不同于周边人的经历,他们敢于挑战世俗约定俗成的陈腐行为规则,敢于藐视那些麻木苟活的芸芸众生。这种局外人的体验加剧了与周围人的紧张关系,因此处处遭逢无法融入人群的落寞境地。

知识点 3

思想内容 ☆☆

小说以黄述泰与新婚妻子秀姑的一场离婚风波为主要情节,叙述了从旧中国乡村外出当兵的黄述泰与秀姑、与乡村的绅僚和周围邻居之间的矛盾冲突,塑造了一个朦胧的觉醒者和原始反抗者的形象,表现了主人公身处旧时代的痛苦与无聊,以悲剧性的基调凸显了一种原始的反抗和批判精神。

📢 知识点 4

■ **艺术特色** ☆ ☆ ☆

✎ 通过对比等手法,刻画人物在特定境遇中丰富、复杂甚至变态的心理矛盾及其变化。

✎ 采用语言的陌生化手法,善于发掘和凸显场景的暗示意义。

■ **知识解读**

本节内容一般考查客观题。考生需掌握黄述泰的形象及其意义,本篇的主题意蕴以及在人物心理刻画上的特点。

■ **真题小练**

◆ 【单选题】

1.(2014 年 10 月全国)在小说《蜗牛在荆棘上》中,路翎塑造的边缘者与漂泊者的典型形象是(   )。

　　A. 秀姑　　　　　　B. 郭素娥　　　　　C. 黄述泰　　　　　D. 潘先生

【答案与解析】

C。黄述泰是路翎笔下边缘者与漂泊者的典型形象,这些边缘者与漂泊者大都没有固定职业和家产,没有稳定经济和社会地位,有着不同于周边人的经历,他们敢于挑战世俗约定俗成的陈腐行为规则,敢于藐视那些麻木苟活的芸芸众生。这种局外人的体验加剧了与周围人的紧张关系,因此处处遭逢无法融入人群的落寞境地。

2.(2011 年 7 月全国)下列作家中,属于"七月派"的是(   )。

　　A. 路翎　　　　　　B. 台静农　　　　　C. 许地山　　　　　D. 钱锺书

【答案与解析】

A。路翎,原名徐嗣兴。"七月派"小说的代表作家之一,著有长篇小说《财主的儿女们》(上、下)、中篇小说《饥饿的郭素娥》和短篇小说集《朱桂花的故事》等。

■ **牛刀小试**

◆ 【单选题】

1. 黄述泰是一个朦胧的觉醒者和原始反抗者的形象,他出自下列哪部作品(   )。

　　A.《写在人生边上》　　　　　　　　　B.《围城》

　　C.《蜗牛在荆棘上》　　　　　　　　　D.《人·兽·鬼》

【答案与解析】

C。本题考查的是对现代小说作品中人物形象的掌握。路翎的中篇小说《蜗牛在荆棘上》,以黄述泰与新婚妻子秀姑的一场离婚风波为主要情节,塑造了一个朦胧的觉醒者和原始反抗者的形象,表现了主人公身处旧时代的痛苦与无聊,凸显了一种原始的反抗和批判精神。

2. 下列作品中,不是丁玲代表作的是(   )。

　　A.《莎菲女士的日记》　　　　　　　　B.《我在霞村的时候》

C.《太阳照在桑干河上》　　　　　D.《蜗牛在荆棘上》

【答案与解析】

D。《蜗牛在荆棘上》的作者是路翎。其余三项均为丁玲作品。

第十三节　围　　城

本 节 内 容 提 要

> 《围城》写于1944年至1946年间，以方鸿渐为中心，刻画了抗战时期一群留学生和大学教授的形象。

知识点1

作家简介及作品☆

作者	钱锺书①，现代作家、学者。
作品	长篇小说《围城》、短篇小说集《人·兽·鬼》、散文集《写在人生边上》和学术巨著《管锥编》。

知识点2

人物形象☆☆

方鸿渐	方鸿渐出身于旧式世家，留学西洋博取功名，虽然他不求上进，性格懦弱，但是不失热情与正直。他的思想性格，反映了当时中国一部分知识分子的精神面貌和困厄遭遇。他以爱国意识、民族观念和民主思想衡量、要求社会，看到现实社会的黑暗丑恶，既无力改变、无处自立，又不愿同流合污，便采取玩世不恭的态度。
其他人物	孙柔嘉、苏文纨、唐晓芙、赵辛楣。

---

① 钱锺书，也写作钱钟书。

📢 **知识点 3**

■ **思想内容** ☆☆

以方鸿渐行走于上海、内地的三间大学,最终又回到上海的人生旅程,表现了他在爱情、婚姻、事业上的追求与挣扎,最后失败的结局。

📢 **知识点 4**

■ **艺术特色** ☆☆☆

✎ 运用"围城"意象。"围城"具有丰富的象征意义。首先,象征**人生的婚姻**。城外的想冲进去,城内的想冲出来,方鸿渐与孙柔嘉的婚姻就处于这样的两难境地。其次,**象征人生的处境**。小说从方鸿渐乘船回国写起,方鸿渐的人生轨迹就如一座围城;实际上三间大学也是一座围城,甚至方鸿渐所处的整个环境又何尝不是一座围城,"围城"般的人生体现了方鸿渐挣扎而失败的人生。最后,象征着**人类的生存困境**。人类因为理想与现实的距离、个人要求与时代局限的冲突等因素,总无法突破围城的包围。

✎ **睿智奇妙的比喻、哲理性的讽刺幽默**。钱锺书学贯中西、知识渊博,他把对人生、道德、风俗、哲理的思考与批判融会贯通,采用奇异、尖锐、睿智的多种比喻方式,创造了一种独特的哲理性的讽刺幽默艺术。

📢 **知识点 5**

■ **精选片段** ☆

"城外的人想冲进去,城里的人想逃出来。"

■ **知识解读**

本节内容一般考查客观题。考生应理解"围城"二字的含义并概括这部长篇小说的主题,掌握主人公方鸿渐的性格特征。

■ **真题小练**

◆【单选题】

(2014 年 10 月全国)下列均属于小说《围城》中的人物是(　　)。

A. 孙柔嘉 曾树生 方鸿渐 苏文纨

B. 方鸿渐 苏文纨 汪文宣 唐晓芙

C. 方治国 方鸿渐 苏文纨 曾树生

D. 孙柔嘉 方鸿渐 苏文纨 唐晓芙

【答案与解析】

D。孙柔嘉、唐晓芙、方鸿渐、苏文纨都是出自《围城》里的人物。曾树生和汪文宣出自

《寒夜》,方治国出自《在其香居茶馆里》。

◆【多选题】

(2016 年 4 月全国)小说《围城》中,"围城"的象征意义有(　　　　)。

A. 战斗中被包围的城市　　　　　B. 战术中的策略

C. 人生的婚姻　　　　　　　　　D. 人生的处境

E. 人类的生存困境

【答案与解析】

CDE。《围城》中的"围城"这一意象具有丰富的象征意义:首先,围城象征着人生的婚姻;其次,围城象征着人生的处境;最后,围城象征着人类的生存困境。

◆【简析题】

(2011 年 4 月全国)简析小说《围城》的主人公方鸿渐出入于"围城"的艰难人生经历所凸显的性格特点。

【答案与解析】

(1) 小说《围城》通过主人公方鸿渐与几位女性的纠葛以及辗转于上海和三闾大学的经历,叙述了其进出于事业、爱情、家庭三座"围城",屡屡挣扎,终归告败的过程。

(2) ①方鸿渐的思想性格,反映了当时中国一部分知识分子的精神面貌和困厄遭遇。

② 他以爱国意识、民族观念和民主思想衡量、要求社会,看到现实社会的黑暗丑恶,既无力改变、无处自立,又不愿同流合污,便采取玩世不恭的态度。

③ 他出身于旧式世家,留学西洋博取功名,虽然不求上进,性格懦弱,但是不失热情与正直。

■ 牛刀小试

◆【单选题】

1.《围城》主人公方鸿渐的妻子是(　　　　)。

A. 鲍小姐　　　　B. 苏文纨　　　　C. 唐晓芙　　　　D. 孙柔嘉

【答案与解析】

D。方鸿渐的妻子是孙柔嘉。小说把他们的婚姻比作围城。

2. 散文集《写在人生边上》的作者是(　　　　)。

A. 张爱玲　　　　B. 丁玲　　　　C. 钱锺书　　　　D. 许地山

【答案与解析】

C。钱锺书,现代作家、学者,代表作有长篇小说《围城》、短篇小说集《人·兽·鬼》、散文集《写在人生边上》和学术巨著《管锥编》。

第十四节 寒 夜

本·节·内·容·提·要

　　《寒夜》是巴金发表于1946年的一部长篇小说。作者在小说中成功地塑造了汪文宣、曾树生、汪母这三个人物形象,深刻地写出了抗战时期勤恳、忠厚、善良的小知识分子的悲惨命运。

知识点 1

■ 作家简介及作品☆

作者	巴金,中国作家、翻译家、社会活动家。自称"我完全不是一个艺术家,……我只是一个在暗夜里呼号的人。"
作品	小说《爱情三部曲》(《雾》《雨》《电》)、《激流三部曲》(《家》《春》《秋》)、《憩园》《寒夜》和散文集《随想录》等。

知识点 2

■ 思想内容☆☆☆

主 题 意 蕴

　　故事发生在**抗战后期的国民党统治区重庆**,描写了小职员汪文宣和曾树生的悲剧故事,从而"控诉了那个不合理的社会制度,那个一天天烂下去的使善良人受苦的制度"。

主 要 内 容

　　汪文宣大学毕业,抗战期间在重庆做小职员,工资微薄。他是**老好人**,**沉静内向**、善良诚**恳**、**努力工作**、**孝顺母亲**,他对妻子曾树生的爱也无怨无悔、无微不至。但他却在抗战胜利到来的时刻死于贫病交困中("吐尽了血痰死去")。他的妻子曾树生也是大学毕业,抗战时在银行工作,性格开朗、热情活泼。她深爱汪文宣,可是由于婆媳关系紧张和经济的压力,她在抗战艰难的时刻离开丈夫,与她的追求者一起到了兰州。当她在抗战胜利后回到重庆的时候,丈夫已死,她不知道葬于何处,婆婆带着孙子离开了重庆,也无迹可寻,她一人独自踽踽踽踽在重庆的寒夜中。汪文宣与曾树生的悲剧表面看是婆媳关系的矛盾,但根本原因是那个时代不合理的社会制度。

知识点 3

艺术特色☆☆☆

◇ 采用心理分析的方式揭示人物内心世界的情感矛盾,充分展现了人物复杂而深刻的情感世界。

◇ 善于塑造意象、营造气氛,"寒夜"的意象和气氛始终贯穿在小说中,与人物悲剧性的命运融汇在一起,给读者以强烈的艺术震撼。

◇ 叙事节奏缓慢平静,改变了作者以往小说中热烈、主观的抒情方式,变得深沉内蕴。

知识解读

本节内容一般考查客观题。考生需掌握造成汪文宣一家悲剧的主要原因,汪文宣的思想性格,理解这篇小说的情节结构。

真题小练

◆【单选题】

(2017 年 10 月全国)小说《寒夜》描写了汪文宣与曾树生的悲剧故事,其结局是(　　)。

A. 汪文宣病死,曾树生与儿子相依为命

B. 汪文宣自杀,曾树生与儿子相依为命

C. 曾树生孤身回到重庆,得知汪文宣病死

D. 曾树生病死,汪文宣与母亲相依为命

【答案与解析】

C。小说《寒夜》描写了汪文宣与曾树生的悲剧故事,其结局是曾树生孤身回到重庆,得知汪文宣病死,婆婆带着孙子离开了重庆。

◆【多选题】

(2014 年 4 月全国)巴金创作的"爱情三部曲"包括(　　)。

A.《山》　　　B.《雨》　　　C.《电》　　　D.《雾》　　　E.《家》

【答案与解析】

BCD。巴金代表作有《爱情三部曲》(《雾》《雨》《电》)、《激流三部曲》(《家》《春》《秋》)。

◆【简析题】

(2015 年 10 月全国)简析巴金小说《寒夜》中汪文宣的思想性格。

【答案与解析】

(1) 汪文宣是抗战时期生活在国统区的小职员,是一位普通的知识分子。

(2) 沉静内向,善良诚恳,努力工作,既孝顺母亲,又深爱妻子,但无法调和婆媳矛盾。最

后妻子离去,自己也死于贫病交加之中。

(3)作为老好人,他的悲剧有其自身性格软弱的因素,但根本原因是那个时代不合理的社会制度,作品表达了对那个社会制度的控诉。

🔳 **牛刀小试**

◆【单选题】

1. "控诉了那个不合理的社会制度,那个一天天烂下去的使善良人受苦的制度"的作品是( )。

A. 钱锺书的《围城》　　　　　　B. 茅盾的《子夜》

C. 老舍的《断魂枪》　　　　　　D. 巴金的《寒夜》

【答案与解析】

D。《寒夜》发表于1946年,小说的故事发生在抗战后期的国民党统治区重庆,描写了小职员汪文宣和曾树生的悲剧故事,从而"控诉了那个不合理的社会制度,那个一天天烂下去的使善良人受苦的制度"。

2. 小说《寒夜》中的汪文宣是( )。

A. 恪守道德、忠于职守、胆小怕事的小学教员

B. 性格忧郁、处事犹豫、心胸狭窄的小地主

C. 善于算计、惯于经营、贪婪吝啬的小商人

D. 善良孝顺、诚恳内向、工作努力的小职员

【答案与解析】

D。汪文宣是一个老好人,沉静内向、善良诚恳、努力工作、孝顺母亲,对妻子的爱也无怨无悔、无微不至。

第六章　诗歌（泛读篇目）

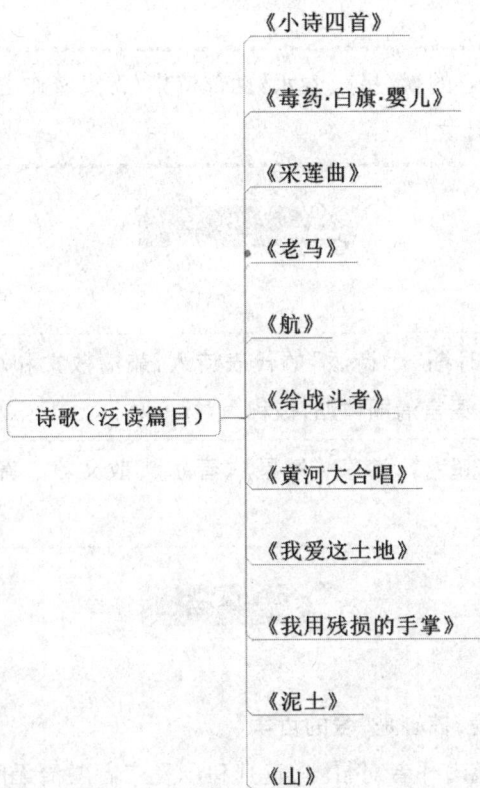

诗歌（泛读篇目）

- 《小诗四首》
- 《毒药·白旗·婴儿》
- 《采莲曲》
- 《老马》
- 《航》
- 《给战斗者》
- 《黄河大合唱》
- 《我爱这土地》
- 《我用残损的手掌》
- 《泥土》
- 《山》

第一节 小诗四首

本·节·内·容·提·要

《小诗四首》选自冰心的《繁星》《春水》两部诗集,寄寓着作者对自然、童真和母爱三者融洽无间的境界的神往之情。

📣 **知识点1**

■ **作家简介及作品** ☆☆

作者	冰心,"五四"时期"小诗派"的代表诗人,兼擅散文和小说。其散文满蕴着温柔,微带忧愁,语言清丽体贴,被称为"冰心体"。
作品	**短篇小说集《超人》**,诗集《繁星》《春水》,散文集《寄小读者》《南归》《樱花赞》等。

📣 **知识点2**

■ **思想内容** ☆☆

主题:**自然、童真、母爱**,核心是"**爱的哲学**"。

内容:明丽画面中寄寓着作者对自然、童真和母爱三者融洽无间的境界的神往之情,尤其是着力讴歌了作者视为生的慰安、美的典范的母爱。

📣 **知识点3**

■ **艺术特色** ☆☆☆

✐ 受印度诗人泰戈尔影响,以短小的诗歌形式来自由书写内心瞬间的感触,追求诗意的真纯和意境的清新隽永。

✐ 词句清丽、韵律天然,而且寓情于景,使情与景相映相生,创造出一种恬静和美的意境。

📣 **知识点4**

■ **精选片段** ☆

"我在母亲的怀里,母亲在小舟里,小舟在月明的大海里。"

⬦ **知识解读**

本节内容一般考查客观题。考生需识记并理解这几首小诗体现了冰心的"自然、童真、母爱"三者构成的"爱的哲学"。

⬦ **真题小练**

◆ **【单选题】**

1.（2017 年 4 月全国）构成冰心"爱的哲学"的三个要素是（　　）。

　　A. 童真、父爱、母爱　　　　　　　　B. 自然、美景、爱情

　　C. 自然、童真、母爱　　　　　　　　D. 自然、爱情、亲情

【答案与解析】

C。自然、童真、母爱，是冰心早期诗歌和散文的三个主题，而其核心，则是融合东西方文化思想的"爱的哲学"。

2.（2016 年 10 月全国）体现了冰心"爱的哲学"的诗集是（　　）。

　　A.《春水》　　　　　　　　　　　　B.《翡冷翠的一夜》

　　C.《灵魂的呼号》　　　　　　　　　D.《非攻》

【答案与解析】

A。自然、童真、母爱是冰心早期诗歌和散文的三个内容，其核心则是融会着东西方文化思想的"爱的哲学"。《繁星》《春水》都在明丽画面中寄寓着作者对自然、童真和母爱三者融洽无间的神往之情，着力讴歌了作者视为生的慰安、美的典范的母爱。B 项的作者为徐志摩；C 项的作者为巴金；D 项的作者为鲁迅。

◆ **【简析题】**

（2018 年 4 月全国）简析冰心小诗《繁星》《春水》的艺术特点。

【答案与解析】

① 作者受印度诗人泰戈尔的影响，以短小的诗歌形式来自由书写内心瞬间的感触，追求诗意的真纯和意境的清新隽永。

② 这些小诗词句清丽、韵律天然，寓情于景、情景相映，创造出一种恬静和美的意境。

⬦ **牛刀小试**

◆ **【单选题】**

"我在母亲的怀里,母亲在小舟里,小舟在月明的大海里",这句诗出自（　　）。

　　A.《航》　　　　　　　　　　　　　B.《春水》

　　C.《婴儿》　　　　　　　　　　　　D.《大堰河——我的保姆》

【答案与解析】

B。"我在母亲的怀里,母亲在小舟里,小舟在月明的大海里",这句诗出自冰心的《春水》。

◆【多选题】

构成冰心"爱的哲学"之内涵的有（　　　）。

A. 自然　　　　　B. 爱情　　　　　C. 童真

D. 婚姻　　　　　E. 母爱

【答案与解析】

ACE。自然、童真、母爱，是冰心早期诗歌和散文的三个主题，而其核心，则是融会着东西方文化思想的"爱的哲学"，这些都深印在《繁星》《春水》两部诗集里。

第二节　毒药·白旗·婴儿

本节内容提要

这三首**散文诗**，集中创作于 1924 年 4 月前后。它一反诗人委婉含蓄、缠绵优雅的诗风，以激烈到近乎狂暴的方式，传达了对时代阴霾的抗争和社会理想的追求。

知识点 1

■ **作家简介及作品**☆

作者	徐志摩，"新月派"代表诗人。
作品	诗集《志摩的诗》《翡冷翠的一夜》《猛虎集》和《云游》等。

知识点 2

■ **思想内容**☆☆

以激烈到近乎狂暴的方式，传达了对时代阴霾的抗争和对社会理想的追求。

知识点 3

■ **作品赏析**☆☆

✎ 《毒药》以狂暴的节奏，使用近乎毒性的语言，来鞭挞充满猜疑、一切准则均已死去的现实，这是对黑暗现实的决绝否定。

✎ 《白旗》将诅咒转化成类乎白日梦的祈祷和呓语。诗人真诚的幻想，呈现出人类"祈祷的火焰""忏悔的眼泪"和承当罪恶的情景。与丑陋无情的现实相比，这种真诚的呼唤不免让人想到"**人的忏悔**"的传统。

✎ 《婴儿》是一首以象征手法唱出的生命诞生之歌。婴儿与产妇的关系,正是理想与时代关系的象征。作者在表现理想的诞生时,注意情感的节制与驾驭,并将它转化为艺术情景和氛围,使之产生更大的象征力量和暗示性。那种引起读者心理震颤的细致描写,表面上写的是美的变形扭曲、以丑写美,其实是写美的转化与升华,安详、柔和、端丽的优美,在炼狱般的受难中升华为一种义无反顾的献身的壮美,具有宗教般的神圣感和庄严感。

📢 知识点 4

▣ **精选片段☆**

在人道恶浊的洞水里流着,浮萍似的,五具残缺的尸体,它们是仁义礼智信,向着时间无尽的海澜里流去。

▣ **知识解读**

本节内容一般考查客观题。考生需掌握"毒药""白旗"和"婴儿"的象征意涵及本篇的主题意蕴。

▣ **真题小练**

◆【单选题】

1.（2018 年 4 月全国）诗歌《婴儿》中婴儿与产妇的关系象征的是(　　)。

　　A. 理想与时代　　　B. 爱情与理想　　　C. 个人与社会　　　D. 现实与未来

【答案与解析】

A。《婴儿》是一首以象征手法唱出的生命诞生之歌。诗中婴儿与产妇的关系,正是理想与时代关系的象征。

2.（2017 年 10 月全国）徐志摩诗歌中表达了"人的忏悔"思想的作品是(　　)。

　　A.《毒药》　　　B.《白旗》　　　C.《婴儿》　　　D.《偶然》

【答案与解析】

B。徐志摩诗歌中表达了"人的忏悔"思想的作品是《白旗》。"毒药"象征着对现实的诅咒;"白旗"象征着对人性的忏悔;"婴儿"象征着对理想的呼唤。

3.（2016 年 10 月全国）下列作品中,属于散文诗文体的是(　　)。

　　A. 朱湘《采莲曲》　　　　　　　　B. 光未然《黄河大合唱》

　　C. 徐志摩《白旗》　　　　　　　　D. 穆旦《防空洞里的抒情诗》

【答案与解析】

C。徐志摩集中创作了三首散文诗,分别是《毒药》《白旗》《婴儿》。A 与 D 是篇幅比《白旗》短的现代诗,但其文体不属于散文诗;B 属于组诗歌词。

■ **牛刀小试**

◆【单选题】

1. 诗句"在人道恶浊的洞水里流着,浮荇似的,五具残缺的尸体,它们是仁义礼智信,向着时间无尽的海澜里流去"出自(　　)。

　　　　A.《婴儿》　　　　B.《毒药》　　　　C.《白旗》　　　　D.《我用残损的手掌》

【答案与解析】

　　B。"在人道恶浊的洞水里流着,浮荇似的,五具残缺的尸体,它们是仁义礼智信,向着时间无尽的海澜里流去"出自徐志摩的散文诗《毒药》。

2. 徐志摩创作的《毒药》的文体是(　　)。

　　　　A. 十四行诗　　　　B. 散文诗　　　　C. 格律诗　　　　D. 叙事诗

【答案与解析】

　　B。徐志摩创作的《毒药》的文体是散文诗。此外,同时期创作的《白旗》与《婴儿》也是散文诗。

第三节　采　莲　曲

本节内容提要

　　《采莲曲》是古典诗歌中的著名诗歌形式,王勃、王昌龄、白居易等著名诗人都写有同题诗。朱湘的现代诗,写的是从黄昏日落到薄雾月升这段时间里,采莲女驾船采莲的一段生活场景。

知识点 1

■ **作家简介及作品**☆

作者	朱湘,早年曾留学美国,回国后,因生活动荡、家庭矛盾和内心忧郁,投江自尽。
作品	诗集《夏天》《草莽》。

知识点 2

■ **思想内容**☆☆

　　诗歌写了从黄昏日落到薄雾月升这段时间里,采莲女驾船采莲的一段生活场景。不但写出了少女采莲、采藕、采蓬等不同劳动的场面,还描绘了小河及其两岸的旖旎风光,描绘了少女羞涩的情怀和对爱情的渴望,表达了诗人**向往平和宁静生活**和逃避冷酷人生的真情流露。

知识点 3

■ 艺术特色☆☆☆

✎ 以**现代自由诗**的形态,改写古典诗歌的意境。构思新颖别致,形式整齐,音韵和谐。通过少女采莲这一超脱、轻松、喜悦而不为繁杂现实所扰的劳动场景的描绘,表达了诗人向往平和宁静生活和逃避冷酷人生的真情流露。

✎ 使用丰富意象,创造奇丽意境。采莲女的容貌、性格以及内心活动的表述,熔铸在对意象的描绘中。妖娆的荷花与美丽的少女相互隐喻呼应,采莲女的娇羞和天上人间的美景叠影,典雅清纯的东方少女和幽远雅致的乐声歌声交融,花香伴着衣香,桨声和着歌声,构成了一幅平和、宁静、安详的图画,创造出一种闪光欲滴的奇丽意境,抒写了作者向往的理想境界。

■ 知识解读

本节内容一般考查客观题、主观题。考生需掌握本诗的艺术特征。

■ 真题小练

◀ **【单选题】**

(2017 年 4 月全国)诗歌《采莲曲》描绘了采莲少女的劳动场景,诗人由此表达的情感是(　　)。

A. 向往平和宁静的生活　　　　　B. 直面冷酷的人生

C. 向往热闹喧嚣的生活　　　　　D. 向往火热的战斗人生

【答案与解析】

A。《采莲曲》通过少女采莲这一超脱、轻松、喜悦而不为繁杂现实所扰的劳动场景的描绘,表达了诗人向往平和宁静生活和逃避冷酷人生的真情流露。

◀ **【简析题】**

(2015 年 4 月全国)简析朱湘诗歌《采莲曲》的艺术特征。

【答案与解析】

(1)《采莲曲》对同题古典诗歌进行变异翻新,构思新颖别致。

(2) 是现代自由诗,形式整齐,音韵和谐。

(3) 以花喻人,寓情于景,创造了宁静而愉悦的意境。

■ 牛刀小试

◀ **【单选题】**

描写了从黄昏日落到薄雾月升这段时间里,采莲女驾船采莲的一段生活场景的现代诗是朱湘的(　　)。

　　A.《草莽》　　　　B.《夏天》　　　　C.《繁星》　　　　D.《采莲曲》

【答案与解析】

D。朱湘的现代诗《采莲曲》,写的是从黄昏日落到薄雾月升这段时间里,采莲女驾船采莲的一幅生活场景。

第四节　老　马

本 节 内 容 提 要

　　《老马》写于1932年,此时正是中国革命处于低潮的时候。臧克家对中国农民的真实刻画,表达了对于现实困难的深刻理解。

知识点 1

作家简介及作品☆

作者	臧克家,山东诸城人。其写诗力求平易朴实,然而又认真严谨。
作品	诗集《烙印》、《罪恶的黑手》《自己的写照》《泥土的歌》《冬天》等。1933年出版的第一部诗集《烙印》,大多取材于农村生活,对农民的悲惨命运寄予了无限的同情,艺术上具有朴实、严谨、含蓄、凝练的特色。

知识点 2

思想内容☆☆

　　以老马为象征塑造了背负生活重压、低头忍耐的中国农民形象,表现了中国农民顽强的生命力和面对苦难所表露出来的韧性。

知识点 3

艺术特色☆☆☆

✎　凝重的诗风,平易朴实,又认真严谨。

✎　词句凝练深邃,简洁平易,形式整齐,诗句的结构和字数根据感情的变化不断调整,在自然的基础上讲究节奏感。

知识点 4

■ 精选片段☆

这刻不知道下刻的命,它有泪只往心里咽。

■ 知识解读

本节内容一般考查客观题。考生需掌握本诗中的老马形象及其意涵。

■ 真题小练

◆【单选题】

1.（2018 年 4 月全国）诗句"这刻不知道下刻的命,它有泪只往心里咽"的出处是(　　)。

 A．田间《给战斗者》   B．臧克家《老马》

 C．徐志摩《白旗》   D．戴望舒《我用残损的手掌》

【答案与解析】

B。此诗句出自臧克家的《老马》。《老马》写于 1932 年,此时正是中国革命处在低潮的时候。臧克家对中国农民的真实刻画,表达了对于现实苦难的深刻理解。

2.（2019 年 10 月全国）诗歌《老马》中"老马"形象表现的是(　　)。

 A．奋力反抗的斗争精神

 B．颓唐脆弱的生命状态

 C．承受悲苦的坚韧意志

 D．驰骋疆场的豪迈气质

【答案与解析】

C。臧克家的《老马》中,诗人以老马为象征塑造了背负生活重压、低头忍耐的中国农民形象,表现了中国农民顽强的生命力和面对苦难所表露出来的韧性,即承受悲苦的坚韧意志。

■ 牛刀小试

◆【单选题】

臧克家出版的第一部诗集是(　　)。

A.《烙印》   B.《罪恶的黑手》   C.《自己的写照》   D.《冬天》

【答案与解析】

A。臧克家出版的第一部诗集是《烙印》,大多取材于农村生活,对农民的悲惨命运给予了无限的同情。

第五节 航

本·节·内·容·提·要

《航》写于 1934 年 8 月间作者乘船访友途中,因友人家境贫寒,作者面对大海时,内心忽然涌起了对人生遭际的思考与感叹,遂一一融于诗歌中。

知识点 1

作家简介及作品☆

作者	**辛笛**,"九叶派"的主要代表诗人。
作品	诗集《珠贝集》《手掌集》《印象·花束》等。

知识点 2

艺术特色☆☆

✎ 情感呈现方式采取现实画面与想象画面叠印的双重结构。

✎ 注重呈现主体的心理现实,又重视捕捉、再现真实的感觉印象(落日帆船片段),使二者互相渗透,营造了一个既真切又朦胧,如月晕一般的艺术境界。

✎ 第二节融合月夜海上的视觉印象与听觉印象,成为一个冷色调的斑驳而又浑一的画面,唤起读者某种忧郁、不安的情绪。

✎ 第三节将诗意推进到理性玄思的境界。从表现方式来说,则是把对生命的一种抽象而难以言述的感知,转化为一个水天茫茫的可视可感的广阔审美空间,体现了现代派诗"思想知觉化"的艺术特色。

知识点 3

精选片段☆

帆起了/帆向落日的去处。

从日到夜/从夜到日/我们航不出这圆圈。

将生命的茫茫/脱卸与茫茫的烟水。

知识解读

本节内容一般考查客观题。考生需掌握本诗所传达的思想情绪。

真题小练

【单选题】

1. (2017年4月全国)下列诗句,最能体现辛笛诗歌创作"思想知觉化"特色的是(　　)。

　　A. 人民呵/在辽阔的大地之上/巨人似的/雄伟地站起

　　B. 这里/我们向着黄河/唱出我们的赞歌

　　C. 将生命的茫茫/脱卸与茫茫的烟水

　　D. 为什么我的眼里常含泪水? 因为我对这土地爱得深沉

【答案与解析】

C。C中"将生命的茫茫/脱卸与茫茫的烟水"出自辛笛的《航》,作者把对生命的一种抽象而难以言述的感知,转化为一个水天茫茫的可视可感的广阔审美空间,体现了现代派诗"思想知觉化"的艺术特色。A出自田间的《给战斗者》;B出自光未然的《黄河大合唱》;D出自艾青的《我爱这土地》。

2. (2015年10月全国)出自辛笛诗歌《航》,体现了现代派诗"思想知觉化"的艺术观,把对生命的抽象感知转化为可视可感的审美空间的诗句是(　　)。

　　A. 软泥上的青荇/油油的在水底招摇/在康河的柔波里/我甘心做一条水草

　　B. 升了呀月钩/明了呀织女牵牛/薄雾呀拂水/凉风呀飘去莲舟

　　C. 为什么我的眼里常含泪水/因为我对这土地爱得深沉

　　D. 从日到夜/从夜到日/我们航不出这圆圈/后一个圆/前一个圆/一个永恒/而无涯漠的圆圈

【答案与解析】

D。ABC分别出自徐志摩的《再别康桥》、朱湘的《采莲曲》、艾青的《我爱这土地》。选项D是《航》中符合题目要求的诗句,体现了现代派诗"思想知觉化"的艺术观,把对生命的抽象感知转化为可视可感的审美空间。

牛刀小试

【单选题】

1. "帆起了/帆向落日的去处",这"落日帆船"的意象出现在(　　)。

　　A.《航》中　　　　B.《铸炼》中　　　　C.《孤岛》中　　　　D.《荷花淀》中

【答案与解析】

A。"帆起了/帆向落日的去处"出自《航》的第一节,诗作注重呈现主体的心理现实,又格外重视捕捉、再现真实的感觉印象,使二者互相渗透,营造了一个既真切又朦胧,如月晕一般的艺术境界。

2."从日到夜/从夜到日/我们航不出这圆圈",包含这一诗句的诗作是(　　)。

　　A.《手推车》　　　B.《断章》　　　C.《铸炼》　　　D.《航》

【答案与解析】

D。"从日到夜/从夜到日/我们航不出这圆圈"出自辛笛的《航》。

第六节　给战斗者

本节内容提要

《给战斗者》作于1937年年底。这是抗日战争初期一首鼓动人民奋起斗争的战歌。

知识点1

作家简介及作品☆

作者	田间,原名童天鉴,其诗形式多样,被闻一多称为"擂鼓诗人""时代的鼓手"。
作品	诗集《未明集》《中国牧歌》《给战斗者》等。

知识点2

思想内容☆☆

抗日战争初期一首鼓动人民奋起斗争的战歌,共七节。

诗篇以无比愤怒的心情控诉日寇的侵略暴行,激情地高唱"七七事变"后中国"复活的歌",歌颂着"呼啸的河流""叛变的土地""爆裂的火焰",同时回叙中华民族光荣悠久的历史,描述人民辛勤劳动的和平生活,号召民众挺起胸脯,拿起武器战斗到底。诗作准确地表达了中国人民不甘蒙受屈辱、"在斗争里,胜利或者死"的民族感情和决战意志,充满了强烈的爱国主义精神。

知识点3

艺术特色☆☆☆

✎　形式：独特的**"短行体"**,利用断句的分行,以急骤的旋律来表达激越的情绪。

✎　语言朴素有力,节奏明快,闻一多誉他为"擂鼓诗人",说他的诗句就像"一声声鼓点,单调,但是响亮而沉重""鼓舞你爱,鼓舞你恨,鼓舞你活着"。情感激越饱满,极具感染力。

■ **知识解读**

本节内容一般考查客观题。考生需掌握此诗所表达的情感,重点掌握本诗的艺术特色。

■ **真题小练**

◆ 【单选题】

(2016年4月全国)诗歌《给战斗者》的文体形式是(　　)。

A. 短行体　　　　　B. 小诗体　　　　　C. 格律体　　　　　D. 十四行体

【答案与解析】

A。《给战斗者》是田间早期的诗歌,在形式上是独特的"短行体",利用断句的分行,以急骤的旋律来表达激越的情绪,语言朴素有力,节奏明快,所以闻一多把他誉为"擂鼓诗人"。

◆ 【多选题】

(2015年10月全国)下列诗歌中,表达了中国人民不甘屈辱、奋起抗争的爱国主义精神的有(　　)。

A.《给战斗者》　　　B.《黄河大合唱》　　　C.《力的前奏》　　　D.《泥土》

E.《山》

【答案与解析】

AB。《给战斗者》准确地表达了中国人民不甘蒙受屈辱、"在斗争里、胜利或者死"的民族感情和决战意志,充满强烈的爱国主义精神。《黄河大合唱》写于抗战爆发后,以抗日和爱国两个主题为中心,用感情饱满的笔墨,表现了中华民族的伟大精神和不可战胜的力量,歌颂了具有悠久历史的伟大祖国。《力的前奏》写出了人们在革命时代的"黎明"即将到来之前的痛苦与挣扎、守候与期待。《泥土》吟唱了集体主义精神与自我奉献精神,传达了富有社会责任感的人生态度。《山》表达了作者超越自身、向终极意义追求的人生境界。

◆ 【简析题】

(2014年10月全国)简析田间诗歌《给战斗者》的艺术特色。

【答案与解析】

(1) 这是一首独特的"短行体"诗歌。

(2) 断句的分行和简单急促的短句相结合,节奏明快,语言朴素有力,犹如响亮而又沉重的鼓声。

(3) 情感激越饱满,极具感染力。

■ **牛刀小试**

◆ 【单选题】

1. 被闻一多称为"擂鼓诗人"的是(　　)。

A. 辛笛　　　　　B. 臧克家　　　　　C. 田间　　　　　D. 艾青

【答案与解析】

C。被闻一多称为"擂鼓诗人"的是田间。闻一多说他的诗句就像"一声声鼓点,单调,但是响亮而沉重","鼓舞你爱,鼓舞你恨,鼓舞你活着"。

2. 田间的诗歌《给战斗者》以无比愤怒的心情控诉日寇的侵略暴行,充满强烈的爱国主义精神。称田间为"时代的鼓手"的人是(　　　)。

A. 郭沫若　　　　　B. 戴望舒　　　　　C. 闻一多　　　　　D. 臧克家

【答案与解析】

C。田间早期的诗歌,在形式上是独特的"短行体",利用断句的分行,以急骤的旋律来表达激越的情绪,语言朴素有力,节奏明快,所以闻一多誉他为"擂鼓诗人""时代的鼓手",说他的诗句就像"一声声鼓点,单调,但是响亮而沉重","鼓舞你爱,鼓舞你恨,鼓舞你活着"。

第七节　黄河大合唱

本节内容提要

《黄河大合唱》是光未然为配合冼星海创作的大型民族交响乐而写的组诗,共分八个乐章。本文选取的是第二乐章"黄河颂",是全诗的主体部分,富有强烈的爱国主义情感。

知识点 1

作家简介及作品☆

| 作者 | **光未然**,原名张光年。现代诗人,文学评论家。 |
| 作品 | 组诗歌词《黄河大合唱》、长篇叙事诗《屈原》和抒情长诗《绿色的伊拉瓦底》等。 |

知识点 2

主题意蕴☆☆

写于抗战爆发后,以抗日和爱国两个主题为中心,表现了中华民族的伟大精神和不可战胜的力量,歌颂了具有悠久历史的伟大祖国。

以中华民族的发源地——黄河为背景,热情地讴歌了中华儿女不屈不挠的精神、保卫祖国的必胜信念。

![知识点3]

■ 艺术特色☆☆☆

✎ 第二乐章"黄河颂"（主体），内容层次比较分明，有明显的关键词语贯穿。先是"望黄河滚滚"的"望"字，一直统领到"把中原大地劈成南北两面"。而所"望"内容，既有写实的成分，也有雄奇瑰丽的想象，条理清楚，章法谨严。接着赞颂黄河对于中华民族的伟大贡献，从三个层次歌颂黄河的**历史贡献**、**地理意义**和**精神象征**。

✎ 第五乐章"河边对口曲"是配合山西民歌曲调写成的。它以问答的形式，采用不同的调式对比，通过两位流亡在黄河边上的老乡共抒胸臆，反映了千百万流亡群众共同的悲惨遭遇，表现了他们决心拿起武器参加游击队与侵略者决一死战的情景。

✎ 郭沫若说全诗"音乐的雄壮而多变化，使原有富于情感的辞句，就像风暴中的浪潮一样，震撼人的心魄"。

■ 知识解读

本节内容一般考查客观题。考生需掌握全诗的主题意蕴和作品的艺术特点。

■ 真题小练

◆ 【单选题】

1. （2016 年 4 月全国）诗歌《黄河大合唱》第二乐章"黄河颂"歌颂的内容是（　　）。

　　A. 黄河的地理意义、历史贡献和精神象征

　　B. 黄河的神话传说、风土人情和启蒙作用

　　C. 黄河的民间传说、历史贡献和精神象征

　　D. 黄河的地理意义、风土人情和神话传说

【答案与解析】

A。"黄河颂"是全诗的主体部分，赞颂黄河对于中华民族的伟大贡献，从三个层次歌颂黄河的历史贡献、地理意义和精神象征。

2. （2014 年 4 月全国）《黄河大合唱》的词作者是（　　）。

　　A. 朱湘　　　　　　B. 冼星海　　　　　　C. 光未然　　　　　　D. 贺敬之

【答案与解析】

C。《黄河大合唱》的作词人是光未然。B 项冼星海为《黄河大合唱》的作曲人。A 与 D 与此题无关。

◆ 【论述题】

（2017 年 10 月全国）结合时代背景，简析光未然诗歌《黄河大合唱》的主题意蕴。

【答案与解析】

（1）诗作写于抗战爆发后，以抗日和爱国两个主题为中心，表现了中华民族的伟大精神和不可战胜的力量，歌颂了具有悠久历史的伟大祖国。

（2）作品以中华民族的发源地——黄河为背景，热情地讴歌了中华儿女不屈不挠的精神、保卫祖国的必胜信念。

牛刀小试

【单选题】

光未然为配合音乐家冼星海创作的大型民族交响乐而写的组诗是（　　）。

A.《屈原》　　　　　　　　　　B.《黄河大合唱》

C.《绿色的伊拉瓦底》　　　　　D.《给战斗者》

【答案与解析】

B。《黄河大合唱》由光未然作词，是为配合音乐家冼星海创作的大型民族交响乐而写的组诗，是宣扬革命精神的音乐史诗，为中国现代大型声乐创作的重要作品。歌曲慷慨激昂，在中国抗日战争时起到了鼓舞作用。故选 B。

第八节　我爱这土地

本节内容提要

《我爱这土地》写于 1938 年 11 月 17 日，发表于同年 12 月桂林出版的《十日文萃》。1938 年 10 月，武汉失守，日本侵略者的铁蹄猖狂地践踏中国大地。作者和当时文艺界许多人士一同撤出武汉，汇集于桂林。作者满怀对祖国的挚爱和对侵略者的仇恨写下了这首诗。

知识点 1

作家简介及作品☆

作者	艾青，"七月派"代表诗人，中国现代著名诗人，被称为"中国诗坛泰斗"。
作品	诗集《大堰河》《北方》《旷野》，长诗《向太阳》《火把》等。

知识点 2

思想内容☆

诗人表示要像鸟一样不倦地歌唱祖国大地；死了，也要使整个的自己融进祖国的土地中。诗篇表现出一种"忧郁"的感情特色，这种"忧郁"是对灾难深重的祖国爱得深沉的内在情感的自然流露，因而格外动人。诗人对祖国的"黎明"也抱有乐观的信念，并作了美妙的抒写。

知识点 3

艺术特色☆☆☆

- 抽象的思想感情形象化。运用**暗示**、**象征**、**移情**等手法，在土地、河流、风、黎明等自然景物和现象中，熔铸了情感，注入了社会性的意蕴，从而把多灾多难的祖国表现得形象鲜明、内涵深广，启发人们作无限的联想。

- 艾青诗歌的一个重要特点：对祖国、对土地、对人民真挚深沉的爱。

知识点 4

精选片段☆☆

假如我是一只鸟，我也应该用嘶哑的喉咙歌唱

为什么我的眼里常含泪水？因为我对这土地爱得深沉……

知识解读

本节内容一般考查客观题。考生需理解本诗体现出的对祖国、土地、人民的独特的爱。

真题小练

◆【单选题】

1. （2014 年 10 月全国）"为什么我的眼里常含泪水？因为我对这土地爱得深沉"两句诗出自（　　）。

　　A. 辛笛的《航》　　　　　　　　　B. 鲁藜的《泥土》

　　C. 艾青的《我爱这土地》　　　　　D. 戴望舒的《我用残损的手掌》

【答案与解析】

C。该句出自艾青的《我爱这土地》，原文是"这无止息地吹刮着的激怒的风，和那来自林间的无比温柔的黎明……——然后我死了，连羽毛也腐烂在土地里面。为什么我的眼里常含泪水？因为我对这土地爱得深沉……"

2. （2018 年 4 月全国）诗歌《我爱这土地》表达对祖国的热爱之情时所采用的主要艺术手法是（　　）。

　　A. 排比、反讽、隐喻　　　　　　　B. 反讽、夸张、暗示

　　C. 暗示、象征、移情　　　　　　　D. 拟人、夸张、对偶

【答案与解析】

C。艾青善于把抽象的思想感情形象化。在这首诗里,他运用暗示、象征、移情等手法,在土地、河流、风、黎明等自然景物和现象中,熔铸了感情,注入了社会性意蕴,从而把多灾多难的祖国表现得形象鲜明、内涵深广,启发人们作无限的联想。

3. (2012 年 4 月全国)要像鸟一样不倦地歌唱祖国大地;死了,也要使整个的自己融进祖国的土地中。表达了这一主题的诗作是(   )。

  A.《偶成》   B.《上山》   C.《发现》   D.《我爱这土地》

【答案与解析】

D。《我爱这土地》表现了艾青诗歌的一个重要特点:对祖国、对土地、对人民真挚深沉的爱。诗人表示要像鸟一样不倦地歌唱祖国大地;死了,也要使整个的自己融进祖国的土地中。关键词为“土地”。

牛刀小试

◢【单选题】

以“假如我是一只鸟,我也应该用嘶哑的喉咙歌唱”开头的作品是(   )。

  A.《生活是多么广阔》   B.《凤凰涅槃》

  C.《我爱这土地》   D.《我是一条小河》

【答案与解析】

C。“假如我是一只鸟,我也应该用嘶哑的喉咙歌唱”出自现代诗人艾青于 1938 年写的一首现代诗《我爱这土地》。这首诗以“假如”领起,用“嘶哑”形容鸟儿的歌喉,接着续写出歌唱的内容,并由生前的歌唱,转写鸟儿死后魂归大地,最后鸟的形象代之以诗人的自身形象,直抒胸臆,托出了诗人那颗真挚、炽热的爱国之心。

◢【多选题】

艾青的诗歌《我爱这土地》所采用的艺术手法有(   )。

  A. 暗示   B. 象征   C. 移情   D. 设问

  E. 排比

【答案与解析】

ABCDE。艾青善于把抽象的思想感情形象化。在这首诗里,他运用暗示、象征、移情等手法,在土地、河流、风、黎明等自然景物和现象中,熔铸了情感,注入了社会性的意蕴,从而把多灾多难的祖国表现得形象鲜明、内涵深广,启发人们作无限的联想。

诗句“为什么我的眼里常含泪水?因为我对这土地爱得深沉……”运用了设问的手法。

诗句“这被暴风雨所打击着的土地,这永远汹涌着我们的悲愤的河流,这无止息地吹刮着的激怒的风”运用了排比的手法。

第九节　我用残损的手掌

本节内容提要

　　《我用残损的手掌》写于 1941 年,收入作品集《灾难的岁月》,表现了诗人在抗战的艰苦岁月中的真实感受和对祖国的真挚感情。

知识点 1

作家简介及作品☆

作者	**戴望舒**,著名现代派诗人。
作品	诗集《我底记忆》《望舒草》《灾难的岁月》等。

知识点 2

主题意蕴☆☆☆

　　表现了诗人在抗战的艰苦岁月中的真实感受和对祖国的真挚感情。

　　在想象中,诗人的手掌抚过了广大的国土,从北到南,感受祖国的悲伤和希望。诗人将目光和手掌落在"那辽远的一角",由此感受在艰难的困境中中华民族内部蕴含的永恒的力量。

知识点 3

艺术特色☆

- 构思独特,以"微凉""冷""滑出""细""软""蘸""掠"等词汇突出"手掌"的触觉作用,把较广泛的描写对象相对集中起来,使之贯穿在"手掌的感觉"这一条线索上。

- 采用了灵活的押韵方式,有时是四行诗句一个韵,有时是两行押一个韵。既体现了现代诗歌的自由,又使全诗有着相对协调一致的节奏,展现出现代诗所特有的音乐美感。

知识解读

　　本节内容一般考查客观题。考生需掌握本诗的主题意蕴。

■ 真题小练

◆ 【单选题】

(2013 年 4 月全国)戴望舒歌唱自己对苦难祖国的一片真情,表达了对解放区由衷的向往的诗作是(　　)。

A.《拜献》　　　　　　　　　　B.《天上的市街》

C.《铸炼》　　　　　　　　　　D.《我用残损的手掌》

【答案与解析】

D。《我用残损的手掌》写于 1941 年,收入作品集《灾难的岁月》,表现了诗人在抗战的艰苦岁月中的真实感受和对祖国的真挚感情,表达了对解放区由衷的向往。

◆ 【简析题】

(2016 年 10 月全国)简析戴望舒诗歌《我用残损的手掌》的主题意蕴。

【答案与解析】

(1) 表现了诗人在抗战的艰苦岁月中的真实感受和对祖国的真挚感情。

(2) 在想象中,诗人的手掌抚过了广大的国土,从北到南,最后诗人将目光和手掌落在"那辽远的一角",由此感受在艰难的困境中中华民族内部蕴含的永恒的力量。

■ 牛刀小试

◆ 【单选题】

1. 下列属于戴望舒创作的诗集的是(　　)。

A.《灾难的岁月》　　B.《春水》　　　　C.《猛虎集》　　　　D.《画廊集》

【答案与解析】

A。本题考查作家及作品。戴望舒的作品有诗集《我底记忆》《望舒草》《灾难的岁月》等。B 项的作者是冰心,C 项的作者是徐志摩,D 项的作者是李广田。

2. 在下列选项中,写于 1941 年,并被收入《灾难的岁月》,表现了在抗战的艰苦岁月中的真实感受和对祖国的真挚感情的是(　　)。

A. 杜运燮的《山》　　　　　　　B. 戴望舒的《我用残损的手掌》

C. 鲁藜的《泥土》　　　　　　　D. 田间的《给战斗者》

【答案与解析】

B。戴望舒的《我用残损的手掌》写于 1941 年,收入《灾难的岁月》,表现了在抗战的艰苦岁月中的真实感受和对祖国的真挚感情。杜运燮的《山》写于 1945 年,表达了作者超越自身、向终极意义追求的人生境界。鲁藜的《泥土》写于 1945 年,表达了作者对人生的思索与追求,并揭示了重要的生活哲理。田间的《给战斗者》写于 1937 年,表达了中国人民不甘蒙受屈辱、"在斗争里,胜利或者死"的民族感情和决战意志。

第十节 泥 土

本节内容提要

1938 年,鲁藜辗转奔赴延安。来到延安,对于鲁藜来说不仅仅是投入到了革命的大熔炉,而且也是他真正发现诗歌、找到属于自己诗风的开始。这个从小在海外颠沛流离的苦孩子在延安这一新的环境中尝到了生活的甜蜜,真诚地吟唱着集体主义精神、自我奉献精神。《泥土》写于1945 年,正是他这一时期的代表作之一。

知识点 1

作家简介及作品☆

作者	**鲁藜**,"七月派"的代表诗人之一,诗作以舒缓清丽著称。
作品	《醒来的时候》《锻炼》《时间的歌》《红旗手》。

知识点 2

思想内容☆☆☆

通过"**珍珠**"和"**泥土**"两个对比鲜明的意象,揭示一个生活哲理:如果把自己当成珍珠,就免不了有惧怕被埋没的痛苦;而如果把自己当成泥土,让人们去踩成道路,就会获得人生的愉快和满足。

知识点 3

艺术特色☆

✐ "小诗体"。小诗是一种即兴式的短诗,作者通过哲理性的小诗(格言式的抒情短诗)反映出时代的意义和主题,诗句短小但内涵丰富,意味深远。

✐ 语言通俗简练、宁静清丽。

知识解读

本节内容一般考查客观题。考生需掌握本诗的内涵及艺术特色。

■ 真题小练

◆ 【单选题】

1. (2014年10月全国)鲁藜诗歌《泥土》中,与"泥土"构成对比的意象是( )。

    A. 黄金   B. 珍珠   C. 云   D. 莲花

【答案与解析】

B。诗作以"珍珠"和"泥土"两个对比鲜明的意象,从立足于表现个人在社会集体中应有的地位以及所起的作用的角度,来阐述一种人生的态度与处世的哲理。

2. (2011年7月全国)下列诗歌中,属于"七月"诗派诗人创作的是( )。

    A.《泥土》   B.《山》   C.《偶成》   D.《十四行集》

【答案与解析】

A。《泥土》的作者是鲁藜,"七月派"的代表诗人之一,诗作以舒缓清丽著称。鲁藜的代表作有《醒来的时候》《锻炼》《时间的歌》《红旗手》等。

3. (2010年4月全国)下列属格言式的抒情短诗的是( )。

    A.《拜献》   B.《死水》   C.《泥土》   D.《天上的街市》

【答案与解析】

C。《泥土》这首诗体现了"小诗体"的艺术风格。小诗是一种即兴式的短诗(格言式的抒情短诗),这类诗歌作者往往通过哲理性的小诗反映出时代的意义和主题,一般以三五行为一首,表现作者刹那间的感兴,寄寓一种人生哲理或美的情思,诗句短小但内涵丰富,意味深远。

■ 牛刀小试

◆ 【单选题】

"七月派"的代表诗人之一,诗作以舒缓清丽著称的诗人是( )。

A. 徐志摩   B. 冯至   C. 戴望舒   D. 鲁藜

【答案与解析】

D。鲁藜是"七月诗派"的代表,他的诗充满爱国主义激情,为海内外广大读者所喜爱。鲁藜最擅长写作长短诗(包括叙事诗)、哲理诗,永远秉持着一颗不停燃烧的心。虽然个性温和如水,内心却炽热似火。纵观其诗歌,格调清新明丽,浸润着现实主义和象征主义相交融的诗情韵味,自成一家。故选D。

第十一节 山

本·节·内·容·提·要

杜运燮善于将智性融入感性书写之中，注重现代主义与现实主义的融合、理性与感性的融合，形成了冷静沉思的独特风格。这首《山》写于1945年的昆明，表达了作者超越自身、向终极意义追求的人生境界。

知识点1

■ **作家简介及作品**☆

作者	杜运燮，"九叶派"诗人。
作品	诗集《诗四十首》、散文集《热带风光》等。

知识点2

■ **思想内容**☆☆☆

主 题 意 蕴

表达作者超越自身、向终极意义追求的人生境界，体现了"九叶派"将形象、思想、情感融为一体的艺术追求。

主 要 内 容

前一部分，以拟人化的手法，塑造了一个追求者——山的形象，热情歌颂了追求理想的时代英雄，隐含了对庸俗生活的批判。在诗歌的第二部分，通过理智的思考告诉我们：追求者又是寂寞的。

知识点3

■ **艺术特色**☆☆

✎ **巧妙的构思**。将事物的矛盾现象作为构思的基础，揭示出诗人不满足于现状、不懈追求的精神境界，带给读者丰富的心理感受。

✎ **比喻、拟人的运用**。诗人贴切地把追求者比喻为山，再拟人化地展示山的远大追求。

✎ **注重节奏而不刻意限定形式的现代主义特征**。诗歌的长短随诗意而定，整体呈现出一种自由的美感。

知识点 4

精选片段☆☆

来自平原，而只好放弃平原；植根于地球，却更想植根于云汉；茫茫平原的升华，它幻梦的形象，大家自豪有他，他却永远不满。

知识解读

本节内容一般考查客观题。考生需掌握本诗表现手法上的主要特点及本诗的意蕴。

真题小练

◆【单选题】

(2012 年 10 月全国)诗句"来自平原，而只好放弃平原；植根于地球，却更想植根于云汉"出自(   )。

A. 鲁藜的《泥土》   B. 杜运燮的《山》

C. 冯至的《我是一条小河》   D. 阿垅的《孤岛》

【答案与解析】

B。诗句"来自平原，而只好放弃平原；植根于地球，却更想植根于云汉"出自杜运燮的《山》。这首诗写于 1945 年的昆明，表达了作者超越自身、向终极意义追求的人生境界。

◆【多选题】

(2015 年 4 月全国)杜运燮诗作《山》的艺术特色有(   )。

A. 排比复沓手法的运用   B. 巧妙的构思

C. 比喻、拟人手法的运用   D. 注重节奏而不刻意限定形式

E. 将形象、思想、情感融为一体

【答案与解析】

BCDE。诗歌体现了"九叶派"将形象、思想、情感融为一体的艺术追求。

艺术特色：一是巧妙的构思，诗人将矛盾现象作为构思的基础，揭示出诗人不满足于现状、不懈追求的精神境界，带给读者丰富的心理感受。二是比喻、拟人手法的运用。诗人贴切地把追求者比喻为山，再拟人化地展示山的远大追求。三是注重节奏而不刻意限定形式的现代主义特征。诗歌的长短随诗意而定，整体呈现出一种自由的美感。

因为本诗"不刻意限定形式"，故 A 项的说法不恰当。此外，排比复沓手法也未体现在本诗中。

牛刀小试

◆【单选题】

1. 杜运燮的诗作《山》的意蕴是(   )。

A. 对追求者永不满足、不断攀升却永远寂寞的惋惜

B. 对追求者永不满足、永远进取的精神气概的赞叹

C. 对追求者不断攀升而欲求永远不能满足的感慨

D. 对追求者在进取过程中可能遇到的挫折的警戒

【答案与解析】

B。诗人以拟人化的手法塑造了一个追求者——山的形象,它因追求而永远不满,不满自己的位置,不满于狭隘的单调,向往的是天空、太阳、月亮、星群、风和流水,以此热情歌颂了追求理想的时代英雄,隐含了对庸俗生活的批判。全诗表达了作者超越自身、向终极意义追求的人生境界。"惋惜、感慨、警戒"与全诗的意蕴不符。

2. 诗歌《山》的作者是(   )。

A. 戴望舒   B. 艾青   C. 杜运燮   D. 何其芳

【答案与解析】

C。杜运燮的《山》写于1945年的昆明,表达了作者超越自身、向终极意义追求的人生境界。

3. 以下诗歌中,体现了"九叶派"将形象、思想、情感融为一体的艺术追求的是(   )。

A.《山》   B.《春末闲谈》   C.《白马湖之冬》   D.《鹰之歌》

【答案与解析】

A。《山》这首诗歌体现了"九叶派"将形象、思想、情感融为一体的艺术追求。《春末闲谈》是鲁迅的散文;《白马湖之冬》是夏丏尊的散文;《鹰之歌》是丽尼的散文。故可排除BCD。

第七章　散文（泛读篇目）

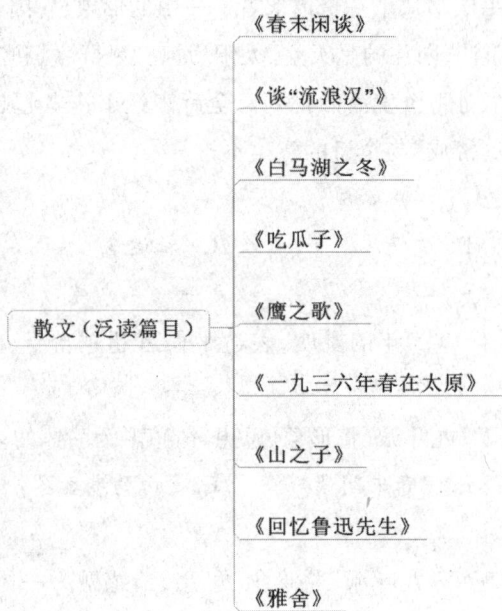

散文（泛读篇目）
- 《春末闲谈》
- 《谈"流浪汉"》
- 《白马湖之冬》
- 《吃瓜子》
- 《鹰之歌》
- 《一九三六年春在太原》
- 《山之子》
- 《回忆鲁迅先生》
- 《雅舍》

第一节 春末闲谈

本节内容提要

　　《春末闲谈》是现代文学家鲁迅的一篇**社会评论性杂文**。全文以"闲谈"方式构思脉络，谈的却是社会历史的重大主题，文章分析鞭辟入里，文思纵横捭阖，情感爱憎分明。

知识点 1

作家简介及作品☆

作者	**鲁迅**，"五四"新文化运动主将，中国现代文学的奠基人。
作品	短篇小说《狂人日记》是**中国第一篇现代白话文小说**。小说集《呐喊》和《彷徨》是中国现代小说的奠基之作。小说集《故事新编》，散文诗集《野草》，散文集《朝花夕拾》，杂文集《坟》《热风》《华盖集》《二心集》《伪自由书》《且介亭杂文》等。

知识点 2

思想内容☆☆

主题意蕴

　　揭露古今中外的统治者，妄想作威作福、奴役人民，采取种种禁锢和麻痹人民思想的统治方法：从非礼勿视、勿听、勿动论，到"进研究室主义"，以及不准集会、不许开口等。但无论什么方法，都无法禁止人们的思想。文章引用陶渊明的诗句，指出被统治者"无头也会仍有猛志，阔人的天下一时总怕难得太平"，表现出对人民的力量、对人民的反抗斗争精神的信心和乐观态度，对统治阶级的蔑视和辛辣嘲讽。

知识点 3

艺术特色☆☆☆

　　✎　**说理形象化**。揭露统治阶级为巩固其统治而向人民群众施行种种麻痹术，以自然界的细腰蜂作比，分析其异同，揭示其实质，显得生动形象、新鲜贴切。以"刑天"的传说和陶渊明的诗句来说明人民的斗争精神及一切压迫和麻痹术之无效，也鲜明有力。

✎ 题名"闲谈",思路无拘无束,结构活泼变化,细腰蜂和青虫的传说、古今中外各种事例的旁征博引,使文章具有**丰富的知识性**和生动的**趣味性**,在"闲谈"中阐发了深刻的思想。

✎ **语言幽默风趣,好用反语**,令人在开颜一笑中受到思想的启发。

■ **知识解读**

本节内容一般考查客观题。考生需重点掌握细腰蜂形象在本篇中的作用以及文章好用反语以及知识性、风趣幽默的特点。

■ **真题小练**

◆ 【单选题】

1.（2017年4月全国）杂文《春末闲谈》谈论的主要问题是（　　）。

　　A. 家庭伦理　　　　B. 社会文化　　　　C. 妇女问题　　　　D. 儿童教育

【答案与解析】

B。《春末闲谈》揭露中外古今的统治者,妄想作威作福,奴役人民,采取种种禁锢和麻痹人民思想的方法,这属于社会文化。

2.（2016年4月全国）杂文《春末闲谈》的结尾处引用陶潜的诗句"刑天舞干戚,猛志固常在",所表达的意思是（　　）。

　　A. 对人民的力量与反抗精神抱有信心

　　B. 对世外桃源生活的向往

　　C. 对甘于淡泊品格的赞赏

　　D. 对刑天自不量力的讽刺

【答案与解析】

A。《春末闲谈》引用陶渊明的诗句,指出被统治者"无头也会仍有猛志,阔人的天下一时总怕难得太平",表现出对人民的力量、对人民的反抗斗争精神的信心和乐观态度,对统治阶级的蔑视和辛辣嘲讽。

3.（2015年10月全国）杂文《春末闲谈》中,细腰蜂的故事所要表达的是（　　）。

　　A. 赞美细腰蜂的聪明

　　B. 揭示统治阶级麻痹和禁锢人民思想的方法

　　C. 歌颂人类的科学精神

　　D. 批判螟蛉的懦弱无能

【答案与解析】

B。本题考查的是对《春末闲谈》中意象的理解。《春末闲谈》揭露统治阶级为巩固其统治而向人民群众施行种种麻痹术,以自然界的细腰蜂作比,分析其异同,揭示其实质,生动形象,新鲜贴切。

◼ 牛刀小试

◆【单选题】

《春末闲谈》一文揭露了统治阶级为巩固其统治而向人民群众施行的种种麻痹术,文中用来作比的自然界事物是（　　）。

  A. 细腰蜂   B. 苍蝇   C. 蛇   D. 蜗牛

【答案与解析】

A。说理形象化,是鲁迅杂文的重要艺术特点。《春末闲谈》揭露统治阶级为巩固其统治而向人民群众施行种种麻痹术。文章题名"闲谈",思路无拘无束,结构活泼富于变化,细腰蜂和青虫的传说,中外古今各种事例的旁征博引,使文章具有丰富的知识性和生动的趣味性,在"闲谈"中阐发了深刻的思想。语言幽默风趣,好用反语,令人在开颜一笑中受到思想的启发。

◆【多选题】

《春末闲谈》的主要艺术特点有（　　）。

  A. 说理形象化   B. 幽默风趣好用反语

  C. 对话口语化   D. 丰富的知识性和生动的趣味性

  E. 人物个性化

【答案与解析】

ABD。说理形象化,是鲁迅杂文的重要艺术特点。《春末闲谈》揭露统治阶级为巩固其统治而向人民群众施行种种麻痹术,以自然界的细腰蜂作比,分析其异同,揭示其实质,显得生动形象、新奇贴切。"刑天"的传说和陶渊明的诗句来说明人民的斗争精神及一切压迫和麻痹术之无效,也鲜明有力。文章题名"闲谈",思路无拘无束,结构活泼富于变化,细腰蜂和青虫的传说、古今中外各种事例的旁征博引,使文章具有丰富的知识性和生动的趣味性,在"闲谈"中阐发了深刻的思想。语言幽默风趣,好用反语,令人在开颜一笑中受到思想的启发。

第二节　谈"流浪汉"

本 节 内 容 提 要

  无论是谈"人死观"还是赞美"流浪汉",都是梁遇春审视人生的一个切入点,正如他所说,"流浪汉"其实是指一种"流浪的心情"。文章从辨析词义开始,并由此生发开来。

知识点 1

作家简介及作品 ☆

作者	**梁遇春**(1906—1932),福建闽侯人,是我国著名的散文家,其散文风格另辟蹊径,兼有西方文化特色。
作品	从 1926 年起陆续在《语丝》《奔流》《现代文学》等刊物发表散文,后大部分收入《春醪集》和《泪与笑》。他的散文深得英国小品文和中国古代性灵散文的精髓,在现代散文中独树一帜。

知识点 2

"流浪汉"诠释 ☆☆☆

流浪汉	☞ 任情顺性,万事随缘,毫无心机而又感情热烈; ☞ 有创造欲、不受羁绊; ☞ 富于幻想、充满乐观。

知识点 3

艺术特色 ☆

✎ 结构散而不乱,所有的引用、想象、推理、比喻、纵谈,都围绕"赞美流浪汉精神"的主旨。

知识解读

本节内容一般考查客观题。重点掌握作者对"流浪汉"人生的态度与评价以及本文在构思与表现手法上的特点。

真题小练

◀【单选题】

(2018 年 4 月全国)散文《谈"流浪汉"》所推崇的流浪汉气质的特征之一是(   )。

A. 任情顺性,万事随缘   B. 精神麻木,敷敷衍衍

C. 扭扭捏捏,装腔作势   D. 安分守己,固守成规

【答案与解析】

A。作者所说的"流浪汉"其实是指一种"流浪的心情",文章从三方面做了诠释:①任情顺性,万事随缘,毫无心机而又感情热烈;②有创造欲、不受羁绊;③富于幻想、充满乐观。

■ **牛刀小试**

◆【单选题】

（　　）的作品深得英国小品文和中国古代性灵散文的精髓,在现代散文中独树一帜。

A. 夏丏尊　　　　　B. 丰子恺　　　　　C. 梁遇春　　　　　D. 李广田

【答案与解析】

C。梁遇春的作品深得英国小品文和中国古代性灵散文的精髓,在现代散文中独树一帜。

第三节　白马湖之冬

本节内容提要

白马湖在浙江上虞境内,是著名的春晖中学所在地,夏丏尊曾在此任教。本文写于1933 年 12 月,文章选择一年中最寒冷乏味甚至有些凄厉可怕的白马湖冬天来写景抒情,表现出一种清幽、遐远的情思。

知识点 1

■ **作家简介及作品** ☆

| 作者 | 夏丏尊,南社和文学研究会成员,白马湖作家群代表人物,著名教育家。 |
| 作品 | 散文集《平屋杂文》,译作《爱的教育》等。 |

知识点 2

■ **思想内容** ☆☆

写景抒情,表现出一种清幽、遐远的情思。流露出作者处事泰然、追求诗意栖居的生活情趣和略带孤寂、惆怅的心境。

知识点 3

■ **艺术特色** ☆☆☆

✎　抓住有特征的景物进行描写,写冬重在写风,同时又在表现风中之人。

✎ 采用白描的手法,把无形之风放在各种场景中描绘,描写风的"多与大"。

✎ 运用对比和烘托的手法,突出风的凛冽逼人与凄厉。

知识解读

本节内容一般考查客观题。考生应理解作者写本文时的情感活动。此外,需掌握本文写白马湖冬天的艺术特点。

真题小练

◈【单选题】

1. (2019 年 10 月全国)散文《白马湖之冬》中作者对白马湖之冬感受最深的是( )。

    A. 寒风的怒号和萧瑟的诗趣   B. 纷飞的雪花和挺拔的松树

    C. 明媚的冬日和冰封的雪山   D. 辽阔的雪原和透彻的寂寞

【答案与解析】

A。作者对白马湖之冬感受最深的是风的"多与大":用"虎吼""怒号"等表示声音的词语表现风的无孔不入和寒意;与无风的晴朗丽日作对比,写出风的凛冽逼人;用大风中瑟瑟发抖的大地、山、湖来烘托出风的凄厉。在寒风中突显出作者在冬夜的情味中专注于内敛生活,深感"萧瑟的诗趣"。《白马湖之冬》中表现的是作者处事泰然、追求诗意栖居的生活情趣和略带孤寂、惆怅的心境。故选 A。

2. (2017 年 4 月全国)散文《白马湖之冬》中体现出来的作家情绪是( )。

    A. 哀伤忧郁   B. 处事泰然   C. 孤寂的绝望   D. 乐观开朗

【答案与解析】

B。《白马湖之冬》中表现的是作者处事泰然、追求诗意栖居的生活情趣和略带孤寂、惆怅的心境。

2. (2014 年 4 月全国)夏丏尊在《白马湖之冬》中主要描写了白马湖冬天的( )。

    A. 雪   B. 风   C. 雨   D. 雾

【答案与解析】

B。夏丏尊的《白马湖之冬》中写冬重在写风,同时又在表现风中之人。文章把无形之风放在各种场景中描绘,突出描写白马湖冬天风的"多与大",显得集中而有特色。

◈【简析题】

(2015 年 4 月全国)简析夏丏尊散文《白马湖之冬》写景的艺术特征。

【答案与解析】

(1)抓住有特征的景物进行描写,写冬重在写风,同时又在表现风中之人。

(2)采用白描的手法,把无形之风放在各种场景中描绘,描写风的"多与大"。

(3)运用对比和烘托的手法,突出风的凛冽逼人与凄厉。

第四节　吃　瓜　子

本节内容提要

丰子恺的文章大多率真淳朴而透出禅思，在对日常生活的观照中也隐含着现代批判意识。

本文写于 1934 年 5 月，写的是"吃瓜子"这种司空见惯的生活现象，却睹微知著，从中悟出消闲亡国的道理。

知识点 1

■ 作家简介及作品☆

作者	丰子恺，早年曾师从李叔同学习绘画、音乐，深受其佛学思想影响。工绘画、书法，亦擅散文创作，是一位卓有成就的文艺大师。
作品	散文集《缘缘堂随笔》《缘缘堂再笔》《随笔二十篇》《车厢社会》，画集《护生画集》《子恺漫画全集》等。

知识点 2

■ 思想内容☆☆☆

通过"吃瓜子"这种司空见惯的生活现象，指出了中国人在吃瓜子上浪费生命、停滞不前且自炫其技、麻木不仁的可怕，表达了对国家前途的深深忧虑。

知识点 3

■ 艺术特色☆☆

✎ 运用漫画中白描的笔法和写生取景的方式，将所写的对象限定在自己的视觉范围之内，用朴素简练的文字把事物的特征和神韵勾画出来。

✎ 语言**幽默诙谐**，同时采用反讽手法，充分暴露了这一现象的荒谬可笑和毫无价值。

■ 知识解读

本节内容一般考查客观题。考生应掌握本文的立意、构思特点、精彩的细节描写、幽默的语言风格以及主题意蕴。

■ **真题小练**

◆ 【单选题】

1. (2017 年 4 月全国)散文《吃瓜子》对国人嗑瓜子技能的娴熟所持的态度是(   )。

　　A. 嘲讽　　　　　B. 认同　　　　　C. 赞美　　　　　D. 冷漠

【答案与解析】

A。文章写的是"吃瓜子"这种司空见惯的生活现象,指出了中国人在吃瓜子上浪费生命、停滞不前且自炫其技、麻木不仁的可怕,表达了对国家前途的深深忧虑。充分体现出作者对此行为的嘲讽之意。故选 A。

2. (2016 年 4 月全国)散文《吃瓜子》的语言特色是(   )。

　　A. 多用口语和白描　　　　　　　B. 幽默诙谐

　　C. 善用典故　　　　　　　　　　D. 词藻华丽,节奏明快

【答案与解析】

B。《吃瓜子》是丰子恺的一篇散文,语言幽默诙谐,很有特色。作者生动描摹有闲阶级吃瓜子的神态,充分暴露了这一现象的荒谬可笑和毫无价值,越写得郑重其事,越有幽默的效果。同时采用反讽的手法,明褒暗贬,化丑为滑稽,使人哑然失笑。

■ **牛刀小试**

◆ 【单选题】

画集《护生画集》的作者是(   )。

A. 郭沫若　　　　　B. 巴金　　　　　C. 茅盾　　　　　D. 丰子恺

【答案与解析】

D。丰子恺的作品包括散文集《缘缘堂随笔》《缘缘堂再笔》《随笔二十篇》《车厢社会》,画集《护生画集》《子恺漫画全集》等。

第五节　鹰　之　歌

本 节 内 容 提 要

《鹰之歌》写于 1934 年 12 月,是一篇忆念南方黄昏的抒情散文、一首颂扬革命女友的诗。

知识点 1

作家简介及作品☆

作者	丽尼(1909—1968),原名郭安仁,湖北孝感人。他的散文在形式上十分接近于散文诗的写法,被称为"悲哀与忧伤的歌手"。
作品	散文集《鹰之歌》《黄昏之献》《白夜》等。

知识点 2

思想内容☆☆☆

通过对南方黄昏"遥远而美丽"的景色和一个忧伤的故事的回忆,抒发了对为革命而牺牲的女友的怀念和崇敬之情,反映了作者对昔日美好战斗生活的怀念和企盼黎明的心愿。

知识点 3

艺术特色☆☆☆

✎ 融抒情、叙事、象征于一体,字里行间跳跃着热烈的感情。

✎ **象征手法**。以对鹰遨游长空的描写和女友对鹰的赞美来象征为理想而献身的精神。

✎ 语言多分行排列,句子有跳跃感,声韵和谐,增强了作品诗的韵味。"黄昏是美丽的""我忆念着那南方的黄昏""我忘却忧愁而感觉奋兴"的反复书写,增强了诗的节奏,富有音乐的神韵。

知识解读

本节内容一般考查客观题。考生应掌握本文主题以及作品开头对南方黄昏描写的艺术特点和作用。

真题小练

◢【单选题】

1.(2016年10月全国)散文《鹰之歌》表达对女友的怀念之情所采用的艺术手法是(　　)。

　　A. 反讽　　　　　　B. 对比　　　　　　C. 象征　　　　　　D. 排比

【答案与解析】

C。散文《鹰之歌》表达对女友的怀念和崇敬之情,融抒情、叙事、象征于一体。

2.(2015年4月全国)丽尼散文《鹰之歌》所记叙的"一个忧愁的故事"是(　　)。

　　A. 伴侣因矛盾而流浪　　　　　　　　B. 伴侣为革命而牺牲

C. 伴侣因战乱而离散　　　　　　D. 伴侣因病去世

【答案与解析】

B。丽尼散文《鹰之歌》所记叙的"一个忧愁的故事"是：伴侣为革命而牺牲。通过对南方黄昏"遥远而美丽"的景色和一个忧伤的故事的回忆，抒发了对为革命而牺牲的女友的怀念和崇敬之情，反映了作者对昔日美好战斗生活的怀念和企盼黎明的心愿。

3．（2012 年 4 月全国）抒发了对被反动派残酷杀害的女友的怀念和崇敬之情的散文是（　　）。

A.《一种云》　　　　　　B.《雨前》

C.《鹰之歌》　　　　　　D.《囚绿记》

【答案与解析】

C。丽尼的《鹰之歌》，通过对南方黄昏"遥远而美丽"的景色和一个忧伤的故事的回忆，抒发了对为革命而牺牲的女友的怀念和崇敬之情，反映了作者对昔日美好战斗生活的怀念和企盼黎明的心愿。

牛刀小试

【单选题】

1. 反复书写"我忘却忧愁而感觉奋兴"的作品是（　　）。

A.《一种云》　　　　　　B.《雨前》

C.《风景谈》　　　　　　D.《鹰之歌》

【答案与解析】

D。丽尼的《鹰之歌》中，语言多分行排列，句子之间有跳跃感，声韵和谐，增强了作品诗的韵味。"黄昏是美丽的""我忆念着那南方的黄昏""我忘却忧愁而感觉奋兴"的反复书写，增强了诗的节奏，富有音乐的神韵。

2. 丽尼的散文《鹰之歌》的主题是（　　）。

A. 抒发了对美丽的南方黄昏的赞美和思乡之情

B. 抒发了对被残酷杀害的女友的怀念和崇敬之情

C. 抒发了对嘹唳而清脆的鹰歌的怀念和思念之情

D. 抒发了对幼年时代无忧生活的怀念和留恋之情

【答案与解析】

B。丽尼的《鹰之歌》，通过对南方黄昏"遥远而美丽"的景色和一个忧伤的故事的回忆，抒发了对为革命而牺牲的女友的怀念和崇敬之情，反映了作者对昔日美好战斗生活的怀念和企盼黎明的心愿。

第六节 一九三六年春在太原

本节内容提要

宋之的的《一九三六年春在太原》与夏衍同年发表的《包身工》被视为中国现代**报告文学**走向成熟的标志性作品。本篇从开端到结束都围绕着对"春天"的怀念和渴盼来写。

知识点 1

作家简介及作品☆

作者	宋之的（1914—1956），原名宋汝昭，河北丰润人。
作品	话剧剧本《雾重庆》《群猴》《保卫和平》等。

知识点 2

思想内容☆☆☆

文章真实报道了太原城内外发生的五花八门的事实，揭露和抨击了国民党的残酷统治和堕落腐败的罪行，揭示了老百姓在反动派高压政策下人心自危而又苦涩凄惨的生活，同时以厨子及好人证为描写对象，暴露了一部分群众的麻木和奴性。

"春被关在城外"指太原城在军阀阎锡山的统治下白色恐怖的社会现实。

知识点 3

艺术特色☆☆☆

- ✎ 象征。春不是一个自然季节，而是一种象征。
- ✎ 采用将"我"的见闻感受和"新闻剪集"相结合的纪实方式，结合厨子的行踪，将太原城内一片惊慌、混乱不堪的真相和城外所发生的各种惨剧曲折地反映出来。
- ✎ 辛辣的嘲讽与无情的批判渗透其中，具有浓烈的抒情色彩。

知识解读

本节内容一般考查客观题。考生应掌握"春被关在城外"的内涵以及本文将"我"的见闻感受和"新闻剪集"相结合的纪实方式。

■ **真题小练**

◆ **【单选题】**

（2017年4月全国）作品《一九三六年春在太原》的文体是（　　　）。

A. 诗化小说　　　　B. 报告文学　　　　C. 闲适小品文　　　　D. 话剧

【答案与解析】

B。宋之的代表作《一九三六年春在太原》的文体是报告文学，与夏衍的《包身工》被视为中国现代报告文学走向成熟的标志性作品。

◆ **【简析题】**

（2016年4月全国）简析宋之的报告文学《一九三六年春在太原》中"春被关在城外"的内涵。

【答案与解析】

（1）"春被关在城外"是指太原在阎锡山的统治下白色恐怖的社会现实。

（2）文章真实报道了太原城内外发生的五花八门的事实，揭露和抨击了国民党的残酷统治和堕落腐败的罪行，揭示了老百姓在反动派高压政策下人心自危而又苦涩凄惨的生活，暴露了一部分群众的麻木和奴性。

第七节　山　之　子

本·节·内·容·提·要

《山之子》写于1936年，文章描写了巍巍泰山的雄奇、险峻，重在塑造一个泰山的灵魂——哑巴。

知识点 1

■ **作家简介及作品**☆

作者	李广田，曾与北大学友卞之琳、何其芳合出诗集《汉园集》，被称为"汉园三诗人"。
作品	《画廊集》《银狐集》《雀蓑集》《灌木集》《日边随笔》等。

知识点 2

■ **思想内容**☆☆

写了巍巍泰山的雄奇、险峻，重在塑造泰山的灵魂——哑巴（山之子），表现了山之子的纯朴善良、坚毅卓绝、不畏艰险、勇敢大胆、富有冒险精神的性格。

哑巴继承父业冒生命危险采摘山花的目的是奉养老母和寡嫂。

知识点 3

艺术特色 ☆☆☆

◆ 结构曲折跌宕，又浑然一体，**以作者的见闻为线索**，层层铺垫地展开描写。先写"快活三里"的秀丽，写香客下山，引出百合花；再写高立山和刘兴两个孩子，引出毒蛇和山鬼的可怕和哑巴父兄摔死的事情，山之子这才出场；而在最后告别后，"我的耳朵里却还仿佛听见那个哑巴的咿咿呀呀"，余味不尽。

◆ 大量采用**渲染**、**烘托**、**对照**的方法。如用两个孩子的话渲染了泰山的幽险，又以山洞的险峻、迷雾的浓重来烘托山之子生存的艰辛和坚定的意志，以此来多重勾勒山之子的伟岸形象，拓深了作品的意境，气氛浓郁。

◆ 把山之子的伟大精神和泰山融为一体，以自然景象来**象征**山之子的生命强力和人性之美。

知识解读

本节内容一般考查客观题。考生应掌握烘托、渲染、层层铺垫的写作特点以及山之子的性格特点。

真题小练

◆ 【单选题】

（2017年10月全国）散文《山之子》中，叙写泰山的雄奇以及毒蛇和山鬼的可怕对塑造人物起到的作用是（　　）。

A. 夸张　　　　　B. 烘托　　　　　C. 类比　　　　　D. 排比

【答案与解析】

B。散文《山之子》中，作者以泰山的幽险、山洞的险峻、迷雾的浓重以及毒蛇和山鬼的可怕来烘托山之子生存的艰辛和坚定的意志，以此来多重勾勒山之子的伟岸形象。

◆ 【简析题】

（2014年4月全国）简析李广田散文《山之子》的艺术特点。

【答案与解析】

（1）作品结构曲折跌宕又浑然一体，以作者见闻为线索层层铺垫地展开描写。

（2）作者称哑巴为"山之子"，把山之子的伟大精神和泰山融为一体，以自然景象象征山之子的生命强力和人性之美。

（3）大量采用渲染、烘托、对照的方法，描写山之子生存的艰辛和坚定的意志，以此勾勒其伟岸形象，使作品意境深邃、气氛浓郁。

牛刀小试

◆ 【单选题】

1. 塑造了一位纯朴善良、坚毅卓绝、不畏艰险、富有冒险精神的哑巴形象的作品是(　　)。

    A.《山之子》　　　　　　　　　　　B.《纤夫》

    C.《送报夫》　　　　　　　　　　　D.《老马》

【答案与解析】

A。"山之子"是一个哑巴,又是"一个高大结实的汉子",他为了奉养老母、寡嫂及家人,承继了父亲和哥哥以生命为孤注的生涯——采摘泰山悬崖上的百合花为生。《山之子》这一个悲惨的故事,反映了旧社会劳动人民的深重灾难。长年艰险的生涯,孕育了"山之子"纯朴善良、坚毅卓绝、不畏艰险、勇敢大胆、富有冒险精神的性格。这一形象的精神风貌与泰山的神韵契合,大概就是作者称他为"山之子"的缘故吧。

2. 李广田散文《山之子》所采用的叙述线索是(　　)。

    A. "我"的见闻　　　　　　　　　　B. "山之子"的见闻

    C. 刘兴的见闻　　　　　　　　　　D. 高立山的见闻

【答案与解析】

A。作品在结构上曲折跌宕,而又浑然一体,以作者的见闻为线索,层层铺垫地展开描写。先写"快活三里"的秀丽,写香客下山,引出百合花;再写高立山和刘兴两个孩子,引出毒蛇和山鬼的可怕和哑巴父兄摔死的事情,山之子这才出场;而在最后告别后,"我的耳朵里却还仿佛听见那个哑巴的咿咿呀呀",余味不尽。

第八节　回忆鲁迅先生

本 节 内 容 提 要

> 萧红尊鲁迅为师长,在先生逝世后,陆续写了多篇纪念文章,其中以 1939 年 10 月成稿的《回忆鲁迅先生》一文最为著名。

知识点 1

■ 作家简介及作品 ☆

作者	萧红（1911 年 6 月 1 日—1942 年 1 月 22 日），中国近现代女作家，"民国四大才女"之一，被誉为"20 世纪 30 年代的文学洛神"。
作品	作品不事雕琢，浑然天成，往往采取儿童视角来描绘社会人生，体现了女性特有的书写方式。著有长篇小说《生死场》《呼兰河传》和短篇小说《小城三月》。

知识点 2

■ 思想内容 ☆☆

　　在日常生活场景中，描摹鲁迅的言行举止、衣食住行、待人接物、工作与生活（病中情景），以个人化的视角和女性特有的细腻，敏锐捕捉了鲁迅许多高度性格化的生活细节，从细微处显现鲁迅的伟大思想和人格，表达了作者对鲁迅的景仰、怀念之情。比如鲁迅的走路姿态，"刚抓起帽子来往头上一扣，同时左腿就伸出去了"，形神兼备，表现了鲁迅精干敏捷、一往无前的精神。

　　内容：鲁迅先生在知道自己病情恶化后尽可能地多做工作，以期能够留下更多的作品给读者。

知识点 3

■ 艺术特色 ☆

- ✎ 把日常生活的碎片连缀成整体，在质朴自然的叙述中，熔铸着作者对名为师长实则为精神之父的鲁迅的挚爱、仰慕之情。
- ✎ 语言多用口语和白描；行文随意，融情意于细腻的描写之中，表现了一代文杰的生活和精神风貌。

知识点 4

■ 精选片段 ☆

　　鲁迅先生的笑声是明朗的，是从心里的喜欢。若有人说了什么可笑的话，鲁迅先生笑得连烟卷都拿不住了，常常是笑得咳嗽起来。

■ 知识解读

　　本节内容一般考查客观题。考生需掌握作者笔下的鲁迅形象、本篇的情感意蕴以及作者是如何刻画鲁迅形象的。

■ **真题小练**

◀ 【单选题】

(2017年10月全国)"鲁迅先生的笑声是明朗的,是从心里的喜欢",在作品中这样评价鲁迅的作家是( )。

A. 艾芜　　　　　B. 沈从文　　　　　C. 萧红　　　　　D. 郭沫若

【答案与解析】

C。萧红在《回忆鲁迅先生》中写道:"鲁迅先生的笑声是明朗的,是从心里的喜欢。若有人说了什么可笑的话,鲁迅先生笑得连烟卷都拿不住了,常常是笑得咳嗽起来。"

◀ 【多选题】

(2018年4月全国)散文《回忆鲁迅先生》中,生动细腻地描摹鲁迅日常生活的细节有( )。

A. 言行举止　　　B. 衣食住行　　　C. 待人接物　　　D. 工作状态

E. 病中情景

【答案与解析】

ABCDE。文章没有将鲁迅作精神化、符号化的言说,而是将鲁迅还原为一个凡人,在日常生活场景中,真实地描摹了鲁迅的言行举止、衣食住行、待人接物、工作与生病,并以个人化的视角和女性特有的细腻、敏锐捕捉了鲁迅许多高度性格化的生活细节,从细微处显现鲁迅的伟大思想和人格,表达了作者对鲁迅的景仰、怀念之情。

第九节　雅　　舍

本 节 内 容 提 要

　　《雅舍》是近现代文学家梁实秋创作的一篇散文。此文是一篇托物言志的散文,通过对作者所居陋室——"雅舍"的建筑方式、地理位置、内部陈设以及作者在其中居住的种种生活状况和感受的描写,含蓄地表达了作者忘怀得失、甘居淡泊的心志。

知识点 1

■ 作家简介及作品☆

作者	梁实秋(1902—1987),原名梁治华,字实秋,祖籍浙江杭州,出生于北京。
作品	文艺批评集《浪漫的与古典的》《文学的纪律》,译作《莎士比亚全集》,散文集《雅舍小品》等。

应考通

知识点 2

■ **思想内容** ☆☆☆

　　主题：明明是陋室，却偏偏称"雅舍"，表现了作者身处战争时期的无奈和自我调侃，同时也表现了开朗乐观的心态和旷达超脱的情怀。

　　雅舍特点：简陋。作者抓住它的个性特征，生动而有层次地描写了"雅舍"的结构简陋、地处荒凉、行走不便、风雨难避、老鼠肆虐、蚊子猖獗，表现了作者对陈设布置简朴雅洁的追求。

知识点 3

■ **艺术特色** ☆

✎ 开篇承题，简笔勾勒了雅舍的建筑方式和地理环境；继而深入雅舍之内，对雅舍的陈设及作者在雅舍居住的种种生活状况和感受进行了描写。

✎ 文章由两个内蕴不同的层面构成：一个层面指向真实的生活环境，雅舍结构简陋、地处荒凉、行走不便、风雨难避、老鼠肆虐、蚊子猖獗；一个层面指向作者的心理空间，作者在这样的环境中怡然自乐，处之泰然，有的是对"月夜""细雨"的欣赏和对陈设布置简朴雅洁的追求，即使如大雨滂沱屋顶灰泥突然崩裂，也视之为"如奇葩初绽"，仿佛欣赏了某一精彩瞬间。两个层面既相互抵牾又并行不悖，表现了作者忘怀得失、甘居淡泊，以豁达、洒脱的心态来对待物质匮乏、文坛毁誉和时代风雨的心志。

✎ 以自虐的幽默化解生活的苦恼，旨趣蕴藉；笔墨细腻，把生活细节写得生动具体。

✎ 语言不讲排偶，却于自由参差中见出整齐，雍容典雅，洗练畅达。

■ **知识解读**

　　本节内容一般考查客观题。考生需掌握作者选取的于苦涩中寻觅雅趣的表现角度以及作者抓住个性特征描绘"雅舍"的特点。

■ **真题小练**

◆【单选题】

(2016 年 10 月全国)下列选项中，属于梁实秋的文艺批评集的是(　　)。

A.《浪漫的与古典的》　　　　　　　B.《雅舍小品》

C.《管锥编》　　　　　　　　　　　D.《写在人生边上》

【答案与解析】

A。梁实秋的主要作品有文艺批评集《浪漫的与古典的》《文学的纪律》，散文集《雅舍小品》等。《管锥编》是钱锺书的学术著作。《写在人生边上》是钱锺书的散文集。

◆【简析题】

(2017 年 4 月全国)简析梁实秋散文《雅舍》中"雅舍"的特点。

【答案与解析】

作者对舍之"雅""美"并未着几语,简陋正是它的个性。作者抓住它的个性特征,生动而有层次地描写了"雅舍"的结构简陋、地处荒凉、行走不便、风雨难避、老鼠肆虐、蚊子猖獗。作者在这样的环境中怡然自乐,处之泰然,有的是对"月夜""细雨"的欣赏和对陈设布置简朴雅洁的追求。

牛刀小试

【单选题】

散文《雅舍》中,与现实层面的简陋荒凉构成对比的心理层面是(　　　)。

A. 悲观绝望　　　　　　　　　　B. 悲凉失落

C. 淡漠麻木　　　　　　　　　　D. 豁达洒脱

【答案与解析】

D。文章由两个内蕴不同的层面构成:一个层面指向真实的生活环境,雅舍结构简陋、地处荒凉、行走不便、风雨难避、老鼠肆虐、蚊子猖獗;一个层面指向作者的心理空间,作者在这样的环境中怡然自乐,处之泰然,有的是对"月夜""细雨"的欣赏和对陈设布置简朴雅洁的追求,即使如大雨滂沱屋顶灰泥突然崩裂,也视之为"如奇葩初绽",仿佛欣赏了某一精彩瞬间。两个层面既相互抵牾又并行不悖,表现了作者忘怀得失、甘居淡泊,以豁达、洒脱的心态来对待物质匮乏、文坛毁誉和时代风雨的心志。

第八章 戏剧（泛读篇目）

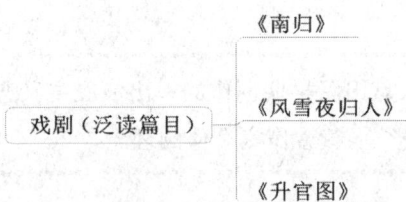

戏剧（泛读篇目）

《南归》

《风雪夜归人》

《升官图》

第一节 南 归

本节内容提要

《南归》创作于 1929 年,是田汉早期创作的一出浪漫主义悲剧(独幕剧),剧中的人物和情节,多少带有些幻想色彩,承载着作家个体的理念。

知识点 1

作家简介及作品☆

作者	**田汉**,"创造社"发起人之一,创办"南国社"。早期话剧充满浪漫主义气息。
作品	剧本《获虎之夜》《名优之死》《回春之曲》《丽人行》《关汉卿》等。

知识点 2

人物形象☆☆

辛先生	流浪诗人**辛先生**漂泊于北方、南方,拒绝以家庭为归宿,在漂泊流浪中追寻理想世界和人类生存的真谛,代表了"五四"一代知识青年走出家庭、上下探索而又无处安居、思想彷徨的生命体验,成为时代的精神表征。
春姑娘	**春姑娘**的内心本质与流浪诗人是一样的,不安于平庸生活、渴望探求未知世界。她对爱情的选择意味着对漂泊流浪的生存状态的心灵认同。
春姑娘的母亲和李正明	春姑娘的母亲和同村少年**李正明**是传统生活的眷恋者,他们在一成不变的农耕生活中寻求生计的安稳,对漂泊持一种质疑的态度,剧作以反衬的手法表现了流浪者反叛传统的精神内核。

知识点 3

思想内容☆☆☆

剧作以春姑娘与流浪诗人辛先生、同村少年李正明之间的男女感情为叙述对象,表现漂泊者无家可归的存在状态、悬浮无根的漂泊感和春姑娘对漂泊者的渴慕之情,在赋予漂泊以深刻的历史内涵的同时揭示了人类在寻找精神家园时普遍存在的一种困境。

知识点 4

■ 艺术特色☆☆

    浪漫主义悲剧。剧中的人物和情节，多少带有些幻想色彩，承载着作家个体的理念。剧中竭力营造忧郁、感伤的诗意氛围，在流畅的诗化台词中穿插诗句与歌曲，同时注重戏剧环境的设置，精心选取"桃花落了满地"的**江南农家小院作为舞台背景**，充满诗情画意又渲染了感伤的情绪，使此剧具有"抒情剧""诗剧"的韵味，抒情气氛浓厚强烈。

■ 知识解读

    本节内容一般考查客观题。考生需理解本剧是带有感伤情调的浪漫主义剧作，此外，还要掌握这一独幕剧的抒情特色和主题意蕴。

■ 真题小练

    ◆【单选题】

    （2017 年 10 月全国）话剧《南归》具有鲜明的地方风情，其舞台背景选取的是（   ）。

    A. 西南边陲小镇   B. 江南农家小院

    C. 东北小村庄   D. 湘西水边小城

    【答案与解析】

    B。《南归》精心选取"桃花落了满地"的江南农家小院作为舞台背景，充满诗情画意又渲染了感伤的情绪，抒情气氛浓厚强烈。

    ◆【多选题】

    （2018 年 4 月全国）下列各项，属于田汉话剧《南归》中的人物形象有（   ）。

    A. 辛先生   B. 刘向高   C. 春姑娘   D. 李正明

    E. 翠姨

    【答案与解析】

    ACD。话剧《南归》以春姑娘与流浪诗人辛先生、同村少年李正明之间的男女感情为叙述对象，表现了漂泊者无家可归的存在状态、悬浮无根的漂泊感和春姑娘对漂泊者的渴慕之情。

    ◆【简析题】

    （2017 年 4 月全国）简析田汉话剧《南归》的主题意蕴。

    【答案与解析】

    （1）以春姑娘与流浪诗人辛先生、同村少年李正明之间的男女感情为叙述对象，表现了漂泊者无家可归的存在状态、悬浮无根的漂泊感和春姑娘对漂泊者的渴慕之情。

（2）在赋予漂泊以深刻的历史内涵的同时揭示了人类在寻找精神家园时普遍存在的一种困境。

■ 牛刀小试

◆【单选题】

1. 田汉的剧作《南归》是一出（　　）。

A. 独幕剧　　　　　B. 两幕剧　　　　　C. 三幕剧　　　　　D. 四幕剧

【答案与解析】

A。田汉的剧作《南归》是一出独幕剧。作品以春姑娘与流浪诗人辛先生、同村少年李正明之间的感情为叙述对象。

2.《南归》是田汉早期的话剧，它的性质是（　　）。

A. 浪漫主义悲剧　　　　　　　　　B. 浪漫主义喜剧

C. 现实主义悲剧　　　　　　　　　D. 现实主义历史剧

【答案与解析】

A。【解析】　《南归》创作于1929年，是田汉早期创作的一出浪漫主义悲剧，剧中的人物和情节，多少带有些幻想色彩，承载着作家个体的理念。

第二节　风雪夜归人

本 节 内 容 提 要

《风雪夜归人》写作于1942年。作品情节单纯，结构紧凑。剧作由两种话语构成，一种是民间话语，另一种是启蒙话语，两种话语共同造就了作品丰富的意蕴。

知识点1

■ 作家简介及作品☆

作者	吴祖光，著名学者、戏剧家、书法家、社会活动家。
作品	话剧《凤凰城》《正气歌》《风雪夜归人》，评剧《花为媒》，京剧《三打陶三春》等。

知识点 2

■ **思想内容** ☆☆☆

- ☞ 中间三幕描写了**京剧名伶魏莲生**在官僚姨太太玉春的感召和点化下突破人生虚华并与之相恋,但事情被发觉后玉春被送人,魏莲生流落他乡的故事。
- ☞ 通过悲欢离合的爱情悲歌的演绎,升华出人性觉醒的主题,呼唤自我意识的苏醒,控诉了恶势力对人的尊严的践踏,批判了麻木和奴性的生命状态。
- ☞ 通过民间话语与启蒙话语的有机结合,营造了丰富的意蕴。

知识点 3

■ **艺术特色** ☆☆

- ✎ 剧作场景设置情景交融,序幕和尾声的风雪意象,点染了悲剧的气氛,也象征着人生风雪的肆虐。
- ✎ 人物形象充满诗意和理想化的气质,但又写到了生命的消亡、爱情的难遂人愿和理想的陨灭,渲染了凄凉的氛围。
- ✎ 诗情浓郁,意境深远。

■ **知识解读**

本节内容一般考查客观题。考生需识记本剧的主题意蕴。

■ **真题小练**

◤【单选题】

1.(2018 年 4 月全国)话剧《风雪夜归人》中,在官僚姨太太的感召和点化下走向觉醒的京剧名伶是(　　)。

　　A. 玉春　　　　　B. 魏莲生　　　　C. 刘振声　　　　D. 王新贵

【答案与解析】

B。《风雪夜归人》写作于 1942 年。作品情节单纯,结构紧凑,中间三幕描写了京剧名伶魏莲生在官僚姨太太玉春的感召和点化下突破人生虚华并与之相恋。

2.(2016 年 4 月全国)话剧《风雪夜归人》叙述的故事是(　　)。

　　A. 魏莲生在玉春的感召和点化下突破人生虚华并与之相恋

　　B. 玉春在魏莲生的感召和点化下突破人生虚华并与之相恋

　　C. 李蓉生在玉春的感召和点化下突破人生虚华并与之相恋

　　D. 李蓉生在马大婶的感召和点化下突破人生虚华并与之相恋

【答案与解析】

A。《风雪夜归人》描写了京剧名伶魏莲生在官僚姨太太玉春的感召和点化下突破人生虚华并与之相恋,但事情被发觉后玉春被送人、魏莲生流落他乡的故事。

【简析题】

(2014年4月全国)简析吴祖光戏剧《风雪夜归人》的主题意蕴。

【答案与解析】

(1)作品叙述了京剧名伶魏莲生在官僚姨太太玉春的感召启发下,突破人生虚华并与之相恋及其最后的悲剧故事。

(2)作品通过悲欢离合的爱情悲剧的演绎,升华出人性觉醒的主题,呼唤自我意识的苏醒,控诉了传统和恶势力对人的尊严的践踏,批判了麻木和奴性的生命状态。

(3)作品通过民间话语与启蒙话语的有机结合,营造了丰富的意蕴。

牛刀小试

【单选题】

1. 吴祖光的话剧《风雪夜归人》讲述的是(   )。

    A. 幸福美满的爱情故事　　　　B. 坚韧不屈的革命故事

    C. 行侠仗义的传奇故事　　　　D. 悲欢离合的爱情故事

【答案与解析】

D。剧中描写了京剧名伶和官僚姨太太相恋、被抓、流落他乡的故事,通过悲欢离合的爱情悲歌的演绎,升华出人性觉醒的主题,呼唤自我意识的苏醒,控诉了恶势力对人的尊严的践踏,批判了麻木和奴性的生命状态。

2. 造就话剧《风雪夜归人》丰富意蕴的两种话语是(   )。

    A. 民间话语和都市话语　　　　B. 民间话语和权力话语

    C. 启蒙话语和权力话语　　　　D. 民间话语和启蒙话语

【答案与解析】

D。《风雪夜归人》由两种话语构成,一种是民间话语,一种是启蒙话语。两种话语共同造就了作品丰富的意蕴。

第三节　升　官　图

本　节　内　容　提　要

　　三幕讽刺喜剧《升官图》写于1945年,展现了一幅讽刺官场的"百丑图",曾被誉为新的《官场现形记》。

知识点 1

作家简介及作品 ☆

作者	**陈白尘**,作家,编剧,对于讽刺喜剧有着独到的贡献。
作品	话剧《石达开的末路》《结婚进行曲》《岁寒图》等。

知识点 2

思想内容 ☆☆☆

- 三幕讽刺喜剧《升官图》,展现了一幅讽刺官场的"百丑图",被誉为新的《官场现形记》。

- 为了避免国民党当局的刁难,作者把剧中故事发生时间向前推移到民国初年,假托两个强盗在酣梦里的青云直上,暴露和讽刺了大小官吏贪赃枉法、横征暴敛、尔虞我诈、权钱交易、无恶不作的共性,揭露了整个社会制度及官僚机构的糜烂和压迫人民的反动本质,显示了批判的力度和深度。

- 剧作在首尾贯穿了人民群众的觉醒和奋起反抗的场面,并由剧中人"老头儿"宣布"鸡叫了,天快亮了",宣告了正义力量对反动派的裁判,预示着国民党腐败统治必然灭亡的历史命运。

知识点 3

艺术特色 ☆☆

- 以怪诞的想象、强烈的讽刺,显示了讽刺喜剧的艺术成就。

- 借助剧中的梦境,大胆而合理地运用夸张、变形、重复、对比、巧合等喜剧手法,使社会现实充分滑稽化和陌生化,使梦境与现实、荒唐与真实有机统一起来,从而达到假中有真的喜剧效果。

- 使人物形象的漫画化和性格化结合,善于通过人物的自相矛盾和群丑们的互相攻讦,让他们在自我表露、互揭阴私中撕破各种伪装,暴露其无耻卑劣的本相;同时又依照人物自身的性格逻辑,表现他们不同的喜剧个性。

- 语言通俗生动、犀利泼辣、凝练精警,大量使用戏仿、反讽、夸张的手法,增强了喜剧效果。

知识解读

本节内容一般考查客观题。考生需掌握此剧的主题,理解此剧运用漫画式的夸张、讽刺、对比等戏剧手法。

📖 真题小练

◆【单选题】

1.(2017年10月全国)由剧中"老头儿"宣布"鸡叫了天快亮了",宣告正义力量对反动派的裁判,预示国民党腐败统治必然灭亡的剧作是(　　)。

　　A.《名优之死》　　　　　　　　B.《获虎之夜》

　　C.《升官图》　　　　　　　　　D.《日出》

【答案与解析】

C。三幕讽刺喜剧《升官图》写于1945年,由剧中"老头儿"宣布"鸡叫了天快亮了",宣告了正义力量对反动派的裁判,预示着国民党腐败统治必然灭亡的历史命运。

2.(2017年4月全国)话剧《升官图》为了避免国民党当局的刁难,作者有意设置故事发生的时间是(　　)。

　　A.民国初年　　　　　　　　　　B.抗战时期

　　C.解放战争时期　　　　　　　　D.清朝末年

【答案与解析】

A。《升官图》写于1945年,展现了一幅讽刺官场的"百丑图"。作者有意识把剧中故事发生的时间向前推移到民国初年,假托两个强盗在酣梦里的青云直上,淋漓尽致地暴露和讽刺了大小官吏贪赃枉法、横征暴敛、尔虞我诈、权钱交易、无恶不作的共性,揭露了整个社会制度及官僚机构的糜烂和压迫人民的反动本质,显示了批判的力度和深度。

◆【简析题】

(2016年4月全国)简析陈白尘戏剧《升官图》的主题意蕴。

【答案与解析】

(1)以民国初年为背景,假托两个强盗在酣梦里青云直上的故事,揭露了整个社会制度及官僚机构的糜烂。

(2)不限于描写个别的腐败现象,而是淋漓尽致地暴露和讽刺大小官吏普遍地贪赃枉法、横征暴敛、尔虞我诈、权钱交易、无恶不作的社会现实。

(3)首尾贯穿了人民群众的觉醒和奋起反抗的场面,最终宣告了正义力量对反动势力的公正裁判,预示着国民党统治阶级腐败制度必然灭亡的历史命运。

🗡 牛刀小试

◆【单选题】

被誉为暴露国民党反动派的"新《官场现形记》"的作品是(　　)。

  A.《南归》   B.《日出》

  C.《上海屋檐下》   D.《升官图》

【答案与解析】

  D。三幕讽刺喜剧《升官图》写于1945年,展现了一幅讽刺官场的"百丑图",曾被誉为新的《官场现形记》。

模 拟 卷

中国现代文学作品选模拟卷（一）

（课程代码00530）

满分100分，考试时间150分钟。

第一部分 选 择 题

一、单项选择题：本大题共30小题，每小题1分，共30分。在每小题列出的备选项中只有一项是最符合题目要求的，请将其选出。

1. 小说《莎菲女士的日记》中莎菲女士的身份是（   ）。

    A. "五四"时期的知识女性   B. 上海卷烟厂里的女工

    C. 支持丈夫抗战的乡村妇女   D. 高门巨族中待嫁的大家闺秀

2. 小说《金锁记》中，童世舫最终未能与长安结合的直接原因是（   ）。

    A. 童世舫得知长安吸食鸦片   B. 童世舫与异国女友恢复关系

    C. 长安移情别恋   D. 长馨作梗

3. 报告文学《包身工》在人物形象塑造方面呈现出来的主要特点是（   ）。

    A. 冰糖葫芦式的一人多事   B. 漫画式的个体形象勾勒

    C. 杂取种种合成一人   D. 群像描绘与个体描绘相结合

4. 诗句"这刻不知道下刻的命，它有泪只往心里咽"的出处是（   ）。

    A. 田间《给战斗者》   B. 臧克家《老马》

    C. 徐志摩《白旗》   D. 戴望舒《我用残损的手掌》

5. 诗歌《防空洞里的抒情诗》中，诗人通过对潜藏在现实深处苦难本质的想象和思考，把所抒写的现实苦难的表层空间，设置在（   ）。

    A. 充满战争热情的防空洞   B. 战争残酷场景里的防空洞

    C. 孕育浪漫爱情故事的防空洞   D. 带有日常生活气息的防空洞

6. 诗歌《大堰河——我的保姆》的思想意蕴是（   ）。

    A. 歌颂了劳动妇女的勤劳无私，批判了罪恶的社会

    B. 表达了对生身父母的感恩

    C. 表现了自我的孤独感伤和爱情的幻灭

    D. 抒发了对祖国和土地的感恩之情

7. 戴望舒诗歌创作所受的影响主要是( )。

    A. 法国象征派和中国古典诗歌

    B. 法国象征派和美国自由诗

    C. 日本俳句和中国古典诗歌

    D. 日本俳句和美国自由诗

8. 小说《送报夫》中的"我"背井离乡,不得不忍受老板残酷盘剥的根本原因是( )。

    A. 闹土匪   B. 日本殖民统治

    C. 抓壮丁   D. 被骗签"卖身契"

9. 诗歌《凤凰涅槃》中,在吟唱中追问年轻时候的新鲜、甘美、光华和欢爱哪儿去了的动物是( )。

    A. 凤   B. 凰   C. 鸽子   D. 鹰

10. 小说《绣枕》以"绣枕"为中心所表达的思想意蕴是( )。

    A. 揭露了工厂主对女工的剥削压榨

    B. 表现了大小姐渴望爱情而不得的落寞

    C. 批判了旧礼教对儿童天性的戕害

    D. 叙写了封建家长对自由恋爱的扼杀

11. 小说《小二黑结婚》描写了新一代的农民在成长,其故事发生的背景是( )。

    A. 解放战争时期   B. 抗日战争时期

    C. 北洋军阀时期   D. 辛亥革命时期

12. 散文《钓台的春昼》中,作者通过景物描写所抒发的情感态度是( )。

    A. 对社会现实的讴歌与赞美   B. 对现实政治的不满和愤懑

    C. 对亲情爱情的讴歌与赞美   D. 对人性黑暗的揭示与批判

13. 散文《寄小读者通讯七》中的第一篇主要写的是( )。

    A. "我"乘船在海上的所见所感   B. "我"住在上海邓脱路的见闻

    C. "我"在慰冰湖畔的感悟   D. "我"在"北平"寓居时的感受

14. 小说《断魂枪》叙写沙子龙月夜练枪和孙老者的形象时所采用的手法是( )。

    A. 白描   B. 意识流   C. 夸张   D. 反讽

15. 散文《谈"流浪汉"》所推崇的流浪汉气质的特征之一是( )。

    A. 任情顺性,万事随缘   B. 精神麻木,敷敷衍衍

    C. 扭扭捏捏,装腔作势   D. 安分守己,固守成规

16. 小说《菉竹山房》中,抱着灵牌出嫁、被封建礼教折磨得虽生犹死的人物形象是( )。

    A. 兰花   B. 阿圆   C. 大伯娘   D. 二姑姑

17. 散文《雅舍》中,与现实层面的简陋荒凉构成对比的心理层面是(　　　)。

    A. 悲观绝望   B. 悲凉失落   C. 淡漠麻木   D. 豁达洒脱

18. 小说《春蚕》揭示造成农村经济崩溃的根本原因是(　　　)。

    A. 地主阶级对农民的压榨和盘剥

    B. 帝国主义的经济侵略压垮民族工业经济

    C. 民族资本家对农村自有经济的破坏

    D. 农民自身的懒惰

19. 戏剧《上海屋檐下》用黄梅天气来暗示和影射的是(　　　)。

    A. 令人窒息的政治气氛   B. 缠绵的恋爱情感

    C. 大家族的堕落腐败   D. 国人的抗战热情

20. 小说《萧萧》描述的生活场景所在地域是(　　　)。

    A. 东北农村   B. 江南农村   C. 湘西农村   D. 上海郊区

21. 戏剧《白毛女》形象地表现了"旧社会把人逼成'鬼',新社会把'鬼'变成人"的主题,其中的"鬼"指的是(　　　)。

    A. 杨白劳   B. 喜儿   C. 黄世仁   D. 穆仁智

22. 下列作家中,属于文学研究会成员的是(　　　)。

    A. 郁达夫   B. 叶绍钧   C. 赵树理   D. 吴组缃

23. 戏剧《风雪夜归人》中官僚姨太太玉春与京剧名伶魏莲生恋爱,被发觉后她的命运是(　　　)。

    A. 被丈夫宽恕   B. 与魏莲生成亲

    C. 被送人   D. 被魏莲生抛弃

24. 下列对诗歌《再别康桥》所抒发的情感的概括最恰当的是(　　　)。

    A. 抒发了因"康桥理想"的幻灭而无限哀伤的情怀

    B. 抒发了诗人对林徽因的无限思念之情

    C. 表现了诗人对黑暗现实强烈的不满情绪

    D. 表达了诗人强烈地希望在康河的柔波里作一条水草的愿望

25. 散文《本志罪案之答辩书》中提到的主张"废汉文"的人是(　　　)。

    A. 陈独秀   B. 钱玄同

    C. 德莫克拉西先生   D. 赛因斯先生

26. 下列各项,关于小说《春风沉醉的晚上》表述正确的是(　　　)。

    A. 最早表现知识分子和产业工人具有共同命运的小说

    B. 最早表现女性冲出家庭,实现婚姻自由的小说

    C. 最早表现留学生活的小说

D. 最早表现北京市民日常生活的小说

27. 散文诗《毒药》的抒情特征是(　　)。

　　A. 激烈狂暴　　　　B. 从容优雅　　　　C. 凄婉迷茫　　　　D. 平和冲淡

28. 小说《拜堂》侧重表现的是(　　)。

　　A. 汪大嫂和汪二拜堂成亲过程中的喜悦感

　　B. 汪大嫂和汪二拜堂成亲之后的喜悦感

　　C. 汪大嫂和汪二拜堂成亲过程中的负罪感

　　D. 汪大嫂和汪二拜堂成亲之后的负罪感

29. 要像鸟一样不倦地歌唱祖国大地;死了,也要使整个的自己融进祖国的土地中。表达了这一主题的诗作是(　　)。

　　A.《偶成》　　　　B.《上山》　　　　C.《发现》　　　　D.《我爱这土地》

30. 1921 年 12 月至 1922 年 2 月《晨报副刊》以连载的形式刊出的鲁迅小说是(　　)。

　　A.《阿 Q 正传》　　B.《铸剑》　　　　C.《彷徨》　　　　D.《狂人日记》

二、多项选择题:本大题共 5 小题,每小题 2 分,共 10 分。在每小题列出的备选项中至少有两项是符合题目要求的,请将其选出,错选、多选或少选均无分。

31. 诗歌《力的前奏》中用来表现"力"的聚集和爆发的意象有(　　)。

　　A. 舞者　　　　　B. 稻束　　　　　C. 雕像　　　　　D. 歌者

　　E. 风暴前夕

32. 下列各项,属于田汉话剧《南归》中的人物形象有(　　)。

　　A. 辛先生　　　　B. 刘向高　　　　C. 春姑娘　　　　D. 李正明

　　E. 翠姨

33. 散文《回忆鲁迅先生》中,生动细腻地描摹鲁迅日常生活的细有(　　)。

　　A. 言行举止　　　B. 衣食住行　　　C. 待人接物　　　D. 工作状态

　　E. 病中情景

34. 下列各项,属于闻一多创作的富有爱国主义激情的诗集有(　　)。

　　A.《死水》　　　　B.《红烛》　　　　C.《十四行集》　　　D.《灾难的岁月》

　　E.《猛虎集》

35. 下列各项,符合林徽因小说《九十九度中》结构特点的有(　　)。

　　A. 全景视角描写北京某地区人们在酷暑中从早到晚的日常生活

　　B. 同一时间内、不同场所的故事齐头并进的多点开花的结构

　　C. 采用了传统的说书形式

　　D. 打破故事的时间性,以空间的重组来表现生活

　　E. 采用电影的蒙太奇手法

第二部分　非选择题

三、简析题：本大题共 4 小题,每小题 7 分,共 28 分。

36. 简析老舍小说《骆驼祥子》的主题意蕴。

37. 简析郭沫若戏剧《屈原》的浪漫主义特色。

38. 简析戴望舒诗歌《雨巷》以象征手法抒情的艺术特色。

39. 简析郁达夫小说《春风沉醉的晚上》中"我"和陈二妹交往的几个阶段及其所表达的思想。

四、论述题：本题 12 分。

40. 结合作品分析曹禺话剧《雷雨》中的周朴园和繁漪的形象。

五、阅读分析题：本题 20 分。

41. 阅读吴组缃的小说《女人》,结合作品实际,写一篇不少于 600 字的评论文章。

要求：

（1）简要阐述作品的主题思想。

（2）简要分析作品的艺术特色。

（3）观点鲜明、分析细致、条理清楚、语言通顺、书写整洁。

（附吴组缃《女人》原文）

女　人

吴组缃

这个女人二十来岁,扁扁的嘴巴,扁扁的鼻子。手粗,眼粗,身腰粗。她轻轻地推开门,蹑手蹑脚走进来,说：

"太太,我想我想我想……"说的时候两只粗大的手互相紧握,扭捏着;圆而大的眼睛往下沉,盯着她自己的脚尖——那脚趾头也在扭动着,是赤脚。

她这忸怩的神气好像是用功夫做作出来的：她的形状很不宜于用这个方法来说话,来表情。

太太和她年岁不相上下,但看来比她年轻得多。两个人摆在一起,形成一个有趣的对照：一个粗糙,笨钝,像一件刚出土的二三千年前的瓦器;一个精巧,聪明,像一只光彩美丽的电木玩意儿什么的。她站在太太跟前,只是一只粗劣的人坯子,一只没修改润饰,没打蜡上油的人坯子。

太太刚才因为先生看了电影,没曾约自己;又想到昨天晚上做了许多菜,等先生回来吃,等到八点先生才回来,先生说吃过了;"吃过了,早就不能告诉我!"气得太太愣了一夜肚子。于是和先生吵起来。先生有他自己的理由,不肯认错;也不肯拍拍肩膊,贴贴腮巴,哄哄她。

因之太太越想越生气。

"我晓得你心里早没我！"两颗眼泪流下来,就伏到床上去抽咽。

先生捧着一本书愣了一会,戴上帽子笃笃笃地出去了。

太太一个人在床上躺着,觉得没有趣味;枕头上弄得潮腻腻的,腮巴贴在上面有点冷,就坐起来,拉开五屉柜,把里面乱七八糟堆着的各色各样丝袜拿出来整理着。

理着理着,看见这个女人推门走进来,忸怩得那个滑稽的样子。

太太一看见这个女人心里就想笑,觉得"顶有趣的"。(一个礼拜前这女人由荐头行送来,先生问怎么样,太太说:"看那傻样子顶有趣的。"于是就留下了。)现在,太太虽然刚拭干眼泪,肚里还憋着气;可是她觉得很闷,很无聊赖,她愿意有个人和她说说话。她掉过头,耐心地问:

"你想什么? 你说不要紧。"

"我想太太给我看封信。"

"可以的。"太太很骄傲很尊贵地点点头。

那女人拂开衣角,在腰上掏了一会,掏出一封没封口的,已经皱褶得不成样子的信,忸怩地递给太太。那信上说:

内人见字之悉。启者。无别。所汝生气离家。不觉已去两月。音信不见。是何道里。前在城中。所人说汝今在南京。为此特托人带信奉上。嘱汝务要回信。所翁姑之言。皆不必听。且小炭子无人吃奶。家下深未锦念。望速寄钱代下。以就然眉之即。即即之要。对于翁姑之言。目今稍未甚好。明年汝务要反家察秧。必然不可打骂。望请知照。即即之要。所我气中之言。皆谓宽慰。不在言中。即即之要。统此不令。并请坤安。

良人汪得贵上言。刀七

再启者。无别。所如回信。即交鸿胜先千万可也。

即即之要。

太太把信仔细看了两遍,撇着嘴笑了一笑,说:

"唔。是你丈夫来的。"

那女人想说点什么,把头抬起来,却又重复低下,看着自己的脚尖。那脚趾头动了两动,到底没说出什么来。太太接着说:

"你丈夫说,他和你吵了嘴,他很懊悔。叫你明年回家去插秧。他不再骂你。你公公婆婆也不再打你骂你。说小炭子没奶吃,叫你赶紧寄钱回去。……"

太太把信上的话说了一次,又说一次。说着,注意那女人的动作和表情。那女人颈子红红的,渐渐红到腮巴上,红到耳朵根。

"捣妹——"咬住了,恨恨的再爆出两个字:"死鬼!"

一下子的工夫,她刚才那种忸怩的样子一点都没有了。

太太觉得顶有意思的,笑了。打着一种和小孩子说话似的口调说:

"哦,你原来是吵嘴逃出来的? 你胆子可不小! 你怎样逃出来的? 你家在哪里? 你说点给我听听看。"

那女人把手扭了两扭,又稍稍忸怩一下。嗫嚅着说:

"我是黑非,黑非。我家里种田,种稻子。两个老不死天天打我,骂我。那年水荒,说我带来的;今年不下雨,又说又说我带来的。我带来的,我也不是存心带来的。好比,可真的是我带来的? 好比,那捣妹的死鬼也夹在当中骂。我插秧,我耘草,好比那小鬼的,好比那小炭子的,还在背上哭呀哭的。六月里哭呀哭的,好比我车水,车到晚上,汗水臭哄哄的。露水下来。那小鬼哭呀哭的,哭到天迷迷子亮,就发烧。把我背上捱得一背子痱子。就说我把痱子——把小炭子弄得病痛痛的。拿锄头把敲我腿直骨。就敲,就敲我,就敲我。——"咕嘟咕嘟咽了两口唾沫。

太太看她说得那种急样子,唾沫咽了一口又一口,头一点一点的,身肢一晃一晃的。太太忍住了笑,扮做很惊讶的神气,说:

"哦! 打你? 虐待你? 岂有此理! ——你慢慢地说,唔。"

"捣妹的,我不过吃了你家三碗——三碗锅巴饭! 捣妹的! 我想想,我就气不过。就气不过。就——就——就气不过! 我把我娘给的一根簪卖给红毛鸡,贩银子的,做银子生意的。红毛鸡是个老头子喂,老头子。我跟红毛鸡走。红毛鸡不肯带我。我晓得他到上海。我死乞白赖跟他走。一走走到南京。我用了一吊三百钱。我就我就到行里。三丁子,新嫂子,二嫂子,富头的妈,都都在行里。都不种田了喂,都进行了喂。……"

"都是你们村上熟人?"

点点头。

"真好胆子!"太太松了松腰,赞叹着。

"那鬼老头子,红毛鸡,还拿话吓唬我喂! 吓得心里本东本东跳。那鬼老头子说,南京上海有洋鬼子捉人挖眼睛,有洋鬼子,说。还说飞鸡摔弹子,说。还说,还说,出来了,只好当叫化,说。还说,还说,说。——捣妹子才不怕! 不吃那口气饭! 自己做,自己吃! 捣妹子才不怕!"

"那你的孩子你不管了? 小炭子?"太太不知几时有点感触,态度骤然正经起来;关切地问。

那女人不说话,看看自己的脚巴鸭子动了两动。半晌,才说:

"我问太太借两块钱。我托太太写封信。"

"钱倒可以预支给你,没问题。可是你的信不好寄呢。信上说寄到鸿胜先,什么东西呢? 是个人,是家店? 又在什么地方呢?"

那女人把两只又大又圆的眼睛望到窗子外边的天,说:

"怕是在城里：是家店，是家茶馆。姓鸿的开的。"

"那有个姓鸿的呢？没这个姓。"

"捣妹子也不写写清楚！"

"是你丈夫写的吗？"

"那捣妹子写得出信！扁担大的一字都不认识！——我去问问二嫂子。"就卜秃卜秃出去了。

太太深深吐了一口气。回头看见那枕上潮湿了的一块，她就觉得自己腮上火辣辣的。她不再"觉得这女人顶有趣的"。她佩服这个女人，她羡慕她。但是，对于她自己，她不知道应该怎么办。她想着。……

1935 年

（选自《吴组缃小说散文集》）

参考答案（一）

一、单项选择题：本大题共 30 小题，每小题 1 分，共 30 分。

1.【考点】《莎菲女士的日记》

【答案与解析】A。《莎菲女士的日记》发表于 1928 年，小说主人公莎菲是 20 世纪 20 年代在"五四"个性解放思想感召下成长起来的知识女性。

2.【考点】《金锁记》

【答案与解析】A。在小说《金锁记》中，由于童世舫得知长安吸食鸦片直接导致了他最终未能与长安结合。

3.【考点】《包身工》

【答案与解析】D。报告文学《包身工》呈现出将包身工群像和个别典型相结合的人物描写特点。首先全景式地描绘出包身工的群像，从吃、住、做工等侧面，选取有特征的场景进行群像刻画。另外，又作特写镜头式的具体描绘，如着重描写了外号"芦柴棒"的青年女工的悲惨遭遇。这种点面结合的表现方式，不仅使读者从整体上对包身工进行了全景式的了解，而且更有利于形象地、深入地认识、理解包工制度的罪恶，揭露日本资本家及其走狗的真面目，因而增强了作品的说服力和感染力。

4.【考点】《老马》

【答案与解析】B。此诗句出自臧克家的《老马》。《老马》写于 1932 年，此时正是中国革命处在低潮的时候，臧克家对中国农民的真实刻画，表达了对于现实苦难的深刻理解。

5.【考点】《防空洞里的抒情诗》

【答案与解析】D。诗歌记述和表达的是战争带给人们的苦难。但诗人没有写战争场面的残酷、人们的惊恐或者战斗热情，更没有作感性的呼号，而是在理智和想象的深处对其进行抒写。通过对潜藏在现实深处苦难本质的想象和思考，把所抒写的现实苦难的表层空间，设置在带有日常生活气息的防空洞里，从而不断地将人们正在感受着的当前时空和"我"的感觉与想象的时空相互叠加，交替出现，在现实与想象的纠结、对比和反讽中，传达出诗人对战争中受难的独特观察和感受。

6.【考点】《大堰河——我的保姆》

【答案与解析】A。在《大堰河——我的保姆》中，诗人以真挚的感情，抒写了对哺育他长大的保姆"大堰河"的怀念，揭示了一个勤劳的农村妇女的善良灵魂，通过对她痛苦而悲惨的一生的描写，控诉了社会的黑暗与不义。诗人把爱和恨、赞美和诅咒交织在一起，传达了他对当时罪恶社会的愤慨和不平。

7. 【考点】《雨巷》

【答案与解析】A。戴望舒受法国象征派和我国古典诗歌影响很深,强调表现自我的感觉,用朦胧的意象来抒情。诗中许多形象都凄婉迷茫,充满象征意味。

8. 【考点】《送报夫》

【答案与解析】B。小说讲述了"我"的一家在台湾的悲惨遭遇,因为日本殖民政府要办工厂,"我"的一家被迫出卖土地,结果父亲抑郁而死。小说表现了日据时期台湾普通民众的艰难生存处境,揭示了日本殖民统治和资本剥削是造成这一处境的根本原因。

9. 【考点】《凰歌》

【答案与解析】B。《凤凰涅槃》里的"凰歌":我们年轻时候的新鲜哪儿去了?我们年轻时候的甘美哪儿去了?我们年轻时候的光华哪儿去了?我们年轻时候的欢爱哪儿去了?

10. 【考点】《绣枕》

【答案与解析】B。小说《绣枕》写大小姐冒着暑热用四十多种线绣了一对凤凰和翠鸟靠枕,想以此求得与白总长家的亲事,但靠枕送到白家的第一天就被醉客和牌客弄脏,落到下人的手中,亲事自然告吹。小说一方面表现了大小姐渴望幸福生活却不可得,从而使得她的求亲具有讽刺意味;另一方面也表现了旧家庭中女性生存空间的逼仄。《绣枕》以"绣枕"为中心表现了大小姐渴望爱情而不得的落寞的思想意蕴。

11. 【考点】《小二黑结婚》

【答案与解析】B。《小二黑结婚》写于1943年,歌颂了抗日民主根据地的新人物和新气象。

12. 【考点】《钓台的春昼》

【答案与解析】B。《钓台的春昼》是一篇游记。1931年年初,郁达夫为躲避国民党通缉回故乡富春江避难,游览严子陵钓台,1932年忧国忧时、感怀旧游写作此文。文章以游踪为线索,记叙了他自富阳出发经桐庐山游览严子陵钓台的经过,在对景物的细致描绘中,抒发了他对当时的社会现实和政治气候的不满和满怀的抑郁愤懑之情。

13. 【考点】《寄小读者(通讯七)》

【答案与解析】A。冰心散文《寄小读者(通讯七)》的上半篇写变幻无穷的海景(海上所见所闻),下半篇写温柔艳冶的湖光。作者把自己的感情倾注其间,浸透着童年记忆、浓浓乡愁和对缱绻母爱的怀想。在这里母爱、童真和自然美浑然一体,凝练成真善美统一的艺术世界。

14. 【考点】《断魂枪》

【答案与解析】A。白描是文学表现手法之一,主要用朴素简练的文字描摹形象。小说运用白描手法,通过对人物肖像、语言、动作的传神描写刻画人物的特点,而且善于抓取典型细节刻画人物,沙子龙月夜练枪、孙老者的形象、王三胜们对沙子龙前后不同的评价,都能鲜明揭示人物的性格。

15.【考点】《谈"流浪汉"》

【答案与解析】A。作者所说的"流浪汉"其实是指一种"流浪的心情",文章从三方面做了诠释:①任情顺性,万事随缘,毫无心机而又感情热烈;②有创造欲、不受羁绊;③富于幻想、充满乐观。

16.【考点】《菉竹山房》

【答案与解析】D。《菉竹山房》写于1932年11月。小说以现代文明青年的视角叙述二姑姑的悲惨故事。二姑姑年轻时也曾追求自己的爱情,但她逾越封建礼教的行为招来悲惨结局,当喜欢的人落水而亡后,她抱着灵牌成亲,从此与丫鬟兰花一起生活在阴森可怕如坟墓般的菉竹山房里,整日与"鬼"为伴。

17.【考点】《雅舍》

【答案与解析】D。文章由两个内蕴不同的层面构成:一个层面指向真实的生活环境,雅舍结构简陋、地处荒凉、行走不便、风雨难避、老鼠肆虐、蚊子猖獗;一个层面指向作者的心理空间,作者在这样的环境中怡然自乐,处之泰然,有的是对"月夜""细雨"的欣赏和对陈设布置简朴雅洁的追求,即使如大雨滂沱屋顶灰泥突然崩裂,也视之为"如奇葩初绽",仿佛欣赏了某一精彩瞬间。两个层面既相互抵牾又并行不悖,表现了作者忘怀得失、甘居淡泊,以豁达、洒脱的心态来对待物质匮乏、文坛毁誉和时代风雨的心志。

18.【考点】《春蚕》

【答案与解析】B。茅盾的《春蚕》写于1932年,作家通过描写20世纪30年代初期江南农民老通宝一家养蚕丰收却破产的悲剧命运,反映了"一·二八"战争后江南农村经济凋敝、农民贫困化的现实,形象地揭示了帝国主义的经济侵略压垮民族工业经济,是造成农村经济崩溃的根本原因。故选B。

19.【考点】《上海屋檐下》

【答案与解析】A。《上海屋檐下》是一幕悲喜剧,底层市民悲哀而苦难的生活营造了浓郁的悲剧氛围,作品还有意识用阴晴不定、沉闷压抑的黄梅天气来暗示和影射当时令人窒息的政治气氛,加重了剧本的悲剧力量。以"轰轰然的远雷之声"和孩子们的歌声结尾,显示了人们冲破灰暗阴霾走向光明未来的前景,具有鲜明的时代感和政治倾向性。故选A。

20.【考点】《萧萧》

【答案与解析】C。沈从文的《萧萧》写于1929年,表现的是湖南湘西农村的生活场景。小说塑造了萧萧这一悲剧的形象。她的一生是被动的一生,自己没有一点儿选择的权利,小说结尾处写她看着自己的儿子娶童养媳时那么平静自然,其麻木让人痛心。故选C。

21.【考点】《白毛女》

【答案与解析】B。《白毛女》讲述了恶霸地主黄世仁逼死了善良老实的佃户杨白劳,抢走了他的女儿喜儿并奸污了她。喜儿怀着强烈的复仇意志顽强地活下来了,因缺少阳光与盐,全身毛发变白,被附近村民称为"白毛仙姑"。八路军解放了这里,领导农民斗倒了黄世仁,又从深山中搭救出喜儿。全剧通过喜儿的遭遇,深刻地表达了"旧社会把人逼成'鬼',新社会把'鬼'变成人"的主题思想。因此"鬼"指的是喜儿。故选 B。

22.【考点】《潘先生在难中》

【答案与解析】B。叶圣陶,原名叶绍钧,"文学研究会"发起人之一,代表作有长篇小说《倪焕之》,短篇小说《潘先生在难中》《多收了三五斗》和童话集《稻草人》等。

23.【考点】《风雪夜归人》

【答案与解析】C。《风雪夜归人》写作于1942 年。作品情节单纯,结构紧凑,中间三幕描写了京剧名伶魏莲生在官僚姨太太玉春的感召和点化下突破人生虚华并与之相恋,但事情被发觉后玉春被送人、魏莲生流落他乡的故事,序幕和尾声则对二十年后男女主人公的归宿进行了交代。故选 C。

24.【考点】《再别康桥》

【答案与解析】A。《再别康桥》是徐志摩1928 年再度游历英国后在归国海轮上所写。诗中以缠绵凄婉的笔调,书写了自己对康桥无限留恋和依依惜别的心情,微妙地展露了因"康桥理想"的破灭而无限哀伤的情怀。

25.【考点】《本志罪案之答辩书》

【答案与解析】B。散文《本志罪案之答辩书》第五自然段第一句话,"社会上最反对的,是钱玄同先生废汉文的主张"。针对钱玄同"废汉文"的主张,文章认为这种矫枉过正的"医法"未必不是一种可行的手段,但也承认其议论的"激切"。

26.【考点】《春风沉醉的晚上》

【答案与解析】A。《春风沉醉的晚上》写于1923 年,是最早表现知识分子和产业工人具有共同命运的小说。小说里的"我"和女工人陈二妹同住在贫民窟里,两人由相识、猜疑最后走向相互了解相互同情。故选 A。

27.【考点】《毒药》

【答案与解析】A。徐志摩的《毒药》被朱湘誉为当时散文诗中"最好的一首",以狂暴的节奏,使用近乎毒性的语言,来鞭挞充满猜疑、一切准则均已死去的现实,这是对黑暗现实的决绝否定。故《毒药》的抒情特征是"激烈狂暴",本题选 A。

28.【考点】《拜堂》

【答案与解析】C。《拜堂》写于1927 年,是台静农的代表作。讲述的是汪大嫂和小叔子汪二拜堂成亲的辛酸故事。小说一方面着重表现了汪大嫂和汪二拜堂成亲过程中的负罪感,他们都把它看作是"丑事",表明了封建礼教在他们精神意识上烙上的深深创伤;另一方面又表现了他们在艰苦的现实环境中顽强挣扎的生存力量,"将来日子长,哈要过活的"这个句子构成了整个叙事的内在线索,同时也给予偷偷摸摸的拜堂一种坚定的力量。

29.【考点】《我爱这土地》

【答案与解析】D。《我爱这土地》表现了艾青诗歌的一个重要特点:对祖国、对土地、对人民真挚深沉的爱。诗人表示要像鸟一样不倦地歌唱祖国大地;死了,也要使整个的自己融进祖国的土地中。

30.【考点】《阿Q正传》

【答案与解析】A。《阿Q正传》以连载的形式发表于1921年12月至1922年2月的《晨报副刊》,小说成功塑造了阿Q这一艺术典型。阿Q是生活于辛亥革命时期的中国农村(未庄)的一个普通雇农,他主要的性格特征是精神胜利法。故选A。

二、多项选择题:本大题共5小题,每小题2分,共10分。

31.【考点】《力的前奏》

【答案与解析】ADE。诗歌《力的前奏》写于1947年,展现的是一个哲理性命题:力的爆发依靠长期沉默的聚集。诗歌的前两节写"力的聚集":"歌者"像一个容器,"蓄满了声音";"舞者"为了一个姿势,"拼聚了一生的呼吸"。诗歌的后两节写"力的爆发":"风暴前夕"即时代的变革。歌者、舞者、风暴前夕三个不同的意象、情境,是现实的一种想象性抒写,象征着人们在革命时代的"黎明"即将到来之前的痛苦与挣扎、守候与期待。

32.【考点】《南归》

【答案与解析】ACD。话剧《南归》以春姑娘与流浪诗人辛先生、同村少年李正明之间的男女感情为叙述对象,表现了漂泊者无家可归的存在状态、悬浮无根的漂泊感和春姑娘对漂泊者的渴慕之情,在赋予漂泊以深刻的历史内涵的同时揭示了人类在寻找精神家园时普遍存在的一种困境。

33.【考点】《回忆鲁迅先生》

【答案与解析】ABCDE。文章没有将鲁迅作精神化、符号化的言说,而是将鲁迅还原为一个凡人,在日常生活场景中,真实地描摹了鲁迅的言行举止、衣食住行、待人接物、工作与生活(病中情景),并以个人化的视角和女性特有的细腻,敏锐捕捉了鲁迅许多高度性格化的生活细节,从细微处显现鲁迅的伟大思想和人格,表达了作者对鲁迅的景仰、怀念之情。

34.【考点】《死水》

【答案与解析】AB。闻一多主要作品有诗集《红烛》《死水》等。《十四行集》的作者是冯至,《灾难的岁月》的作者是戴望舒,《猛虎集》的作者是徐志摩。

35.【考点】《九十九度中》

【答案与解析】ABDE。《九十九度中》发表于1934年,采用全景视角,描写北京某地区的人们在酷暑中从白天到晚上的日常生活。因此,A选项当选。

《九十九度中》艺术风格独特,被著名批评家李健吾认为"最富有现代性"。小说的结构非常独特,采用全景的视角,形成了以场所为基点,以时间为基准,同一时间内、不同场所的故事齐头并进的多点开花的结构,打破了小说要求的故事的完整性和延续性,整个作品如驳杂的画卷,描绘着生活的斑斓与复杂。因此,B 选项当选。

小说表现手法灵活多变,从小说结构的整体上看,其表现方式类似电影的蒙太奇手法,打破故事的时间性,以空间的重组来表现生活;从小说刻画人物的方法看,既有中国传统所重视的白描的手法,也有"五四"时期从西方学习的心理描写,还有电影的浓缩时空的表现手法。因此,D 选项和 E 选项当选。

综上,本题应选 ABDE。

三、简析题:本大题共 4 小题,每小题 7 分,共 28 分。

36.【考点】《骆驼祥子》

答案:(1) 小说刻画了 20 世纪 30 年代北平人力车夫祥子的悲剧命运。

(2) 揭示了导致祥子悲剧命运的社会根源和个人因素。

(3) 表明了祥子这样的个人奋斗者无法通过诚实劳动获得幸福生活的社会现实。

37.【考点】《屈原》

答案:《屈原》是一出富有强烈浪漫主义色彩的诗剧。

(1) 作者以"失事求似"为历史剧创作精神,在历史真实的基础上,进行合理的虚构和加工。

(2) 穿插了相当数量的抒情诗和民歌,以诗化的语言来表现人物性格。

(3) 全剧奔涌着人物激越的感情波澜,具有强烈的抒情性。

38.【考点】《雨巷》

答案:《雨巷》的象征艺术特色:

(1)"我"、雨巷、姑娘等意象都带有浓郁的象征色彩。

(2) 象征意义具有多义性,朦胧含蓄,凄婉迷茫。

(3) 象征抒情表现出强烈的自我感觉。

39.【考点】《春风沉醉的晚上》

答案:(1)"我"和陈二妹的交往阶段:由相识、猜疑到相互了解相互同情。

(2) 陈二妹的善良、真挚、热情感染了"我",净化了"我"的感情。

(3)"我"和陈二妹跨越不同的身份、趣味和生活方式,达到相互了解与同情,表达了"同是天涯沦落人"的人生感悟。

四、论述题:本题 12 分。

40.【考点】《雷雨》

答案:(1) 周朴园是个非常复杂的人物。一方面,作品通过他与繁漪的关系、处理罢工的手段的描写,揭示了他的专制、冷酷。另一方面,他与侍萍的关系则揭示了他的婚姻悲剧的问题。周朴园的婚姻并不幸福,正是出于自己内心的爱情需要,他才会持之以恒地维护着旧的生活习惯。在周朴园、鲁妈(侍萍)相会的那一幕中,现实的社会冲突与男女之间真挚的爱情交织在一起,内涵非常丰富。

(2)繁漪是周朴园家庭统治的被侮辱和被损害者,她对专制家庭的疯狂反抗表达了人性欲望的大爆发,但从一开始,这种反抗就带有"罪"的因素,最终是通过邪恶行为来维护自己和周萍之间的乱伦之爱,也毁灭了所有无辜的人。繁漪这个"雷雨"式的人物显示了曹禺对人性的恶的力量的拷问。

五、阅读分析题:本 20 分。

41.【考点】《女人》阅读分析

【参考要点】

(1)主题意蕴

第一,小说以太太和女仆各自家庭生活为背景,刻画了一个敢于反抗家庭压迫而离家出走、争取独立的农村劳动女性形象,表达了作者对 20 世纪 30 年代女性解放的关注与思考。

第二,揭示了经济自立对女性解放的重要性,小说中的"她"卖掉仅有的一只银簪逃了出来,进城做工后意识到了经济自立的重要性,为朦胧的自立意识提供了基础。

第三,受"她"的影响,似乎养尊处优但并不幸福的"太太"对自身的解放开始思索,但没有方向,表明女性解放的复杂性和艰难性。

(2)艺术特点

第一,构思精巧,叙事方式多样化,灵活运用顺叙、倒叙、插叙。以太太和女佣的对话场景为中心,中间回叙太太与先生的吵嘴,插入太太读女佣的家信,有机结合了两个女人的家庭生活,在有限的时空内包含了较为丰富的生活内容。

第二,肖像的勾勒与细微动作的描写简洁传神;语言具有个性色彩,恰当运用方言,富有生活气息。

第三,善用对比手法,小说中多处形成对比,两个女人的外在形象、女佣在进城前后的心理与情感变化、太太思想的前后变化等,都恰当地反映了人物的性格与感情。

中国现代文学作品选模拟卷（二）

（课程代码00530）

满分100分，考试时间150分钟。

第一部分 选 择 题

一、单项选择题：本大题共30小题，每小题1分，共30分。在每小题列出的备选项中只有一项是最符合题目要求的，请将其选出。

1. 小说《阿Q正传》中阿Q向往和追求革命的结局是（　　）。

    A. 成为革命的牺牲品 　　　　　　　　B. 成为革命的既得利益者

    C. 成为革命的领导者 　　　　　　　　D. 成为革命的背叛者

2. 闻一多新格律诗的"三美"主张是（　　）。

    A. 音乐美、绘画美、建筑美 　　　　　B. 散文美、意境美、建筑美

    C. 音乐美、绘画美、意境美 　　　　　D. 节奏美、绘画美、知性美

3. 诗歌《雨巷》中描绘的人物是（　　）。

    A. "我"和妻子 　　　　　　　　　　　B. 一群女学生

    C. "我"和丁香一样的姑娘 　　　　　D. 一对恋人

4. 诗歌《再别康桥》抒发的对康桥的情感是（　　）。

    A. 惜别与眷恋 　　　　　　　　　　　B. 惜别和绝望

    C. 淡漠与疏远 　　　　　　　　　　　D. 厌倦和失望

5. 小说《寒夜》描写了汪文宣与曾树生的悲剧故事，其结局是（　　）。

    A. 汪文宣病死，曾树生与儿子相依为命

    B. 汪文宣自杀，曾树生与儿子相依为命

    C. 曾树生孤身回到重庆，得知汪文宣病死

    D. 曾树生病死，汪文宣与母亲相依为命

6. 诗歌《断章》中与"装饰"一词关联起来的意象是（　　）。

    A. 桥和河水 　　　　　　　　　　　　B. 楼和湖水

    C. 明月和窗 　　　　　　　　　　　　D. 明月和云

7. 诗歌《防空洞里的抒情诗》使用的主要艺术手法是（　　）。

    A. 对比和反讽 　　　　　　　　　　　B. 排比和反复

    C. 设问和重复 　　　　　　　　　　　D. 拟人和象征

8. 诗歌《纤夫》的写作年代是(　　)。

  A. "五四"时期　　 B. "大革命"时期

  C. 抗日战争时期　　 D. 解放战争时期

9. 诗歌《鼠曲草》和《给战斗者》的诗体分别为(　　)。

  A. 十四行诗和短行体诗

  B. 自由体诗和新格律体诗

  C. 自由体诗和十四行诗

  D. 新格律体诗和短行体诗

10. 小说《春风沉醉的晚上》的写作特色是(　　)。

  A. 具有强烈的讽刺性　　 B. 带有自叙传抒情色彩

  C. 富于浓郁的喜剧色彩　　 D. 表现出强烈的荒诞性

11. 小说《在其香居茶馆里》中,邢幺吵吵与方治国争吵相骂暴露出来的主要社会问题是(　　)。

  A. 兵役制的腐败　　 B. 婚姻制度的不合理

  C. 赋税制的腐败　　 D. 宗法制度的不合理

12. 徐志摩《毒药》的文体是(　　)。

  A. 十四行诗　 B. 散文诗　 C. 格律诗　 D. 叙事诗

13. 小说《骆驼祥子》中的人力车夫祥子第一次买车的资金来源是(　　)。

  A. 虎妞的私房钱　　 B. 借刘二的钱

  C. 自己的积蓄　　 D. 告密所得的钱

14. 自称"我完全不是一个艺术家,……我只是一个在暗夜里呼号的人"的作家是(　　)。

  A. 钱锺书　 B. 巴金　 C. 茅盾　 D. 艾芜

15. 小说《春桃》中,李茂从胡子那里逃跑后做过的事情是(　　)。

  A. 当边防军和义勇军　　 B. 当土匪和义勇军

  C. 养春蚕和拉人力车　　 D. 做雇工和捡垃圾

16. 散文《山之子》中哑巴冒着生命危险采撷野百合花卖钱所要奉养的对象是(　　)。

  A. 老母和老父　　 B. 妻子和儿女

  C. 老母和寡嫂　　 D. 老母与儿女

17. 小说《金锁记》中曹七巧拒绝了姜季泽示爱的主要原因是(　　)。

  A. 担忧儿女受对方虐待　　 B. 害怕失去财产

  C. 儿子长白反对　　 D. 女儿长安反对

18. 散文《回忆鲁迅先生》中,鲁迅先生知道自己病情恶化后的表现是(　　)。

A. 尽可能地多做工作　　　　　　B. 尽可能地多休息

C. 尽可能地多治疗　　　　　　　D. 尽可能地多享受

19. 小说《小二黑结婚》刻画人物形象运用的主要艺术手法是(　　)。

A. 排比　　　　B. 比喻　　　　C. 对比　　　　D. 白描

20. 话剧《上海屋檐下》以"轰轰然的远雷之声"和孩子们的歌声结尾,所表达的意蕴是(　　)。

A. 对宇宙中神秘力量不可言喻的惧畏

B. 人们冲破灰暗阴霾走向光明未来的坚定信念

C. 对平淡世俗生活的向往

D. 对解放区战斗生活的向往

21. 小说《小城三月》中,表现翠姨内向孤傲的个性并暗示其爱情悲剧结局的情节是(　　)。

A. 梳头　　　　B. 买绒绳鞋　　　　C. 弹琴　　　　D. 看花灯

22. 话剧《屈原》的结构特点是(　　)。

A. 采用横截面式的结构方式

B. 在戏剧冲突中融入忠奸对立、邪不压正等民间隐形结构

C. 冰糖葫芦式的一人多事

D. 以散文笔法连缀若干生活片断

23. 小说《菉竹山房》中最能揭示二姑姑的性情被礼教所扭曲的情节是(　　)。

A. 绣细蝶　　　　B. 窥房　　　　C. 念诗念经　　　　D. 布置睡房

24. 话剧《南归》具有鲜明的地方风情,其舞台背景选取的是(　　)。

A. 西南边陲小镇　　　　　　B. 江南农家小院

C. 东北小村庄　　　　　　　D. 湘西水边小城

25. "从乡下人眼中看来,这些人都近于另一世界中活下的人,装扮奇奇怪怪,行为更不可思议。"小说《萧萧》中所描述的"这些人"指的是(　　)。

A. 革命者　　　　B. 戏班艺人　　　　C. 女学生　　　　D. 土匪

26. 话剧《风雪夜归人》中的京剧名伶魏莲生受启蒙而觉醒,对他具有启蒙意义的人物是(　　)。

A. 玉春　　　　B. 秀姑　　　　C. 李荣生　　　　D. 匡复

27. 小说《潘先生在难中》叙述潘先生所遭遇的"难"是(　　)。

A. 军阀混战　　　　B. 国共内战　　　　C. 日军入侵　　　　D. 土匪横行

28. 由剧中"老头儿"宣布"鸡叫了天快亮了"宣告正义力量对反动派的裁判,预示国民党腐败统治必然灭亡的剧作是(　　)。

A.《名优之死》　　B.《获虎之夜》　　C.《升官图》　　D.《日出》

29. 下列各项,带有自传性质、以联想展开铺叙的诗篇是(　　)。

　　A. 艾青的《大堰河——我的保姆》　　B. 穆旦的《赞美》

　　C. 朱湘的《采莲曲》　　　　　　　　D. 冰心的《繁星·七一》

30. 诗歌《金黄的稻束》中,"金黄的稻束"这一意象赞颂的是(　　)。

　　A. 作为孕育者和劳动者的母亲　　　　B. 作为孕育者和劳动者的祖母

　　C. 作为战斗者和劳动者的父亲　　　　D. 作为战斗者和劳动者的祖父

二、多项选择题:本大题共 5 小题,每小题 2 分,共 10 分。在每小题列出的备选项中至少有两项是符合题目要求的,请将其选出,错选、多选或少选均无分。

31. 报告文学《包身工》中着重描绘的包身工形象有(　　)。

　　A. 芦柴棒　　　　　　　　　　　　　B. 小福子

　　C. 春桃　　　　　　　　　　　　　　D. 不知姓名的小姑娘

　　E. 虎姐

32. 诗歌《雨巷》十分注重音乐感,具体的表现有(　　)。

　　A. 音节优美　　　　　　　　　　　　B. 韵脚铿锵

　　C. 每节押韵二到三次　　　　　　　　D. 使用了复沓的手法

　　E. 运用了重复的手法

33. 下列选项,对小说《山峡中》中"野猫子"这一人物性格特征概括正确的有(　　)。

　　A. 机敏狡猾　　　B. 麻木孤僻　　　C. 善良温柔　　　D. 凶狠泼辣

　　E. 愚昧蠢笨

34. 小说《阿 Q 正传》中,阿 Q 的"精神胜利法"的内涵有(　　)。

　　A. 正视现实　　　B. 盲目自尊　　　C. 自轻自贱　　　D. 欺软怕硬

　　E. 自欺欺人

35. 下列表述中,对诗歌《再别康桥》的艺术特征理解正确的有(　　)。

　　A. 意象明丽,语言温婉柔美　　　　　B. 善于运用反讽手法

　　C. 诗行整齐,语调回环往复　　　　　D. 直抒胸臆,情感激越

　　E. 诗歌充满音乐美

第二部分　非选择题

三、简析题:本大题共 4 小题,每小题 7 分,共 28 分。

36. 简析陈白尘戏剧《升官图》的艺术特色。

37. 简述杜运燮诗歌《山》的主题意蕴。

38. 简析曹禺话剧《雷雨》的结构特点。

39. 简析凌叔华小说《绣枕》中主人公大小姐的心理活动及性格特点。

四、论述题：本题 12 分。

40. 分析鲁迅散文《死火》的思想主题和艺术特征。

五、阅读分析题：本题 20 分。

41. 阅读吴伯箫的小说《化装》,结合作品实际,写一篇不少于 600 字的评论文章。

要求:

(1) 简要阐述作品的主题思想。

(2) 简要分析作品的艺术特色。

(3) 观点鲜明、分析细致、条理清楚、语言通顺、书写整洁。

(附《化装》原文)

化 装

吴伯箫

太阳早已落山。大刘庄吃饭最晚的人家也都收拾了碗筷准备闩门睡觉了。这天晚上比较平静,连喂好了奶的小孩子都乖乖地抱在母亲怀里,听不见半点哭闹的声音。村里唯一还在外面走动的是徐家姑嫂。她俩在街东头正映了朦胧的月光推碾,碾轴发着吱幽吱幽单调深长的声音,显得这乡村的夜晚更加寂静。

月亮是一弯黄金梳样的上弦月。星稀稀的。透过碾盘旁边的槐树枝叶,地下有斑斑驳驳散乱的阴影。偶尔踏过槐影"踢橐踢橐"走过的是贺二叔。他在替炮楼里的敌人敲梆子。贺二叔是老实人,又是无妻无子的老绝户,敌人看中了他的忠厚,就硬要派定他专门值夜打更。村里隐蔽的抗日政权,也完全同意;为了村里大家的安全和更机密的斗争,都怂恿他干。于是他就夜夜在村里到处转着,每走几步,就"剥,剥,剥"很匀称地敲三下梆子,意思告诉敌人说:"这村里平安无事,'太君'们安安稳稳地睡觉吧!"若梆子一停被炮楼发觉了,敌人不敢下来也会朝村子里放枪。——炮楼就在村子西边,离村西头的人家不到半里。

贺二叔碰见徐家姑嫂,便问道:"还推碾呀?"两姑嫂回答着:"二叔,操心啊!"像招呼又像叮咛。

"反正大家都是一样。"说着,梆子的声音就慢慢走远了。

可是,忽然村东传来了一阵喊喊喳喳的说话声,像什么风吹来的一样,小路上涌现出九个幢幢的人影。

"同志,这是大刘庄吗?"

里边有一个走近碾盘,喘嘘嘘地,开口就这样称呼,这样探问。嫂嫂徐凤,——村里能干的妇救主任,凭她的机灵和细心,一听陌生人的口音,再打量一下他的身份,心里一亮就完全明白了。注意端详端详那九个客人的装扮,倒一律穿的是八路军崭新的夜行衣。走来问话的那一个还从腰里掏出火链家什来打火抽烟,也满像庄稼人出身的模样。

徐凤一眨眼,不禁惊慌地叫起来:"哎呀!怎么你们八路军敢到这里来?可不得了……"

"我们和鬼子打了一仗嘛!你看看。"

客人说着摸一摸身上,徐凤跟着客人的手指看去,的确,月光下的夜行衣上,又是露水又是泥。两条腿竟都像从泥坑里才拔出来似的,裤子被泥水沾污了半截。

"啊,累坏了,给咱们做点饭吃吧。"客人说得很亲切,很像自家人的口吻。

"可不敢,"徐凤很担心的样子。"要是叫村子里自卫团知道了,非把你们都捆起来不可!你们还是赶快走吧,这里不能停!"

"这一次无论如何要麻烦您了。"客人仿佛很固执。

"那怎么成?我们不能不要命啊!"徐凤更感到为难。

说着,两方面几乎引起争执。"我们吃完了就走,又不是白吃你们的!"徐凤看看摆脱不了,才缓了缓口气说:"好,那么你们跟我家去吧。可是你们别声张,一声张我们可就都没命了。"回头她使一个眼色,吩咐她妹妹说:"二妹,你看着把碾收拾收拾,我陪客人家去。"走了两步,又着重说一句:"箩是刘家的,可别忘了给人家送去。"——刘家是游击小组长的家,妹妹从嫂子的眼色里知道送箩以外,还应当干些什么。那任务是比收拾碾盘更重要的。这个并不太笨的丫头,等客人刚刚转弯,这里她就先悄悄地到刘家去了。

客人是满意的,进门还再三声明:"绝对不连累你们就是!"

徐凤领着客人,一进门就嚷:"娘,来了客人啦。"

老太太正坐在炕上做针线呢。听见媳妇的声音,就赶快从炕上下来。透过黯淡的灯光,她看见踏进屋来的客人穿的是一色八路军的夜行衣。她就亲热地说着:"同志,您来啦。"伸手就去拿板凳,招呼让坐。

"娘,"徐凤叫一声,眼睛一转,"客人要吃饭呢。"

"怎么?"听语气,看神情,老太太心里也明白了。"咱可不敢招待八路军。三四个月了,这里连八路军的影子都没有,你们怎么敢到这里来?"

"难道你们不抗日吗?"客人像沉不住气,这样故意追问。

"好我的天,抗日?也得要命呀!"老人家回答得很严正。

"娘,我在碾上已经答应人家做饭了。"徐凤说。

"你答应的你就快做去!"老人家似乎生气了:"不管死活!"——转过脸来,她又对客人说:"你们吃了饭可要快走,呆在我们家不是玩的。村里报告了楼子上,咱全家可就都完了。"

这家终于招待客人吃了一餐夜饭。

在吃夜饭的时候,外边贺二叔还在继续着敲他的梆子,声音还是一连三下。但是从那九个人进村以后,他敲的已不再那么匀称,"剥,剥——剥,"声音变成两短一长了。这差别粗听是听不出来的。但村里的游击组员却都懂得。意思是说:"村里有敌人来了,你们赶快到那里集合吧。"

徐凤家里的客人，一顿饭足磨菇了两顿饭的时间。临走徐凤再三告诉他们："要走，出村东往北拐，走树林旁边那条小路，可不要乱走，附近都是炮楼。"

说话就快下半夜了。大刘庄的游击小组在村北二里地的树林里，已等了很久。但他们没有白等，正像游击小组长所预料的，他们在那里打了一个漂亮的伏击。得了八条枪，活捉了七个俘虏，里边还有两个朝鲜兵。游击组员都是化了装的，穿的是黄绿色的军衣。

快鸡叫了，徐凤家又有人敲门。

"大娘，开门吧。"

徐凤的丈夫是游击组员。刚刚回来，正脱着黄绿色军衣，和老婆、妹妹在谈论伏击的经过呢。老太太一下跑进来，对着儿子的耳朵说："又是那一伙回来了！"徐凤在旁边听了一愣。丈夫却已经一下跳到了靠近大门的屋顶上。只听有两个人在门外嘟哝：

"我说会吃亏吧，你不信。"抱怨的是中国人口音。

"八格！"骂人的是一个鬼子。

屋顶上就大声问道："谁？""八路军。"是门外的回答。

"八路军，"屋顶上一砖头打下去，"九路军我也打！"

只听"哎呀"了一声，又仿佛说了一句："大大的好的！"——跟跟跄跄的脚步声就慢慢向大刘庄西头炮楼的方向逃去了。

第二天，大刘庄炮楼里死了一个夜里来的鬼子。那鬼子头部受了重伤。而村北五里外的一个敌人据点里透露出风声：说有一个日本鬼子带着两个朝鲜兵、六个伪军，第一次化装了八路军出去巡夜，探访这一带八路军的活动和它跟老百姓的关系，准备清剿烧杀。可是天色大亮，只回来了一个伪军。那伪军报告说："这一带三四个月都没有八路军的影子了。老百姓不敢私通八路，八路军在老百姓家里吃顿饭都不容易……"敌人小队长听了很高兴。

"可是，"伪军继续的报告，又把小队长的高兴打回去了，"我们从大刘庄往回走，却遭了突然的伏击；丢了八条枪，七个人被俘了。我和'太君'逃出来，想再回大刘庄看看是不是有什么动静，不想村里依旧静悄悄的，'太君'却叫人家当八路打死了！"

小队长听了很气愤，一下子跳起来："不要说啦！打伏击的穿的是什么衣裳？"

"月亮地里看得清楚，"伪军没敢迟疑，也没敢编造，就据实地说，"穿的和我们队伍一模一样，是黑绿色军装。"

"奇怪，是哪个碉堡的呢？"

小队长纳闷了。像在葫芦里，又像在鼓里。

"'皇协军'打了八路的埋伏。"大刘庄一带，口头传说；但到底谁打了谁，老百姓的心里却和徐凤的心里一样，大家都是雪亮雪亮的。

（1944 年 11 月 10 日《延安小说卷》下册）

参考答案（二）

一、单项选择题：本大题共 30 小题，每小题 1 分，共 30 分。

1.【考点】《阿 Q 正传》

【答案与解析】A。《阿 Q 正传》中，阿 Q 虽然对革命的认识非常幼稚模糊，但却向往革命。他最后的结局是被"革命党"糊里糊涂地枪毙，至死也没有认清被杀的原因，深刻表现了中国贫苦农民在所谓的"革命"中充当牺牲品的可怜命运。故本题选 A。

2.【考点】《死水》

【答案与解析】A。闻一多主张新的格律诗必须具有"音乐的美""绘画的美"和"建筑的美"。音乐的美主要是指音节和韵脚的和谐。绘画的美主要是指诗的词藻要力求美丽、富有色彩。建筑的美主要是指从诗的整体外形上看，讲究"节的匀称""句的整齐"。闻一多对新格律诗的提倡和实践，有助于纠正五四以来部分新诗"散而无章"的弊病。

3.【考点】《雨巷》

【答案与解析】C。诗歌《雨巷》中描绘的人物是"我"和丁香一样的姑娘。《雨巷》："我希望逢着/一个丁香一样地/结着愁怨的姑娘。"

4.【考点】《再别康桥》

【答案与解析】A。在《再别康桥》里，徐志摩巧妙地把气氛、感情、景象三者融合在一起，创造了耐人寻味的意境，表露了自己对过去时光的留恋和眼前的离愁别绪。诗中以缠绵凄婉的笔调，书写了自己对康桥无限留恋和依依惜别的心情。故选择 A。

5.【考点】《寒夜》

【答案与解析】C。小说《寒夜》描写了汪文宣与曾树生的悲剧故事，其结局是曾树生孤身回到重庆，得知汪文宣病死，婆婆带着孙子离开了重庆，无迹可寻。

6.【考点】《断章》

【答案与解析】C。"明月装饰了你的窗子，你装饰了别人的梦"，诗歌《断章》中与"装饰"一词关联起来的意象是明月和窗。

7.【考点】《防空洞里的抒情诗》

【答案与解析】A。《防空洞里的抒情诗》通过对潜藏在现实深处的苦难本质的想象和思考，把所抒写的现实苦难的表层空间，设置在带有日常生活气息的防空洞里，从而不间断地将人们正在感受着的当前时空和"我"的感觉与想象的时空相互叠加，交替出现，在现实与想象的纠结、对比和反讽中，传达出诗人对战争中受难的独特观察和感受。

8.【考点】《纤夫》

【答案与解析】C。《纤夫》这首诗写于抗日战争正处于艰苦相持阶段的 1941 年。作者通过对江上纤夫的刻画,既描绘了在长江上艰难跋涉的纤夫,又包含着更加深广的历史内容。

9.【考点】《十四行集》

【答案与解析】A。《鼠曲草》选自冯至的《十四行集》。《十四行集》是冯至的代表诗集,收有他1941年所写的27首十四行体新诗。《给战斗者》是田间在抗战初期作的一首鼓动人民奋起斗争的战歌。在形式上是独特的"短行体"。故选A。

10.【考点】《春风沉醉的晚上》

【答案与解析】B。小说《春风沉醉的晚上》采用第一人称叙事,把小说当作自叙传来刻画人物是郁达夫小说的基本特色,这篇小说重点写了"我"与陈二妹由相识到了解的过程,具有浓厚的抒情色彩。故本题选B。

11.【考点】《在其香居茶馆里》

【答案与解析】A。小说《在其香居茶馆里》通过描写在其香居茶馆里地头蛇邢幺吵吵与联保主任方治国争吵相骂的闹剧,尖锐地讽刺了抗战时期国民党统治下兵役制度的腐败。

12.【考点】《毒药》

【答案与解析】B。《毒药》的文体是散文诗,被诗人朱湘誉为当时散文诗里"最好的一首"。

13.【考点】《骆驼祥子》

【答案与解析】C。《骆驼祥子》中祥子从农村来到城里,想通过自己的努力买一辆人力车,他用三年积攒的钱买了第一辆车,却不幸在军阀混战中被士兵抢去。

14.【考点】《灵魂的呼号》

【答案与解析】B。巴金在《灵魂的呼号》中写道:"我时常说我的作品里混合了我的血和泪,这不是一句谎话。我完全不是一个艺术家,因为我不能够在生活以外看见艺术,我不能够冷静地像一个细心的工匠那样用珠宝来装饰我的作品。我只是一个在暗夜里呼号的人。"

15.【考点】《春桃》

【答案与解析】A。本题考查的是对《春桃》中人物形象的掌握。小说《春桃》中,李茂从胡子那里逃跑后,"逃到沈阳,正巧边防军招兵,我(李茂)便应了招",后被革兵;日本人占领沈阳后,"我(李茂)加入义勇军,在海城附近打了几个月",后被敌人打伤了腿,腿被锯后,在街上做乞丐。故本题选A。

16.【考点】《山之子》

【答案与解析】C。《山之子》描写了魏巍泰山的雄奇、险峻,重在塑造一个泰山的灵魂——哑巴。哑巴的父兄遭遇了被自然无情吞噬的悲剧,但他为了奉养老母、寡嫂,承继了父兄"以生命为孤注的生涯",把自己的生命挂在万丈悬崖之上。故选C。

17.【考点】《金锁记》

【答案与解析】B。曹七巧嫁入姜公馆后,因出身卑微而戴上了黄金(物质)的枷锁,变得自私刻薄;她因丈夫患骨痨,自己年轻生命的情欲得不到满足而不断去挑逗小叔子姜季泽。但封建大家庭的物质压抑和情欲压抑严重扭曲了曹七巧的心理和灵魂,当她丈夫去世、她也分得一份家产以后,因害怕失去财产而闭绝了自己的情欲,拒绝了姜季泽,表明她对黄金的占有欲战胜了情欲,成了黄金的奴隶。

18.【考点】《回忆鲁迅先生》

【答案与解析】A。本题考查的是对《回忆鲁迅先生》中具体情节内容的掌握。《回忆鲁迅先生》中写道:"鲁迅先生感到自己的身体不好,就更没有时间注意身体,所以要多做,赶快做","只要留给人类更多"。故本题选 A。

19.【考点】《小二黑结婚》

【答案与解析】C。《小二黑结婚》用了多重对比手法刻画人物。两位神仙二诸葛和三仙姑不仅内部构成对比,即一男一女,一下神,一占卜,相映成趣;而且他们作为老一代落后农民形象与新一代年轻进取的农民形象小二黑和小芹构成对比;同是年轻人的小二黑、小芹与金旺兄弟,前者积极进取、正直纯洁,后者欺压邻里、无恶不作;同是根据地边区政权的代表者,金旺兄弟以权谋私、滥用权力,区里干部严正英明、依法办事。

20.【考点】《上海屋檐下》

【答案与解析】B。话剧《上海屋檐下》以"轰轰然的远雷之声"和孩子们的歌声结尾,显示了人们冲破灰暗阴霾走向光明未来的前景,具有鲜明的时代感和政治倾向性。

21.【考点】《小城三月》

【答案与解析】B。小说《小城三月》中,翠姨买绒绳鞋的起伏曲折,不仅表现了翠姨内向、孤傲的个性,也暗示了她爱情悲剧的结局。

22.【考点】《屈原》

【答案与解析】B。话剧《屈原》的结构特点是:剧作在以屈原为代表的联齐抗秦的爱国路线和南后、靳尚一伙的降秦卖国路线的戏剧冲突中,内蕴忠奸对立、邪不压正、奸妃祸国、小人播乱的民间隐形结构,使剧作更好地契合了抗战的时代主题和民间的趣味。

23.【考点】《菉竹山房》

【答案与解析】B。结尾二姑姑和兰花窥房的情节是神来之笔,刻画了两个困在现实坟墓般生活牢笼中的女人表现出最为世俗的欲望,表明了人性在被压制二十年后仍具有顽强的生命力中,深刻揭示二姑姑的性情被礼教所扭曲。将前文渲染的毛骨森森的气氛推向极致又突然逆转,故事达到高潮后戛然而止,余味无穷。

24.【考点】《南归》

【答案与解析】B。《南归》精心选取"桃花落了满地"的江南农家小院作为舞台背景,充满诗情画意又渲染了感伤的情绪,抒情气氛浓厚强烈。

25.【考点】《萧萧》

【答案与解析】C。"从乡下人眼中看来,这些人都近于另一世界中活下的人,装扮奇奇怪怪,行为更不可思议。这种女学生过身时,使一村人都可以说一整天的笑话。"小说《萧萧》中所描述的"这些人"指的是女学生。

26.【考点】《风雪夜归人》

【答案与解析】A。话剧《风雪夜归人》中的京剧名伶魏莲生是受玉春启蒙而觉醒的艺人,浮华虚幻的生活让他一度迷失了自我,但在玉春的质问和循循善诱下,他开始自省,最终觉醒。

27.【考点】《潘先生在难中》

【答案与解析】A。《潘先生在难中》写于1924年年底,背景是1924年爆发的江浙军阀混战,潘先生一家逃难,躲避战乱。

28.【考点】《升官图》

【答案与解析】C。《升官图》在首尾贯穿了人民群众的觉醒和奋起反抗的场面,并由剧中"老头儿"宣布"鸡叫了天快亮了"宣告了正义力量对反动派的裁判,预示着国民党腐败统治必然灭亡的历史命运。

29.【考点】《大堰河——我的保姆》

【答案与解析】A。艾青的《大堰河——我的保姆》带有自传性质,借助联想进行铺叙,构成生动画面、鲜明意象来表达情感;借助叙事展开抒情,用排比和对比手法来表达强烈的感情。

30.【考点】《金黄的稻束》

【答案与解析】A。诗人通过类似联想,把金黄的稻束想象成有着皱了的美丽的脸的"疲倦的母亲"的雕像,没有那无数个疲倦的母亲,就没有丰收的金黄的稻束,由此表达了对作为孕育者和劳动者的母亲的崇高敬意。

二、多项选择题:本大题共 5 小题,每小题 2 分,共 10 分。

31.【考点】《包身工》

【答案与解析】ABD。报告文学《包身工》着重刻画了芦柴棒、小福子和不知姓名的小姑娘这三个人物被殴打、被侮辱的细节,形象地描绘出地狱一般的包身工世界。

32.【考点】《雨巷》

【答案与解析】ABCDE。《雨巷》十分注重音乐感,音节优美,韵脚铿锵,每节押韵两至三次,同时还以复沓、重复等手法来强化全诗的音乐性。

33.【考点】《山峡中》

【答案与解析】ACD。《山峡中》中的"野猫子"是土匪头子的女儿,从小失去母亲,跟随着父亲在刀尖上过日子,泼辣、凶狠、富有野性,加上偷布时的机敏狡猾,怀抱小木人时的善良温柔,唱歌时的天真以及对无忧无虑生活的向往,使得这一形象丰满动人。

34.【考点】《阿Q正传》

【答案与解析】BCDE。阿Q是鲁迅在小说《阿Q正传》中塑造的艺术形象,他的主要性格特征是精神胜利法,表现为不敢正视现实、盲目自尊、自轻自贱、欺软怕硬、自欺欺人等。

35.【考点】《再别康桥》

【答案与解析】ACE。徐志摩十分注意诗歌艺术技巧,在《再别康桥》中,巧妙地把气氛、感情、景象三者融合在一起,创造了耐人寻味的意境,表露了自己对过去时光的留恋和眼前的离愁别绪,诗篇格调轻盈柔和,诗行整齐,语调回环往复,语言轻倩柔美,意象明丽流转,富有音乐性与动态美。

三、简析题:本大题共4小题。每小题7分,共28分。

36.【考点】《升官图》

答案:(1)借助梦境,以怪诞的想象使社会现实充分滑稽化和陌生化。

(2)运用了反讽、夸张、变形、对比、巧合等喜剧手法。

(3)人物形象的漫画化和性格化相结合。

(4)语言通俗生动、犀利泼辣。

37.【考点】《山》

答案:(1)塑造了追求者——"山"的形象:"山"因追求而永远不满,不满自己的位置,不满于狭隘的单调,是追求理想的时代英雄。

(2)通过对"山"的赞美,歌颂了安于寂寞、勇于追求的精神,隐含了对庸俗生活的批判。

(3)表达了作者超越自身、在艰难的现实处境中对理想的坚持。

38.【考点】《雷雨》

答案:(1)结构巧妙。在一天内展现了周鲁两家复杂的人物关系和尖锐的矛盾冲突。

(2)以周朴园为中心,把人物之间的情爱、血缘和亲属关系作为轴心,将种种矛盾冲突交织成一张错综复杂的网。

(3)以明暗两条戏剧线索结构剧情,将"现在的戏剧"和"过去的戏剧"巧妙地交织在一起。

39.【考点】《绣枕》

答案:(1)大小姐的心理活动渴望幸福生活而不可得,对命运无可奈何,无从把握。

(2)大小姐的性格特点温婉顺从、性情温和、心灵手巧。

四、论述题:本题12分。

40.【考点】《死火》

答案:主题思想:

(1)"我"与死火的对话本质上是鲁迅内心交织的两种声音,探讨的是生与死以及生存价值的问题。

（2）死火的生存困境以及绝望的选择，都注入了鲁迅本人悲凉的生命体验。

（3）"死火"有自己坚定的目标，受到温暖就可以复燃，象征着被冻灭的热情和希望。从根本上说鲁迅是在呼唤一种被冻灭的热情重新燃烧，呼唤一种有行动的生活。

艺术特色：

（1）大胆运用艺术想象，借用"梦"的形式，创造出死火这一特殊的意象和冰山、冰谷的意境来逼视自己灵魂的最深处，显示出特有的"鲁迅哲学"。

（2）文章有多重意象。冰冷、青白的冰山、冰谷是虚无心理和孤独感的象征。同时用"大石车"象征黑暗势力。

（3）视觉形象丰富而奇特，红、白、黑的色彩组合单纯而浓重，给人强烈的视觉冲击。文章风格含蓄诡秘，意识的跳跃性强，体现出多层次多侧面的思索含义。

五、阅读分析题：本题 20 分。

41.【考点】《化装》阅读分析

【参考要点】

（1）主题思想：

第一，叙述了大刘在人民识破日本侵略者的伪装并给予有力打击的故事。

第二，表现了全民抗战到底的坚定决心，歌颂了广大民众打击侵略者的英勇事迹。

（2）艺术特征：

第一，塑造了勇敢机智的村民形象。

第二，情节一波三折，曲折跌宕，富有戏剧性。

第三，善用对比和烘托。

第四，对话质朴传神，人物语言富有个性。

学 习 笔 记